Qiu Huadong
Collection

邱华栋文集

长篇小说

贾奈达之城

邱华栋 著

江苏凤凰文艺出版社
JIANGSU PHOENIX LITERATURE AND ART PUBLISHING, LTD

图书在版编目（CIP）数据

贾奈达之城 / 邱华栋著 . -- 南京 : 江苏凤凰文艺出版社 , 2018.6
（邱华栋文集）
ISBN 978-7-5594-0516-6

Ⅰ . ①贾… Ⅱ . ①邱… Ⅲ . ①长篇小说 – 中国 – 当代 Ⅳ . ① I247.5

中国版本图书馆 CIP 数据核字 (2017) 第 126359 号

书　　名　贾奈达之城

著　　者　邱华栋
责任编辑　黄孝阳　王　青
出版发行　江苏凤凰文艺出版社
出版社地址　南京市中央路 165 号，邮编：210009
出版社网址　http://www.jswenyi.com
印　　刷　三河市人民印务有限公司
开　　本　690×960 毫米　1/16
印　　张　21
字　　数　255 千字
版　　次　2018 年 6 月第 1 版　2021 年 6 月第 3 次印刷
标准书号　ISBN　978-7-5594-0516-6
定　　价　48.00 元

目　录

卷三：艾瑞克·安普顿和戴安娜·安普顿

卷四：戴安娜·安普顿

卷五：格雅勒根

卷六：赛麦台和戴安娜·安普顿

后记

题　记

在柯尔克孜族人的传说中，幕士塔格峰是一座巨大的圣人墓，它的峰顶是一座城市，城市的名字叫作“贾奈达”，生活在这座城市里的人，都是永远不死的人。山顶上还有一个果园，有一个湖泊和一条永远流淌的河流。果园中生活着很多老人，他们骑着白色的骆驼，看守着吃了可以使人长生不老的李子园……

引子：扎格纳特神

扎格纳特神已经被请了出来，这是一个白色脸庞，没有腿的木偶。他有着一颗镶嵌了钻石的大脑袋，胳膊就是直接从脑袋里伸出来的。他的眼睛非常大，表情是顽皮加上一些吓唬人的恐怖，但你从他的脸上还可以看出和蔼可亲的神情来。他不是吃人的神，但是，一些人相信，在这个大祭的日子里如果投身于承载他的车轮下面被碾死，那么就可以立即升天，到达极乐世界。

这是印度教黑天神的造像，他被尊奉为宇宙之主。由于他会不分种姓和信仰地佑护所有虔敬的人，所以人们都爱他。每到这个节日，他都会被抬出来。请神者从接近一万人的他的忠实的敬奉者中间，挑选出了四千个人，来拉动承载着他的车辆。他平时在印度教最神圣的大寺庙之一——普里大寺庙里面，但是，现在他已经被请出来了。到处都是人们的喧闹声和喜气洋洋的过节气氛，人们跟在车子的后面，开始了扎格纳特神的巡游。

戴安娜跟在密集和庞大的巡游队伍中间，她觉得可能至少有几十万人在一起涌动，檀木香、汗臭以及樟木的香气混在了一起，使她头晕，使她觉得有些头重脚轻。管弦乐队在演奏，人们兴奋地跟在车子的后面奔跑和拥挤，脚上穿着的硬底凉鞋叩击地面，发出了哗哗的声响，如同暴雨击打芭蕉的宽阔叶片。在扎格纳特神要经过的街区，房顶上、窗户里、露台上以及街面上，到处都是人，人们高兴地张望着，期待着他的到来。

忽然，前面一条小巷道中间，一些受惊的牛冲了出来，人们在驱赶着牛群，场面立刻乱了。但是指挥巡游的人挥动着手中的红旗，勇敢的香客们迎面冲向牛群。有人被撞倒了，人们大呼小叫，抵挡和鞭打着牛群，牛被赶到另外一条巷道里面了。戴安娜轻松地呼了一口气，因为她担心那些牛会像是西班牙斗牛节上疯狂奔跑的牛，把包括她在内的人给活活踩死，现在，危险解除了。

她在人群中间显得鹤立鸡群，因为英国人很少这么近的距离，参与到印度人的节日庆祝里面去。她一边被人群裹挟着，一边还看见了一些背着喷雾器的男人，在经过街道的人身上喷洒药雾，味道十分呛人。她明白，这是因为有这么多人在一起，政府为了防止有霍乱和别的传染病，所采取的消毒措施。

在扎格纳特神经过的地方，人们把椰子纷纷摔到了地面上，椰子碎了，发出了清脆的响声，像是告诉扎格纳特神的果断誓词一样。很多穿着艳丽的纱丽的女人们，把自己的长发剪了下来，奉献给眼前的神。鼓声十分密集，它们的节奏使现场所有人体内的某种节奏复活了，人们身体的摆动和涌动，应和着这个激越的鼓声。突然，有人扑到了扎格纳特神的车子下面，立即被碾死了——瞬间，那个把自己祭献给他的人已经升天了，车子继续前进。有人立即把敬奉者的尸体抬走，一股血液的腥气向戴安娜的脸上扑来。她害怕了，她还看见，又有人在向神的身体下面那巨大的车轮扑去。场面顿时变得肃穆和紧张了。戴安娜又忽然有些振奋，刹那之间，她理解了这些敬奉者，这些把自己的生命供奉出去的人，也许就是瞬间，他们都得到了解脱和救赎。似乎有一种力量也要使她也扑向扎格纳特神，那是一种身不由己的欲望——她恍恍惚惚地向神走去，她也有了要供奉自己的强烈念头，因为，这是一个使人迷惑的巨大的磁场，在这个磁场中，她已经迷失了，她拼命向前挤去，准备向那个神扑去，心中的愿望是如此的强烈。

但是，就在她准备扑过去的时候，立即被别的香客给挡住了，因为，更为勇敢的人已经抢先跳了过去，被碾死了。她一下子就被人群挤了出来。

戴安娜站在了路边，很茫然地看着拥挤的人群中那千万张兴奋的脸，他们都在动，只有她停了下来，忽然没有缘由地哭了。

然后她醒了。

她醒了，发现自己和艾瑞克在一艘小船里。这是在克什米尔地区的首府斯里纳加，在斯里纳加的达尔湖上泛舟。

远处就是宁静神秘的雪山。雪山下面，那清澈的达尔湖上，一些被称作西卡拉的、两头微微翘起来的古老的独木舟，穿行在湖面上那山体拖长的倒影里。他们乘坐的这艘木船，比那种叫作西卡拉的独木舟要大一些。

“你刚才一定做噩梦了。”艾瑞克温柔地看着她，“你没事吧？”

戴安娜稳住了心神，“还好，没事儿的。”但是，她仍旧被梦中残留的感觉给抓住了，梦中那些把自己祭献给神的人被碾碎之后，流出来的血腥味儿仍旧在她眼前缭绕，不过又在迅速地飘散。她温柔地抚摸了艾瑞克的手背，意思是自己还好。

忽然，她发现远处的湖面上，有两艘并排飞驰过来的独木舟西卡拉，在向这里靠近。但是，那两艘西卡拉是带着棚子的，里面前后各有一名带着钢盔的印度士兵盘腿坐着，手里拿着卡宾枪。艄公则在船的后面摇动船橹，迅速靠近了。

现在，他们挟持着载着艾瑞克和戴安娜的船，看到他们是白人，一个士兵向艾瑞克敬礼，“先生，请问，您看到有叛乱分子经过这里，逃到对岸去了吗？”

“没有，我们什么都没有看见。”艾瑞克觉得自己被打扰了，有些不快。

“对不起，打扰了。”士兵又敬了一个礼，然后叫艄公立即划开了他们的船。他们的船又向别的可疑的目标而去了。

戴安娜为被这些荷枪实弹的士兵所盘问感到不快，“他们在追捕什么人？”

“照他们说的，是叛乱分子。”艾瑞克看着远山，似乎有些向往和沉迷。

“什么样的叛乱分子？”她又问。

艾瑞克看了她一眼，“在克什米尔，总是这样的，总是有叛乱分子和追捕叛乱分子的人，或者，这里就只有这两种人。”

后来，他们上了岸边，远远地看见山脚下一些居民区着火了。有一些人尖叫和哭喊的声音传过来。

他们向那个地方走去。在那里，他们看见了一幅被洗劫之后的景象，燃烧的房子的火势刚刚被控制住了。经过询问，他们知道了刚才抓捕叛乱分子的士兵，来这里搜寻敌人，但是没有发现搜捕对象，于是闯进了屋子，打死了所有的男人。只剩下了女人和孩子，而所有的女人都在哭。

“这些家伙，这些强盗！”艾瑞克骂道。但是忽然，又有一群士兵从烟雾中冲过来，迅速地包围了他们，把他们逼向一面墙。

“我们是英国人，放开我们！”艾瑞克大声争辩，但是，他被一个士兵凶狠地用枪托砸破了脑袋，戴安娜尖叫了一声，立即用身体保护住他，“艾瑞克，艾瑞克！”她不知道怎么办好了。士兵们要处决所有的人，包括他们两个。士兵们让他们靠墙站着，除了艾瑞克，其他的人都是女人。然后，那些士兵朝他们开枪了。

她又醒了。

原来，她刚才又做了一个梦。或者，是梦中之梦。现在，她醒了，发现这是在一个王宫中。她想起来了，她是拉达克王国的玛密雅公主。

这个时候是清晨，窗外，鸟叫声像是溪水一样潺潺地流了进来，但巨大的帷幕把环形的窗户给遮严了，她什么都看不见。

她起了身子，走到了窗户的跟前，拉开了帷幔。从窗户中，可以看见拉达克美丽的景色。远处的雪山已经被一片白色的雾霭给笼罩了大半，显得异常的神秘。

她在想念着一个人，阿克萨，她的心上人。他现在正在翻越眼前高耸的雪山山脉，向这里赶来。在她的胸前，阿克萨送给她的那块里面有着淡淡的血丝的玉石，忽然变热了，变得异常的灼热，她的皮肤立即被唤醒。

阿克萨，多好听的男人的名字，我等着你回来把我带走。可是，现在你到了哪里？你什么时候才能抵达？如果你不尽快抵达，我就不得不接受宿命，以王族联姻的方式，嫁给别人了。

她觉得心情烦躁,也有些不好的预感。远处,喇嘛教神庙上面,经幡飘动,喇嘛念经的声音也传来了。神需要被奉献,可是凡人的爱情,难道也需要祭献生命吗?她觉得头晕,于是又回到了床上。

慢慢地,她睡着了。

她继续做梦,梦见自己在攀登着高耸的雪山。难道她是前去寻找自己的心上人阿克萨?不不,还有一些人和她一起攀爬。

"戴安娜!戴安娜!"有人高声地喊着她,怎么我又成了戴安娜了呢?她迷茫地转身看去,那个欢快地呼叫她的男人已经追了上来,手里拿着一朵雪莲花。"我采到了雪莲花!"然后,他把花递给了她。

她欣喜地接了过来,看见雪莲花的花蕊十分晶莹剔透,在强烈的使人眼睛发疼的高山阳光照射下,雪花的碎片在里面融化。

他是赛麦台,她想起来了,他是赛麦台,是她和艾瑞克雇佣的柯尔克孜族向导,现在,他们正在向冰山之父、慕士塔格峰的峰顶进发。早晨的时候,他们就离开了二号营地,在向更高的地方攀登。

空气已经十分稀薄,但是这么高的地方,怎么会有如此美丽的花朵生长呢?她觉得奇怪。现在,艾瑞克在最前面,赛麦台在后面,他们拉开了登山惯常的队形,那种散兵线,沿着登山主绳,借用冰镐前进。

这个时候,前面的一片山谷中,升起来一团雾气,雾气汹涌,和冰晶、雪花一起扑面而来。

戴安娜忽然觉得脚下发生了什么,是的,脚下发生了坍塌,立刻,一种地下的吸引力引导她向一个黑暗的冰窟中坠落。时间在这个时候似乎停止了，凝固了，她看不见任何人。她掉进了冰窟，或者说是冰缝里。

四周十分晶莹闪亮，一些反射进来的阳光把这里面变成了一个童话的世界，但又是如此的寒冷和寂静。

她大声地喊着："赛麦台！阿克萨！艾瑞克！"她忽然很困惑，艾瑞克，她的丈夫在哪里？她是谁？是戴安娜还是玛密雅？谁是阿克萨？赛麦台呢？她爱着他吗？她这是在哪里？她难道是在梦境深处被水草纠缠的一个面目不清的幽灵吗？

卷一：格雅勒根

白色老虎

我叫格雅勒根，是一个夏尔巴人。关于夏尔巴人，你一定听说过不少，我们都是攀登高耸入云的雪山的好汉，在喜马拉雅山脉中间走路就像是在平地上一样。我们夏尔巴男人，很多都靠给那些来这里登山探险的西方人做向导和仆人为生。比如我，我就是英国人艾瑞克•安普顿一家的仆人。我很早就被艾瑞克•安普顿先生雇佣，作为他攀登那些大雪山的帮手和向导。到了后来，我就认识了他的家人，比如他的妻子戴安娜女士。关于他的妻子，我的女主人戴安娜女士，我听说过很多她的事情，现在，我就从头给你讲：

首先，她出生在印度。在她四岁的时候，有一天，戴安娜就看到了白色的老虎。这个事情是我亲耳听她说的。当时她就在印度，在我的祖国。她的父亲是印度政府的林务官，她的童年就是和父亲一起在印度联合省的丛林里度过的。就是在那个时候，有一天，她见到了一只白色的老虎。她说，那只老虎在绿色丛林中显得十分清晰，她似乎一点也不怕它，是她发现的它，它就躲在一棵柚木树的背后，身上的花纹，老虎那耀眼的花纹是白色的，非常美丽，就像是月光长在了老虎的身上。它就躲在那里，用非常温柔的目光看着她，使她发不出声音。她过去从书上看到过老虎，那是父亲给她从英国带来的图书，上面的老虎是金黄色的，还有黑色的条纹相间，但是这只老虎是白色的，从此改变了戴安娜关于老虎的印象。她向它走了过去，然后很奇怪，白色老虎待在那里一动不动，让她抚摩自己的美丽皮毛。

当时，她父亲在不远的地方跟踪着一只马鹿，她父亲没有发现这只白色老虎，他手里的枪也没有指向老虎藏身的地方，戴安娜也没有向父亲指明这一点，因为，白色老虎似乎不想惊动他们，它耐心地被她抚摩了一阵子之后，就躲开了。然后，她的父亲他们从那一片柚木和麻栗树的侧面走过来了。这一切的发生似乎有些神秘，小戴安娜倒是很镇静，可远处的马匹，似乎闻到了老虎的危险气息，发出了惊恐的嘶鸣。然后，他们的狗吠叫着跑过来的时候，那只白色老虎已经不见了。

此外还有大象，那个时候，戴安娜总是要骑在大象的身上，她和一头叫"普塔"的母象特别好，总是骑着它在印度的丛林中走，因为父亲要在那些丛林里巡行，或者打猎。她也总是被普塔用它的长鼻子卷起来，然后在半空中她被吓得尖叫。她喜欢触摸普塔的深灰色皮肤的皱褶，帮助它把身上的泥污去掉，而它的皮肤和她的手的接触，给她带来了仿佛初次接触世界的惊喜。

我知道那些树林和山峦有什么样的味道，我是个夏尔巴人，我靠嗅觉、听觉和各种感觉判断吉凶祸福。而那些茂密的山林之外，才是河流、村庄和市镇。在丛林中，空气总是潮湿的，植物在丛林中生长的速度非常快，几天之后，我们刚刚走过的道路，就已经被有着巨大叶子的植物给覆盖了。我想这一定会使小戴安娜觉得，印度的丛林极其疯狂，即使这丛林里有美丽的白色老虎，她还是会觉得丛林里有太多的秘密和危险，有着太多的讨厌的蚊虫。她就是这么告诉我的。

那里的光线也十分晦暗，就是在这潮湿和晦暗的环境中，植物在疯狂地生长，并且覆盖一切人为的痕迹。我跟随一些打猎的白人队伍，多次进入这样的丛林。每次我们进入丛林，在我们刚刚搭起的帐篷旁边，那些不知名的各色植物就开始生长，直到把我们的帐篷又围起来，然后慢慢地覆盖，似乎它们不喜欢我们的帐篷似的。在丛林里永远都不会走相同的路，当我们在几天之后拆掉了帐篷，继续向丛林深处前行的时候，我们注定不会再回到和找到那个我们曾经宿营过的地方了。疯狂生长的植物掩盖了人的一切踪迹。

我的女主人告诉我她童年的那些故事，是在后来我们一起攀登雪山的时候。她说，她后来总是在梦中看见那只白色的老虎，它在她附近的很多地方出现，它很宁静温和，就躲在不远处的地方看着她，眼睛很大，呼吸平稳，目光非常柔和生动，似乎想和她说话。她想，它一定特别孤独，一定对它藏身的丛林有太多的埋怨，它想和她说话。

但是，当她向它走过去的时候，那只白色老虎就一跃而起，在茂密的树丛中瞬间就消失不见了。她说，那个时候，她总是喃喃自语：白色的老虎，我想和你说话，因为我也想有白色的皮肤，月光一样的皮肤。

小戴安娜想，我怎么样才会有白色的皮肤呢？这个问题连我都无法回答。我想假如在雨季她待在丛林里三个月，她的皮肤就一定会是白色的了。

那个时候，她跟着父亲在丛林里巡行完毕，就会回到市镇里。可在市镇上度过了一些十分热闹的夜晚之后，再回到丛林中，戴安娜就觉得，丛林是那样的可怕了。它没有尽头，到处都是暗藏的危险，所有动物的眼睛，都在丛林里闪光。好在有她父亲，他总是在她的左右，从来都没有离开她超过三米远。

她还告诉我，除了白色的老虎，她还见过了狮子，不过，见到它的时候它已经死了，被她父亲和他的狩猎队打死了，黄色的皮毛没有了一点威风，戴安娜伸出小手，抚摸着那只死去的狮子，可以感到它身上的温度在渐渐地降低，而且它那残存的目光也是悲哀的，这悲哀的目光永远地凝固了。

我猜想她和这样一个庞大的野兽的尸体相遇，她的内心，一定感到了紧张和战栗。这是对世界初次体认的战栗，它带给她的印象是不可磨灭的。我对一切我感觉到的神秘的东西都感到敬畏。我害怕很多东西，包括死去的狮子。

我知道他们有一段时间在联合省的省会待过，在那里，小戴安娜见到了更多的印度人，我的那些同胞们，在她看来，我的同胞们生活在特别让人难以忍受的环境中：城市乱糟糟的，像是一个大集市，大多数人家没有好的住房，房子是泥土夯实的，有的就住在草棚子里，没有太多的柏油马路，只要是一下雨，到处都是泥泞，无论是摊贩还是耍眼镜蛇的人，他们的目光都是无助、衰弱和悲哀的，不知道希望在哪里，也不理会有什么样的灾祸会降临在他们身上，所有的生命都在雨季的绵绵细雨中发霉。

戴安娜夫人告诉我，她童年印象最深的画面是，在一条夏季往往要爆发洪水的河流边上，每天都有人的尸体在那里被焚烧，尸体就放在木柴堆的上面，熊熊的烈火把一个个死人的尸体化作了青烟，袅袅上升，消失在布满了雨云的天空中，而骨灰就随着河流飘散。她从很远的地方观看这个死者升天的仪式，觉得很害怕。当时她和她的父亲有过一段对话：

她父亲说："印度佛教徒认为，他们的灵魂是可以不断地转世的，那些人死了之后，以后又会复活的。"

小戴安娜觉得不可思议，"他们死了还会复活？那么，他们会变成什么样的人？和我们一样的人吗？”

“不，”她父亲果断地回答她，“和他们的过去一模一样的人。他们不会变成白人。”

“那我们会变成他们吗？”

“也不会，我们还是变成我们，如果我们也转世的话，”父亲的回答十分的干脆。“我们永远也不会变成他们的。我们是白人。”

我猜想很久之后，等到戴安娜已经长到二十岁了，她就明白了我的祖国印度的真正面貌，和她自己的祖国英国的复杂关系。

我是个夏尔巴人，从来不关心政治，可是，我也知道，印度的所有现存的面貌，甚至都可以归功于或者归罪于英国在 1757 年之后的殖民统治。在 1918 年戴安娜刚刚出生在印度的土地上的时候，她的父亲就已经是英国伸出的海外殖民枝条上的一片忠实的叶子，作为林务官，守护着英国在印度的利益，丛林中的似乎看不见的利益。犹如那只一般人看不见的白色老虎。她父亲的一生注定和印度这个南亚次大陆上的国度，我的祖国纠缠了一生，那么她呢？我想她似乎并不愿意待在印度了。

我知道戴安娜五岁的时候被她的父母送回了英格兰，因为他们发现自己的女儿必须要回到英国，去接受正统的英国教育。在丛林中生活，小小的戴安娜已经有了很多变化，她已经学会了说印地语和孟加拉语，有很多印度小孩都是她的朋友。

她似乎还有一种超能力，可以和丛林中的各种各样的昆虫对话，她甚至还有一个好朋友，只是这个好朋友不是人，而是一只巨大的蝶螈。它平时就待在丛林中的某个地方，如果戴安娜要想见它的话，它就会出来和她见面。

一开始这把她的父母亲给吓坏了，尤其是戴安娜的母亲，她觉得蝾螈身上的那些奇怪的疙瘩里面一定藏着毒液，会杀死自己的宝贝女儿，但是，她没有想到这只巨大的蝾螈会听他们的女儿的指挥。有一次，戴安娜把它呼唤出来，就是为了赶走藏在帐篷边上的一片野黄麻中间的红黄色相间的一条毒蛇。

“去，赶走那条蛇。”她向蝾螈下了命令，于是蝾螈向那条吐着红色的舌信子的蛇冲去，把那条蛇赶跑了。

她后来告诉我，小时候，除了这些奇异的禀赋，小戴安娜还可以预测下雨，她只要看看丛林中那些动物的反应——也许是听它们吼叫的声音，就可以准确地预报二十四个小时之后的天气。

“爸爸，明天要下很大很大的雨，还有很大很大的雷声。”她在静默地听了一阵动物的吼叫之后，这么不动声色地说。

在不断地被证实戴安娜有一些超能力之后，她的父母就开始在一起嘀咕，觉得很惊奇，怎么自己的女儿这么奇特？

我要是有这样一个女儿，我也一定很惊奇。但是，我一直没有结婚，因为，我是向导和仆人，没有自己的家庭生活。可是，我知道很多印度人都有超能力的。我的国家是一个到处都是圣人、神人和圣迹的地方。

戴安娜告诉我，她的父母亲后来得出了一致的结论：小戴安娜在印度的丛林中，正在变成一个真正的印度人。因为印度人的生活中就充满了星象家和巫术师。这使他们很慌张，他们觉得应该尽快把她送回到英国，去接受传统的英式教育。

于是，他们一起坐船回到了英格兰，只是没有多久，她的父母亲就又返回印度了，把她留给了他们的各种各样的亲戚们照看。

从此，小小的戴安娜又开始了另外的一种漂泊，只是这种漂泊和在印度的丛林中完全不同，她只是在不同的亲戚家寄住。她告诉我，因为她聪明乖巧，大家都很喜欢她。经常在喝英国传统的下午茶的时候，亲戚们都围坐在她的周围，听她绘声绘色地讲述在印度丛林中的见闻。印度的一切，对她的亲戚来讲，都非常新鲜。她说，一开始她也十分怀念在印度的生活，在她的梦中经常会出现那只白色的老虎，它在丛林中笼罩的白色的月光下更加漂亮，闪着幽蓝的光芒，在一棵树的旁边等着和她说话。但是她知道自己已经永远不能够再抚摩它那白色皮毛了。

在英国读书的时候，戴安娜说，她总是觉得，她和学校里其他的那些英国孩子是不一样的。那当然会是这样，我想。就是因为她已经有了一个和他们完全不一样的童年，甚至，以后的人生道路也会完全不同。所以，在一个个的亲戚家来回流转，在一所所的学校就读，她已经习惯了自己的另外一种漂泊。

她写过一本自传，那是在我从新疆回到印度之后，在德里收到的，是她从伦敦邮寄给我的，当时是 1952 年。在那本自传里，她写道："我十一岁的时候首次来了月经，那是在一个旁边没有人的下雨的夜晚，那天的预兆是墙上出现了很多灰色的蜗牛，我正感到蜗牛的出现十分奇怪的时候，就看着殷红的血，正缓慢地从我的大腿根部沿着左腿流了下来。可是，我一点也没有害怕，因为几年以前，我的姐姐同样有过相似的经历，并且告诉过我这是怎么回事儿，我就用一条早就准备好的带子，包着绵软的纸，把这个局面处理了，知道了自己从此就进入了鲜艳的少女时代。"

这本自传是英文写的，我幸亏懂英文，否则，我就不了解她后来回到英国的生活了。而那个时候，艾瑞克已经中风了，得到了她很好的照料。只是几年之后他就去世了。

很快，在英国，她上完了所有的中学课程，又在一所私立大学念了两年，这个时候她已经二十岁了，出落成举止优雅、容貌俏丽的大姑娘了。很多年轻的小伙子会用目光捕捉她的身影，那目光中含着的爱慕之情是她完全明白的。

一天，从印度捎来的信息是，她的妈妈得了严重的出血热，就想让她赶紧到印度去，她妈妈要再见阔别已经15年的女儿一面，也许是最后一面。因为她的母亲几乎是在一种垂死的状态里挣扎着，按照神的旨意在等待见女儿最后一面。

于是，戴安娜迅速收拾好所有的东西，乘坐跨越大洋的轮船，再次来到了印度。她告诉我，当她从孟买上岸，乘坐各种交通工具，连续往印度北部省份进发的时候，重新看到了很多年以前她就已经熟悉的景象：以肮脏的河流、拥挤的集市为背景，那些商贩、僧侣、乞丐和穿着艳丽的纱丽的印度妇女，构成了一个拥挤的忙忙碌碌的众生世界。这些景象在她的记忆深处被渐渐地唤醒，一点点地复活，直到她开始听懂了一头向她迎面走过来的大象的吼叫声。

我知道，这个向印度北部的旅行特别艰难，因为有着数不清的山峦和河流需要跨越，需要在嘈杂的声音中度过一个个日日夜夜。而且，印度人口又增加了不少，到处都是人群像苍蝇一样蠕动。

所幸的是，因为有及时的药物治疗，也就是说有及时的血清运到，拯救了她妈妈的生命，使她妈妈又渐渐地恢复了生命的颜色，脱离危险期了。

她赶到的时候，她妈妈和爸爸见到她非常高兴，因为现在的戴安娜，已经出落成了一个漂亮的大姑娘了。

“你变得和你妈妈的少女时代一样了。不信？你看——”，她给我描述了当时的情景：她的父亲拿出了她母亲小时候的照片。果然，戴安娜几乎是看到了她自己。但是现在，父母亲已经明显地衰老了。他们的相见场面十分亲热，连着几个夜晚，父母亲和她在一起回忆着戴安娜的童年时代，带给他们的快乐印象和各种各样的惊奇，包括她可以听懂丛林中昆虫的对话，以及可以预测未来的天气等等。

“遗憾的是，现在我似乎没有这些能力了。”戴安娜说。“在英国读书的时候，我发现自己渐渐地失去了这个能力。”

“也许，你在这里住几年，就又恢复了这样的能力。”她的妈妈说。

“我看比较难，因为人小的时候，容易有这样的超能力，大了就反而不容易焕发出来了。”父亲说。她父亲似乎并不希望她有什么超能力。我理解所有的父亲，父亲总是希望孩子平安平凡就好，最好不要有什么神奇和惊变。她父亲这个时候已经被调到了省会城市任林务总管，需要经常在总部待着，他现在很少去那茂密的北部丛林了。

“爸爸，你现在还经常去北部的丛林吗？”她问。

“我年纪大了，现在很少亲自到丛林中巡视了，再说，我对那些地方已经非常熟悉和厌倦了。再过几年，我就要退休了，那个时候，我和你妈妈就会离开印度，回英国养老去了。现在，我们想有你在我们的身边。”父亲目光炯炯地看着她。

“这些年我不会再回英国了，爸爸。我会陪着你们的。”

我猜想戴安娜当时当然无法拒绝父母亲对她的安排，她隐隐地觉得自己有着另外的一种命运，这种命运将要和自己现在所处的大陆是有联系的，只是她没有想到自己还会走更远的路，翻越更加雄伟的大山，见识更多的人，身处于那些不同于她的种族和生活的人群中，给予自己和对方惊奇。而这些都是我作为仆人，在她身边一同感受到的。

和她的父母度过了一些快乐的日子之后，戴安娜就去北部丛林边上的姐姐家居住了，因为她十分想念自己在丛林中度过的童年，需要回到记忆的现场。

她的姐姐凯瑟琳当时已经结婚了，嫁给了她们父亲的一个手下，同样是林务官的丹尼•保尔。我见过这个人，曾经给他帮忙找过打猎的助手。他当时十分年轻，有着一张英俊的盎格鲁—撒克森人的脸，和典型的体格外表——宽阔的肩膀和颀长的腿，他出生在英格兰，成年以后就来到了印度。他最喜欢打猎，亲自打死了四十四只老虎。假如今后印度再也没有老虎了，那么他要承担一些责任的。很多英国人都要承担印度虎灭绝的责任。当时，他负责印度北部这个省份的林业事务，和戴安娜的父亲过去一样，需要每天都深入那茂密的丛林。不过他不喜欢骑大象，只要是能够骑马，丹尼•保尔就不会去骑大象走进丛林。

戴安娜曾经找过她的童年的见证——大象普塔，但是她的姐姐说，“普塔已经死了，死于一次可怕的难产。”

听到这个消息，戴安娜告诉我，她有一些难过。她原本希望见到普塔的，它的长鼻子和巨大的耳朵是她触觉记忆最深的。

于是，戴安娜又重新开始了在印度北部丛林中的生活，尽管她的姐姐凯瑟琳很反对戴安娜再次进入那些丛林，但是姐夫丹尼•保尔却十分支持她。

他很欣赏戴安娜的勇敢，于是她就经常可以和姐夫的巡视队一起在丛林中穿行。他是一个好猎手，能够把一只红色的狐狸打一个眼对穿，这需要非常刁的角度，和准确精妙的枪法，然后就可以得到一张没有任何损坏的狐狸的毛皮。自然，打印度虎就更容易了。

她告诉我，就是在这样的日子中，从森林的空地上，或者一面陡峭的、可以望见四周开阔的景观的山坡上，戴安娜她一眼就看见了远处那雄伟的喜马拉雅山。它是那样的高大，头顶似乎永远都戴着一顶白色的帽子，或者，整个山脉都缠绕着白色的轻纱般的围巾，高高地耸立在云端，是那样的神秘莫测，高远巍峨。

她姐夫丹尼•保尔告诉她，在喜马拉雅山的那一侧，喀喇昆仑山的北面，就是中亚的腹地、神秘的中国境内了，“通常，很少有人可以翻越喜马拉雅山和喀喇昆仑山相连的这个巨大的屏障，到山的那一边去。那边，是中国人的地盘，但也许以后会是我们的地盘。”姐夫说。那一边对于他们来讲，是特别神秘的境地，也是希望中准备征逐之地。

在戴安娜的自传里，她也提到了当时的情景，她当时就对山那边的人产生了想象——那边的人是怎样生活的呢？我能够到达那里吗？后来，她果然到达那里了！当然，那已经是几年以后的事情了。

重新回到印度，戴安娜欢呼雀跃。但是，戴安娜的姐姐凯瑟琳却很不喜欢在印度的生活，她总是抱怨这里“糟糕”的天气、食物和环境。她和戴安娜聊天的时候，总是喜欢听戴安娜讲述英格兰南安普顿的风景和现状，因为她离开那里已经有好多年了，也不知道什么时候会再回到那里。

戴安娜告诉我，就是在姐姐的家里，她萌生了要攀爬和征服那些雪山的念头。有一天，在家里和姐姐凯瑟琳喝花草茶的时候，她们聊到了这些。

肉桂茶和一种叫罗勒的印度花草茶的香气特别馥郁，但是，也无法冲淡凯瑟琳的郁闷。凯瑟琳对在印度的生活感到了乏味和无望。

“你不会再回去了，”戴安娜故意气她的姐姐，“你嫁给了一个印度林务官，你要和丹尼一辈子都待在这里的。”

“那你想过什么样的生活？一辈子待在这里？我总觉得，印度人迟早会把印度再收回去，最近的局势就不是太妙。”凯瑟琳说。“你刚刚来，不知道这里正在发生什么。”

“你总是操太多的心，姐姐，你呀，我看丹尼在这里干得不错，他的前途可能和爸爸的一样，你能说妈妈跟着爸爸的一辈子就不好吗？”

“你想怎样呢？野丫头，我看你肯定喜欢在这里待着，和蠢笨的大象以及那些古怪的印度人为伍。”

从她们住的房间的阳台上，就隐约可以看见远处的山峦，这是印度的山峦，同时也是更加靠北面的喜马拉雅山的一部分。现在，戴安娜看见了那些山峦，她忽然有了新的想法，“我想翻越那座山，爬到山顶上去。”她神往地看着远处黛黑色的山影，“我觉得我的生命和这里的联系，要深远得多。”

“它那么高，你怎么可能爬上去呢？”凯瑟琳也望着远山的阴影说，“我们女人是不可能爬上那么高的山峰的。有这样的想法太可怕了。”

确实，当时戴安娜也无法确定她是否真的可以爬上去，但是有人已经爬上去了。她告诉我，那个时候她萌发了对登山的兴趣。在她的卧室中，收藏着一些著名女探险家的传记，以及她们自己写的一些探险著作。她们大都是欧洲的女性，像是伊莎贝拉•伯德、玛丽•金斯丽、弗罗娅•斯达尔克，她们都是一些穿越过无人的荒野、攀登或者翻越过高耸入云的山峰的女人。不过，这要追溯到戴安娜在能够读硬皮精装书的年龄，那个时候她就开始阅读这些书了。她在英国读书的时候，总是觉得自己和身边的大多数女孩不一样，她感到特别孤独的时候，她就阅读这些女人，或者应该叫她们“女探险家”们的著作。她崇拜她们，渴望有一天，能变成像她们一样的人。

事情果然像她期待的那样发展了。于是，我第一次见到了她。说起来，我们还很有机缘的，这也就是后来我成为他们夫妇信任的仆人和向导的一个原因，也是我愿意给他们担当仆人和向导的根由。

有一天，从印度北部的山区下来了一些白人探险者，要求在她们这里休息一下。他们是一支欧洲人组成的探险队，其中以法国人居多，此外，还有一些瑞士人。我当时就是这个探险队的向导。

我注意到凯瑟琳和戴安娜姐妹两个都特别高兴，而凯瑟琳高兴的地方是，在这里她很久都没有见到欧洲来的白人了，这下子，她可以给他们施展厨房的手艺了，虽然他们大多数人都讲法语，英语很一般。那天，天黑之前我们抵达，凯瑟琳很快就给我们做了英式烤饼，并且煮好了英式的奶茶，炖好了印度猪肉。房屋里面很快就飘荡着巧克力酱、蜂蜜、奶香和白兰地混合的好闻气息，当然还有炖肉的香气。

而戴安娜高兴的地方在于，我们就是她崇拜的人——这些征服了那些高山上的冰峰、把人类的足迹写到很高的、几乎要接近上帝的地方去的人。但是，当时她眼前的这只探险队伍其实刚刚失败了，我们没有能够征服我们打算攀登的冰峰，因为在山上遇到了特别大的风雪，无法继续攀登。我自己都觉得很遗憾。

戴安娜就和我们说话，了解登山知识，并且给受伤的人按摩——她在这一点上表现得特别的专业——登山队中有一个人的手指和脚趾被冻坏了，已经变成了紫色，戴安娜给他受冻的地方涂上了磺胺药膏，并且让他受伤的地方避免接触热源。

我记得，整个的接待持续了三天，按照计划，我们这个登山队在她们这里多待了一天，因为凯瑟琳做的饭菜以及精美的糕饼和甜点，使他们格外想念欧洲的家乡了。于是，我就认识了戴安娜，但是和她说话不多。

戴安娜后来告诉我，我们走了以后，一晚上戴安娜都睡不着，她就起来，阅读那些攀登雪山的探险英雄的传记。

这一天，她拿在手里的是一本英国登山家马默里的传记，他在几十年前就登上了被当时的人们认为根本无法攀登的阿尔卑斯山的最高峰，使用了前人还没有使用过的一些工具，像冰锥、铁链、绳索等等。不过，这个马默里运气不算好，1895 年 8 月，他在攀登高达 8125 米的位于克什米尔境内的南迦•帕尔巴特峰的时候，遇难身亡。但是就是他，从此把欧洲登山探险的热点，由阿尔卑斯山地区引向了中亚地区的喜马拉雅山山脉上的众多的山峰，也给我们这些在雪山上如履平地的夏尔巴人带来了大量的生意，出现了大量登山向导，成了我们这些穷夏尔巴人谋生的一个职业。

戴安娜说，这天，她看书看困了，就慢慢地睡着了，在梦中，她隐约看见了马默里的身影，那是一个黑色的背影，在白色的冰天雪地的背景下，显得特别耀眼，并且在不断地向冰峰上攀爬，同时，有一个声音在回响，戴安娜，跟我来吧，戴安娜，雪山上，有一座美丽的城市叫作贾奈达。

后来，戴安娜的父亲的一个朋友，邀请他们去克什米尔的首府斯里纳加度假，这是在 1939 年的夏天。听到这个消息，戴安娜十分高兴，因为这样她就可以十分靠近那些曾经在她的梦中出现过的高大奇异的雪峰了。

他们一路上是坐汽车去的，路况特别不好，戴安娜说，她在车里被颠得五脏六腑都翻过来了一样，简直就像是坐在了不安分的弹簧上。当戴安娜的父亲抱怨坐汽车还不如骑大象或者是骑马舒服的时候，果然，汽车就坏了，剩下的旅程，他们是骑马到达的。后面的路途很艰难，因为戴安娜不喜欢骑马。

当戴安娜终于见到了斯里纳加附近那美丽的高山湖泊和湖中的山峦优美的倒影时，一路上的辛苦就全部化作了喜悦。

戴安娜父亲的这个朋友，是当地的一个有势力的人物，他在联合省的一些生意得到了她父亲的照顾，所以，他对戴安娜他们的到来很高兴，为他们安排了舒适的房间，准备了精美考究的斯里纳加美食。

但是，在他们到达斯里纳加的傍晚，发生了一场小小的骚乱。因为这场骚乱，戴安娜认识了一个英国男人，这个英国男人后来成了她的丈夫，所以，什么事情都是已经被安排好了的，我觉得。

那场骚乱是印度教徒和穆斯林教徒的冲突引起的，戴安娜说，那个时候，她正在现场。当时她一个人在斯里纳加市中心很繁华的集市上买东西。她非常喜欢一些小型的银制印度佛像，和一串漂亮的尼泊尔出产的黄色玛瑙项链，正在她拿不定主意买哪个的时候，不远处的一些商店突然着火了，而且一些人在大呼小叫，而包着头巾的锡克教徒也突然在四下乱跑，一些穿着长袍的印度教教徒们，和一些留着大胡子的穆斯林教徒互相投掷石块，并且把附近的摊位都放火焚烧了。

一时间，四下一片大乱，女人们和孩子们在哭喊着，人群四处涌动，戴安娜这个时候也特别害怕，她也挤在奔逃的人群当中，被拥挤和推搡着逃生，然后，她不知被什么东西绊了一下，一个踉跄就摔倒了。这个情形是相当危险的，戴安娜一下子慌了，她知道自己很可能很快会被踩死。她立即把自己的头抱住，为的是不被人踩到，但是，这个时候已经有人从她的背上踩了过去。她呻吟了一下，几乎要晕倒了。

就在这个时候，一双有力的手，一把就把她拉了起来，她慌乱中睁开眼睛，看到了一个西方白人的脸，这是一张相当英武的男人的脸，他把她连抱带推，推出了人群，并且把她放到了一匹也在奔走的黑色的马身上，然后用力地击打这匹马的屁股，黑色的马嘶鸣着逃走了。清醒过来的戴安娜回头，看见他仍旧站在那里，因为所有的人都在动，只有他一个人站在那里，一动不动地望着远去的她。他救了她，因此，她后来就和他认识了。你看，男人和女人的相遇就是这么回事，对不对?

骚乱在警察来到之后很快就平息了，戴安娜惊慌地回到了他们下榻的客房，她的父亲正在焦急地看着远处冒出来的浓烟，等待着她，看到她骑马归来，才放心了，但是，从戴安娜身上衣服脏乱的痕迹，也说明了她受到了惊吓。

父亲抱住了女儿，“没事了，戴安娜，你安全了。”这个时候戴安娜才安下神来。

父亲的朋友赶紧过来查看，并且向他们道歉，戴安娜问他：“我被一个个子高大的欧洲人救了，他把我放在了那匹马上，他是谁呢？”

父亲的朋友看了看那匹马，“这马是当地的商人的，你说的那个人，可能是英国登山队的一个队员。他们准备几个月以后去阿希尔山脉探险的。”

戴安娜听到他这么说，一下子兴奋了起来，“这里有英国登山队的队员？太好了，我可以认识他们吗？”

“当然可以，明天晚上，我准备邀请他们来和我们一起野餐，我要请你们吃真正正宗的克什米尔烤牛肉和烤羊羔肉。”

戴安娜特别高兴，整个晚上她都没有睡好觉，因为她可以见到昨天救她的那个人了。而他竟然是她的同胞，也是英国人，并且是一个登山家。一种奇特的感觉在她的内心深处荡漾，她觉得自己有一些异常。

到了第二天，在斯里纳加的一面幽静的湖边，野餐开始了，当戴安娜和父亲乘坐马车赶到那里的时候，英国登山探险队的成员已经在那里了。我当时也在场。她下了马车，一眼就看见了昨天救她并把她放在了马背上的那个青年，她径直地朝他走去，微笑着说，“你还记得我吗？昨天，在骚乱中，你救了我，我是那个摔倒的女人，你把我放在了一匹马的马背上。我要谢谢你。”

他快活地看了她一眼，亲吻了她的手，“啊，对，是你呀，我记得你被人踩着了，你今天看上去很漂亮，我都认不出你了。”

“我叫戴安娜，我知道，你是一个英国登山探险队的队员，你是——”

“艾瑞克，艾瑞克•谢普顿，认识你很高兴，戴安娜小姐，真的，这里很少有英国女孩子来。”

这个时候，戴安娜看见了我，“啊，夏尔巴先生，咱们又见面了。”

那时，我正是艾瑞克雇佣的向导，我点了点头，“是呀，又见面了。”

艾瑞克说：“他叫格雅勒根，不叫夏尔巴。你们过去见过，连名字还不知道？”

戴安娜笑了，“是在我姐姐家里见到他的，当时人很多，也是一个探险队……”她的脸上流露出一种十分欣喜的表情，她仔细地端详着眼前的艾瑞克，他很消瘦，但是很挺拔，白色的眼睛里闪烁着柔和亲切的光亮。

其实，艾瑞克作为登山家，在那个时候已经小有名气了。在戴安娜读过的一些关于喜马拉雅山的探险著作当中，作为攀登和征服过喜马拉雅山脉一些高拔的山峰的登山队员，艾瑞克·谢普顿是一个有名的人物，她一定早就已经知道他了。我立刻觉得，戴安娜就是在那个时候，已经立即对艾瑞克·谢普顿产生了好感，因为，我是个男人，知道女人看男人的眼光是怎么回事儿。再说，艾瑞克是英国探险队的队员，而这样的男人，也正是她最为崇拜和欣赏的男人，更何况在混乱中他还救了她，他应该是一个品格高尚的人。所以，那天，一段姻缘就基本诞生了。

那天我们都很快活，我记得野餐很快就开始了，整个野餐的地方气氛非常热烈，因为有很多英国人，他们跳起了苏格兰的民间舞蹈，就是那种蹦来蹦去的舞蹈——比印度人的舞蹈要难看多了。不过，这个想法我从来没有说出来过。而苏格兰风笛的声音特别欢快，在周围的湖水水面上回响，啤酒、印度米酒和不丹的一种青稞酒，是我们豪饮的饮料，鲜嫩的羊腿和整块的小牛肉在火焰中发出了吱吱的声响，令人垂涎欲滴。蔬菜和水果沙拉很好吃，我很满意。

我看到戴安娜和艾瑞克·谢普顿跳着舞，我猜想，这可能是戴安娜最快活的一天了，她喝了很多酒，可是很奇怪，她就是没有醉意。跳累了，他们就坐在一起聊天。艾瑞克又递给她一杯印度米酒，“来，再喝一点。”

她接了过来，“我从来都没有喝过这么多酒。”

“你要是情绪好，就不容易喝醉，再说，这个地方的海拔高，天气寒冷，喝的酒很快就转化成热量，被消耗了。”艾瑞克说。

这时，戴安娜看见三个个子不高、脸色黝黑的人。他们不同于印度人，也不是穆斯林，似乎有一些像是中国西藏人，似乎很能喝酒，而且，怎么喝都没有看见他们喝醉，倒是一些英国登山队的队员开始喝多了，在摇摇晃晃说胡话。

"他们是中国的藏族人吗？"她问艾瑞克。

"不，他们是我们向导队的人，都是夏尔巴人。都是我的朋友和好助手，带头的这个人，你过去就见过了，夏尔巴人格雅勒根。格雅勒根，喝酒！"

我走过来，和他们干了一杯。

戴安娜说，过去她从书上知道了夏尔巴人。我告诉她，实际上，我们是不丹人，因为常年生活在高寒地区，据说，我们身上似乎有一种能够通过血液在高山上制造氧气的能力，我们一般都不用氧气瓶就可以登上海拔七、八千米的高峰。一般在喜马拉雅山地区攀登山峰的登山队，都会雇佣我们夏尔巴人当向导，这已经成了我们夏尔巴人的生存和发财的办法了。也许要感谢马默里！

艾瑞克叫道，"格雅勒根，我看你很能喝酒，你是不是从来都喝不醉呢？"

"先生，没有一个男人不会喝醉的，关键是看他喝多少。酒精是男人的安慰！"

戴安娜也向我报以微笑。"这是真的吗？就像传说中的那样，你们夏尔巴人有自身制造氧气的功能？"戴安娜问我。

"很可能是这样的，不过，我也不知道，都是你们白人这么说的。"我又喝了一大口。

“他们不光熟悉山上的各种地理地形，对天气状况的变化也非常敏感，我也觉得他们有很特别的功能，因为假如你在高山上缺氧得快要晕死的时候，你却可以看见，他们有如神助，呼吸通畅，重东西都背在他们身上，行走如风，根本就不受影响。”

“这样的体质，肯定和你们常年生活在高山上有关。这一次，你们准备攀登珠穆朗玛峰吗？”戴安娜大胆地问艾瑞克。

“不，我们准备从这里往北，去喀喇昆仑山的一条叫作阿希尔的山脉一带，那里还没有欧洲人去探过险呢。”艾瑞克喝掉了手中的一杯印度米酒。

“要是我能和你一起去就好了，”我看见了，戴安娜的眼睛发亮了，“我也很想登上这中亚的奇特山峰。”

艾瑞克看着她，他感到了一点意外，我琢磨他明白自己遇到了一个不同凡响的姑娘，他似乎被戴安娜身上的某种东西打动了，但是，他说，“你父亲不会同意的，再说，没有女人真正愿意去攀登高山的。你是一个女人。”

戴安娜有一些生气了，“你应该相信我，艾瑞克·谢普顿，你不要太小看女人了。再说，我也不是你想象的那种女人。”

说得好！我虽然喝多了，也为她感到骄傲。我看到艾瑞克看着她的目光热情了起来，“好吧，我可以先教你攀登山岭的技术，至于去不去阿希尔山脉再说。嗯，我想明天邀请你去达尔湖上划船，你能答应我吗？”

戴安娜看着他，她忽然有些害羞和紧张，现在，艾瑞克的眼睛里涌动着激情，她知道如果她答应了他，那么他们之间可能真的要发生一些什么了，但是她仍旧没有犹豫，轻轻地点了点头。

我的几个夏尔巴人兄弟过来，借着酒劲儿把队长艾瑞克抬了起来，然后抛向了空中。那个时候，附近有人放烟火，灿烂的火花在幽暗晴朗、没有一丝云的夜空中炸开，湖面上也仿佛开出了鲜艳的花朵，之后慢慢地消散，天空重归静谧。我看到有无数的星星在闪烁，它们似乎离大地很近，近得你都可以用手把它们拽下来，让它们在你的手上跳跃，空气特别清冽，但是还有一丝发甜的气息，那是高山上的风的味道。我喝醉了。

我可以想象那天晚上，戴安娜在床上一定是翻来覆去睡不着的，她明白某种感情已经来到了她的身上，来到了她的心中。她一定盼望着第二天和艾瑞克的相见，但是又似乎害怕这样的相见。

在她后来的自传里，她详细地记录了当天晚上她的心理活动："我还从来没有过像今天这样的感觉——我的周身都浸泡在一种暖洋洋的体验中，这可能就是爱情的感觉。我睡不着，起来继续翻阅那些记述了艾瑞克•谢普顿参加过的一些著名登山活动的书籍，找到了关于他的章节，重温了一遍。现在再来读这些文字，似乎关于他的每一个文字都在活跃地跳动，或者像蝌蚪一样在游动，文字变成了活动的东西。我看到，窗外的一切是那样安静，这里没有低地地区各种昆虫的啁啾，没有任何声音。但是我可以听到有一些东西，正在我的内心中发芽，这声音特别惊心动魄——我体会到了初恋的滋味！"

达尔湖就在一片黎黑色山峦的环抱中，它的水是附近的高山上的融雪变成的，非常冰凉。在湖上，我给他们两个划船。在我的建议下，她和艾瑞克租了一条印度楠木做的平底小船，这样的船安全可靠，而且好掌握。

戴安娜试着用手去触摸了湖水，那是一种冰冷得刺骨的感觉。她说，"在达尔湖上荡舟，感觉非常惬意。"

我看到艾瑞克很高兴。他不停地打量和欣赏着她的举止与体态，说明他已经爱上她了。

戴安娜说：“我没有想到，在斯里纳加有这么多漂亮宁静的高山湖泊，都是更高的冰川融水形成的！”

艾瑞克说，“是呀，所以空气中也有湖水的味道。但是，上午的太阳光特别强烈，你把伞打开吧。”

戴安娜在船上打开了一把小巧的阳伞，穿着猎装的艾瑞克轻轻地划着船。我知道艾瑞克是一个特别开朗的人，他化解了和戴安娜初次约会的一点紧张。

“你们准备什么时候去阿希尔山脉去探险？”戴安娜问他。

“恐怕要冬天了，因为那个时候，这里的气候最适合登山，要是现在上去，肯定会遇到雪崩，还有不可逾越的巨大的冰缝。”

“到时候，请你一定带上我吧。”戴安娜又恳求到。

艾瑞克从我的手里把桨拿了过去，“我来划几下，我也是一个划船能手呢。”他一边划船，一边笑着说，“你的父亲不会同意你和我们一起去探险的，他已经和我说了，说你是一个野丫头，一定会恳求我带你上山。”

戴安娜的脸红了，因为昨天晚上，我驱使他们乘坐的回旅馆的马车，我听见她父亲已经明确说了，不同意她去和探险队一起活动。再说，我觉得她还从来没有攀登过哪怕一个很小的山峰，一定不会有任何的经验，再说，一个女孩子加入到由男人构成的登山探险队里，是不太方便的。

“我会再努力和父亲说的。关键是你得向我的爸爸保证，我不会出问题，他就会同意了，你愿不愿意帮我？”

“我当然想帮你了，有你同行是再好不过了。可是，我不能下这个保证，谁都不能保证，山上的情况变化太多了。”

他说到这里的时候，我看到戴安娜的脸红了，她一定很奇怪自己怎么这么容易红脸，但是，确实，如果让艾瑞克向自己的父亲保证什么，那么就有另外的意思了，就是实际上他是在求婚了。所以，戴安娜不说话了，这个时候，我感觉到船似乎在湖面打转，而艾瑞克已经不知不觉坐到了她的身边，使船危险地倾斜了。我赶紧接过来船桨，把船控制好。

啊，两个人看来来情绪了。他们这些白人的感情就是丰富和外露，和我们这些人根本就不一样。当时，艾瑞克似乎被某种感情给抓住了，他含情脉脉地看着她，当她把阳伞挪开的时候，他温柔地探过来上身，轻轻地拥抱住戴安娜。

在太阳伞的下面，我看不见他们在做什么，但是，我可以听见，可以想象：戴安娜的呼吸急促了起来，她一阵晕眩，闭上了眼睛，感觉到了他的嘴唇。

他的嘴唇温热、柔软地印在了她的额头上，然后轻轻向下滑落在她的微微颤抖的嘴唇上。而且她不光感受到了他的嘴唇，她还感受到了他的舌头，感受到了他浓重的呼吸。他们的呼吸都很紧促，血液里都有某种声音在喧响，他的舌头轻巧地探进了她的嘴里，这应该是戴安娜第一次和男人接吻，她一定觉得紧张、奇妙，但是，她显得有些呆板和笨拙，她肯定没有料到接吻会是这样的具体，有它具体的表现形式。他们的心中毫无疑问都有对对方奔涌的激情，他们的嘴唇的摩擦，和口腔的温柔咬合，舌尖的探询和舞蹈，纠缠与压制，都是内心激情的反应和象征。

就这样，哈，我看见了，我想象到了，他们在达尔湖的一条小船上热烈地接吻了，这意味着，他们已经彼此深深地吸引了，一场爱情诞生了。

我都为他们美好的爱情而发待了。戴安娜的那把阳伞，不知道是被风吹的，还是被他们的身体碰的，后来它掉到了水里，我手忙脚乱地去捞也没有抓住。它在看不见的水流的挟裹下，悄悄地漂远了。

无言的山峰静默地看着爱情在两个人之间诞生和燃烧。

我把船慢慢地划到了岸边。

戴安娜和艾瑞克·谢普顿的浪漫爱情产生得如此之快，看来是连她自己都没有想到。不过，她的父亲很喜欢我的主人艾瑞克，认为他是一个坚强的有责任感的小伙子，因此，当第二天艾瑞克又来接戴安娜出去野餐的时候，她的父亲说，“艾瑞克，本来，我不希望戴安娜要冒任何的危险，你知道，她对于我是多么重要。但是，现在我改变主意了，同意你在探险的时候把她带上，现在，我放心了。”然后，他抽着印度的一种大叶自卷烟，和他郑重地握手了。

那个时候可以看出来，艾瑞克心头一阵狂喜，他当然听懂了戴安娜父亲的话外之音，因为戴安娜是如此深深地吸引着他，使他必须奋勇向前。

后来，艾瑞克确实酝酿了一次探险，不过整个探险为期五天，那是一场短暂的探险热身——他准备到北边的南迦·帕尔巴特峰，去做一次热身性质的登山活动。

而那座山峰，就是英国登山家马默里遇难的地方，这使戴安娜想起自己做的那个梦，在梦中，她梦见了马默里在攀登南迦·帕尔巴特峰时的背影，现在，她明白了，这个背影应该是艾瑞克的，是他引导着她来到了斯里纳加，来这里和他相会。

“其实，这不过是一次旅行，而且，我不会让你攀登真正的雪峰，我们可能还上不到那样的高度去。”

“我们什么时候出发？”

“两天以后。”

她的父亲同意了她和艾瑞克•谢普顿去阿希尔山脉探险的请求，因为他知道他们相爱了。于是，一切都好办了。再说自己的女儿已经二十一岁了，她也应该有自己的爱情和婚姻的选择了。但是他提出了一个附加的条件，就是他们还要带上戴安娜的女友海伦，这样有两个女孩互相做伴，他觉得就更放心了。

海伦是联合省农业官的女儿，她比戴安娜要小两岁，由她们互相做伴，这样去登山探险就不是那么令戴安娜的父亲担忧了。接下来就是出发前的准备，我也是向导和助手。我猜想这一次为期五天的热身行动，艾瑞克其实是准备尝试攀登南迦•帕尔巴特峰的，这座山峰特别陡峭险峻，是一座很不容易征服的山峰。

我们开始了紧张的准备，戴安娜也参与了准备的全部过程。我们准备骑马进山，所以雇用了十几匹好马，每一匹马都是我亲自挑选的。为了驮所有的登山物资，我们又雇用了二十多头牦牛，这些长着黑色长毛的高原动物特别能够吃苦耐劳，每一头牦牛可以驮动很重的东西，因为仅仅一根登山主绳就有十公斤重。

经过了准备的全部过程，戴安娜这才知道登山是一件多么复杂的事情：需要带上专门攀登岩石山的岩石鞋和岩石衣裤；防风防雨的衣服和抵御风雨的优质鸭绒服；高山冰爪鞋；背包、行李和背架；此外像是冰镐、安全带、辅助绳、雪崩飘带、铁锁、钢锥、铁锤、雪铲；还有露营用的帐篷、睡袋、炊具、汽油炉和煤油炉；加上氧气瓶、面罩、手电筒、信号枪、照相机、瑞士军刀、观察仪、医疗箱等等，再加上各种罐头食品和固体压缩干粮，所有的东西大部分都要靠牦牛驮着上山。

在准备的过程中，戴安娜发现，艾瑞克是一个特别细心的人，所有的装备他都事无巨细地仔细检查过，即使我已经全部地准备好了。

“要是在山上迷路了，需要发射信号的时候，突然发现信号枪的弹药无法发射，你就完了。”艾瑞克仔细地检查着所有的装备，他是这次探险队的队长，加上还要带上戴安娜和海伦这两个大家闺秀，所以，他觉得责任重大，在很多细节上嘱咐我要谨慎。

戴安娜穿着马裤和靴子，看上去十分的利落亮丽，她的心中现在奔涌着对艾瑞克的无限的柔情蜜意，让那个黄头发女孩海伦看见了，都有一些嫉妒。“和你们在一起，我都觉得我多余了。”海伦假装有一些不满。

戴安娜就赶紧哄她，“好好，我现在不理会他了行不行？有这个夏尔巴人照料你，你会很好的。”我看见她说着话，还不自主地朝远处的艾瑞克望去，看来她的目光是一刻也不能离开艾瑞克了。

所有的准备都做完了，我抚摩着那些绳索，休息了一会儿，抽了一根印度卷烟。

我们就等待着第二天出发了。

出发的时候，我们很神气的——全斯里纳加有一半的人都来围观，他们好奇的是，在探险的队伍中还有两个年轻美丽的英国姑娘，这可是十分新鲜的事情。

戴安娜和海伦因此感到特别得意，因为这可能是她们在少女时代最辉煌的举动了，所以当那些印度人、包括缠着头巾的锡克教徒、大胡子穆斯林，还有棕色皮肤的锡金人，以及夏尔巴人围着她们的时候，她和海伦就对他们报以了十分友善的微笑。

而更多的对她们羡慕和嫉妒的，是这里的女人，因为她们裹在长袍中的身体不许露出来，只能露出来脸，男人管得很严，她们是没有机会去登山的。

我看到戴安娜的父亲来为我们送行，还开了一瓶香槟来祝贺。

“还是等我回来再好好庆祝吧。”戴安娜对她的父亲说，“爸爸，放心吧。”

骑在马上的艾瑞克一声令下，我们很快就出发了。

我们当时沿着一条从远处的冰峰一直延伸下来的河流前进，走在克什米尔北部的山谷中。河水十分冰凉清澈，没有一点浑浊。两边的山峦像是波浪一样，有着汹涌的起伏，但是它们凝固了。

空气在我们一进入这条看似没有尽头的山谷，就立即变凉了。当然，如果你走到太阳的底下，气温会立即升高，脸上还有被高原的阳光暴晒的灼痛感。

我们的队伍很长，一直延伸出去一百多米。牦牛身上的铃铛和驱赶它们的驮夫的吆喝声响彻山谷。一只孤独的鹰在我们的头顶盘旋，翅膀张开，但是似乎纹丝不动，静静地被空气托举着旋转，似乎对我们的队伍十分好奇。

出发没有多久，戴安娜就发现，这次出行是对她的一次真正的考验。

可能是过去骑惯了大象，而大象是非常稳当的动物，它的行走也特别缓慢，但是，在崎岖的山路上骑马，这仍旧是戴安娜挠头的事情。我看海伦似乎表现得比她要好一些。

看到一出发就在马背上被颠得有些难受的戴安娜，艾瑞克很心疼。他立即教会她骑马的要诀，就是上山的时候，身体要微微地前倾，身体与马的身体不要完全接触，而是保留一点空间，这样马在跑起来的时候，可以控制身体的节奏。

戴安娜试了一下，果然好多了。因为这是戴安娜有生以来的第一次探险生涯，注定将成为她永远都无法磨灭的记忆。好在她的心中有着对艾瑞克浓烈的爱情，一开始的极其艰险的道路，并没有把她吓坏。她在路上跟我唠叨，这个时候她才格外地怀念过去和当林务官的父亲出游的生活：即使是在丛林中，也随时可以搭建好帐篷，拴好吊床，可以随时吃自己想吃的东西，那种母亲做好的英式糕饼。而骑在慢吞吞的大象身上也特别舒服，丛林中还有一些驿站，是专门供他们休息的。在那里，他们可以尝到精美的英国点心，喝到香甜的英国奶茶。

可是在克什米尔的山谷中，这一切全部都没有了。

我们走了整整一天，到了晚上我们扎好了帐篷。戴安娜后来在回忆录里写道："那次是我的第一次探险。我发现，自己的两条大腿的内侧，皮肤都被磨得渗出了一些血丝，我没有把这个情况告诉和我一起睡的海伦，因为海伦自己没有注意，结果她的皮肤被太阳晒得特别疼，需要抹一些防晒的油膏。我们两个英国的大家闺秀，在第一天的探险中，就已经尝到了苦头。而可恨的艾瑞克似乎对我们的遭遇并不同情，他在我们安顿好之后，就和探险队的其他人以及夏尔巴人喝酒去了。"

探险开始的第二天，天才刚刚亮，她们就必须起床了，因为艾瑞克来叫醒她们的时候，我指挥的夏尔巴人厨师已经做好了早饭。她们赶紧洗漱打扮，发现自己已经开始改变了模样。早饭是我们夏尔巴人专门特制的一种炖煮的混合饭，这种饭，戴安娜过去从来也没有吃过。我最喜欢吃这样的饭，它的味道非常奇妙，里面有肉、有大米，还有蔬菜和野生的菌类，以及葡萄干。

吃饭的时候，艾瑞克笑嘻嘻地说，这种饭的热量特别高，营养也很丰富，要她和海伦多吃一些，因为下一顿饭，就要到晚上宿营的时候才能吃到了。

不过，这一天的旅途，戴安娜和海伦似乎都有一些适应了，到了晚上我们扎营的时候，我，格雅勒根在营地烧烤山羊肉和牛肉，而戴安娜和海伦学着这个男人的样子，大口地撕扯着肉质十分粗糙的高原牛肉，也感到十分香甜。

“你们开始变成真正的探险队员了。”艾瑞克看到她们吃肉很香的样子，十分满意，“明天中午，我们就要到达冰峰脚下了。”

“我们就可以攀爬冰山了吗？”戴安娜天真地说。

“看看情况再说吧，你们的准备并不充分。”艾瑞克并不客气。

“我们已经完全准备好了。”戴安娜不服气地说，“我们已经适应了。”

艾瑞克严肃地说：“不，你们还没有适应，一切才刚刚开始呢。”

我们出发的第三天的旅途，全部是在高山的山脊上行走。牦牛队在这个时候才显示了它们的实力，在这种地方，它们行走得特别稳当，倒是那些马匹开始露出了疲倦的神态。

戴安娜得以第一次观赏到真正的中亚风景，她后来写道：“四周的山峦像是一只巨大的章鱼,在大地上展开了它所有的触角,有力地控制了大地。山体的纹理十分神奇和细密，形成的风景格外壮丽，大自然此时显示了它的鬼斧神工和气象万千的一面，使我的心胸一下子开阔了起来。这个时候，见到了眼前如此美丽的风景，又能够和自己的心上人一起观赏，我觉得特别的幸福。”

“艾瑞克，你看四周的风景，有多么美丽啊。”戴安娜骑马追上了她丈夫艾瑞克。我紧紧地跟在后面，生怕她摔下马了。

艾瑞克看着她，“更美的还在后面呢。要是你能爬到那边的冰峰上，你看到的景色会更美。”

“你曾经见到过那样的风景吗？”

“当然，我总是在这样的风景中行走，都疲惫了。”

“艾瑞克，你真幸福。我也想一直走在这样的风景中。”

艾瑞克温柔地看着她，“从此之后，你就会的。”

中午的时候，我们在一处平缓的山坡上建立了营地。附近的海拔大约有四千多米。这是艾瑞克准备尝试攀登南迦•帕尔巴特峰建立的大本营。旁边有可以取水的冰河，附近有一处陡峭的山崖，刚好可以挡风。

再往前，就是连绵的雪峰了。

那个黄头发姑娘海伦有了中度的高山反应，她头疼、恶心。我让她喝了红糖水之后，在帐篷中休息。而戴安娜却没有太多的高山反应。看来她身体不错。

上午,艾瑞克拉着戴安娜出来看天气的情况,“未来两天,天气看来不错,戴安娜。”艾瑞克观看着天色,十分满意地对她说。

“你怎么可以看出来天气很好呢?那边有很多云彩过来了。”戴安娜问他。

“你看,如果山风从山谷的下面向山峰上吹,那明天的天气就会好。要是在傍晚西边出现了火烧云,那天气也不错。”

“那如果风朝山谷下面吹呢?”

“那坏天气很快就要来了,比如说暴风雪。”

戴安娜很惊奇。她又说,“海伦的身体反应大,她有些害怕了,她有了高山反应,害怕登这里的雪山了。我知道马默里就是死在那座山上的。”

“我知道这个。不过,我不会同意你和海伦去爬那边的冰峰的。我下午带你攀登前面的悬崖吧,这才是我打算教你的第一课。”艾瑞克指了指眼前的冰雪悬崖。

我和戴安娜看过去,发现那个冰面悬崖有四十五度以上,或者甚至有六十度的倾斜。看到那么陡峭的悬崖,戴安娜倒吸了一口凉气。

不过,为了让戴安娜学习登山的技术,临到攀登的时候,艾瑞克还是选择了一处坡度比较平缓的冰雪悬崖,开始教戴安娜登山。首先,艾瑞克和我教会了她各种的结绳技术,这是登山队员必须要掌握的技术。我看到戴安娜心灵手巧,她立即学会了打织布结、牵引结、通过结和双套结,以及用于保护自身的抓结和单环结。

我们打好了绳结,就开始攀登了。我们使用了钢锥、铁锁和钢丝绳结,以及各种已经准备好的绳结，来攀登“实验段”的冰峰。

这完全是给戴安娜热身用的。不过，前一段仍旧十分艰险，艾瑞克在前面，他用钢锥开路，给戴安娜提供固定的保护，等到戴安娜上到了艾瑞克的位置，他再继续前进。我则殿后。戴安娜这个时候显现了她十分好强的一面，即使这面陡峭的冰雪山崖是一般的女人无法攀登上去的，戴安娜也没有说什么不字。看来，她相信艾瑞克在引导她的同时，也在考验她，看看她是不是已经做好了真正的准备，来爱一个登山家的。

在我的前面，戴安娜一步步地登上了山崖，下面观看的登山队的其他队员，还有我的那几个夏尔巴人弟兄，已经发出了赞许的声音。

爬了半个小时，我们上升了不少距离。我看到戴安娜已经非常累了，即使艾瑞克在前面做好了她前进的每一步的铺垫，做好了保护她的每一步的准备，在这冰崖上前进的每一米，都是需要付出巨大的努力的。

戴安娜和艾瑞克和我采取的是“之”字形的上升路线，这是很省力的攀爬办法。很快，我们就在冰崖上升高了五百多米。艾瑞克在前面用冰锥开路，一面常常回身，仔细地协助戴安娜，这个已经和他有了感情约定的女人。她的好胜心使他十分欢欣鼓舞，毕竟，一个人要想取得胜利，有时候需要好胜心和自尊心。

我们花了一个小时的时间，终于上到了这片冰崖的平面。

“现在，你看看四周的风景。你看，我们就在眼前的风景中。”艾瑞克拉着她，站在了一片自古就有的山崖上，向四下望去。

多年以后,我阅读她的自传的时候,她写道:“我登上了那片冰崖的平面，我发现，这个时候，我的视野陡然变得开阔了，刚才沿着下面的山脊线上行的时候，一些美丽壮阔的大地风景，看来是被很多悬崖挡住了，现在，它们全部地、毫无保留地展现在了我的面前。的确就像是艾瑞克所说的那样，在更高的高度，看到的风景，就一定更加的壮丽。我情不自禁地发出了感叹的声音，因为，我那一刻看到的中亚大地，是我过去在别的地方从来也没有看到过的，它的起伏伸展是如此的广阔，它的肌理变化是那样的复杂，它在敞开了博大的胸怀欢迎我，而我，和这片土地真正相遇了。”

我站得离他们稍微远一点，以免他们因激动过于亲热而使我尴尬。我看到他们又情不自禁地接吻了，这一刻，注定将成为他们最值得回忆的一刻。

她的第一课结束了。我们借助冰锥的功能，很快下降到了地面。

这一次，戴安娜又学会了在大于四十五度角的坡面上下降的技术。下降技术在攀登雪山的时候特别重要，尤其是救援别人和自救的时候。

她到达地面上的时候，整个人已经累瘫了，因为在冰崖上面，需要她时时刻刻都集中注意力，也需要付出百分之百的力量，到了下面，斗志已经松懈，这个时候，她才发现自己已经完全超支了体能，累瘫了，刚刚接触到地面，就倒在了艾瑞克的怀里。

他把她抱进了宿营的帐篷。我跟在后面，拿着所有的登山器具。我看到海伦已经好些了。艾瑞克把戴安娜在睡袋上放好，又盖好了被子，叮嘱她要好好休息。

我这个夏尔巴人，格雅勒根，他们忠实的向导和仆人，立即给她专门做了一些味道古怪的但是由冬虫夏草和雪莲煮的肉汤，端给她，告诉她说，喝了这个汤，她很快就恢复体能了。

“你真不错，戴安娜，我为你骄傲。今天就这样了，你好好休息吧。”

在一边，艾瑞克摸着她的头对她说。他的眼睛里全是爱，看来他知道了，戴安娜的确不同于其他的女孩，值得他来爱。

“你们是不是明天要去攀登南迦·帕尔巴特峰了？”戴安娜问他。艾瑞克躲闪着她的目光，“对，我和队员开会商量好了，明天，我们只是想试一试，如果不行，我们到半道就会停止攀登了。”

“我有些担心。先不要去登那座山，好不好？我觉得有一些不好的预感。”戴安娜哀求他。

我看到艾瑞克看着戴安娜，许久才点了点头。我了解艾瑞克，登山计划是早就确定了，是不可能更改的。我们明天就要挑战那座该死的山头儿了。其实，要是让我们夏尔巴人自己上去，我们早就上去了，可是，这些白人上去才算真正的记录，这就是当时的情况。不过，我们天生就是这个命，记录不记录，我都是无所谓的。

在宿营地的第二天，艾瑞克·谢普顿就要带着队员前去攀登南迦·帕尔巴特峰了。可是他要我留下来照顾她们两个。经过了一夜的休息，戴安娜仍旧觉得浑身都很疼痛，这可能是肌肉超过了承受能力导致的，问题并不严重。而黄头发姑娘海伦忽然有些发烧，我知道情况不妙——这是相当危险的，这样有可能导致肺水肿，而这个病在高原基本上只有一死。

最后，艾瑞克让夏尔巴人，我，格雅勒根向导，护送她们回去。戴安娜本来不想回去，毕竟，艾瑞克要去爬那可怕的雪山。可是她看到海伦这个样子，就同意了，但是，她仍旧对艾瑞克他们攀登南迦·帕尔巴特峰的行动很担心。

“你们真的要攀登马默里献身的那座山峰？”戴安娜担心见不到她心

爱的艾瑞克了，因为她才刚刚得到这么甜美的爱情，就要经受考验了。

“你就放心吧，戴安娜，我现在已经不是一个人啦，我有了你，我当然会安全回来的。”艾瑞克这样对她说。

她和病歪歪的海伦骑在马上，我格雅勒根在前面引路，我们开始往回返。当我们走了很远，离开营地很久，我看到戴安娜在回头。我们都看见艾瑞克向和我们相反的方向走了。他们向远处的南迦•帕尔巴特峰进发了。

远远地望去，南迦•帕尔巴特峰峰顶一片雪白，闪烁着令人敬畏的银光。

我带领和护送戴安娜和海伦回到斯里纳加之后，没有几天，黄头发姑娘海伦就因为肺水肿病危，差一点死了。后来经过了抢救和疗养，海伦的病情被控制住了，但是，她有了后遗症，就是说话的声音像是漏气一样。这是她们这次探险的结果之一。

戴安娜非常难过，因为，假如海伦不和她一起去的话，海伦是不会有这样影响她一生的后遗症的。

几天之后，艾瑞克他们也安全地回来了——他们尝试攀登南迦•帕尔巴特峰的行动失败了，因为他们遇到了高山暴风雪，两个队员受了冻伤。后来，天气变得更加不适合继续攀登，于是他们决定结束这次登山探险。

倒是戴安娜和艾瑞克的感情，经过了这次短暂的探险之后，更加迅猛地发展了起来。已经有某种东西把他们之间牢牢地联系在了一起。他们互相产生了依恋和巨大的吸引力，他们很难再分开了。

我记得就在艾瑞克他们继续为冬季去阿希尔山脉的登山探险做精心准备的时候，欧洲战争爆发了。

艾瑞克回到德里参加了英国军队，我回到了在尼泊尔锡金边上的大吉岭城，在那里干往西藏运送货物的活儿。

在戴安娜的自传里，她很精确地写道："1939 年 9 月 1 日，德国开始侵占波兰，9 月 3 日，英国和法国向德国宣战，但是没有立即出兵。所有人的生活开始被战争的阴云笼罩，艾瑞克和我也不例外。在英国政府的号召下，我来不及实现登山的梦想，而是回到了英国本土，作为志愿人员，开始为军队的后勤服务。后来，我还参加了英国政府组建的'妇女农耕军'，我和其他很多的英国女性，戴着船形的帽子，唱着关于布丁的歌，在离南安普顿不远的乡村农庄中种粮食，收获甜菜，养猪养牛。英国需要更多的粮食来抵御德国的打击，因为德国人后来也开始轰炸英国了。

"而艾瑞克带着他的探险队，从斯里纳加回到了印度，在那里参加了新组建的英国军队。我们的联系就只能依靠书信了。但是，即使是被陡然而起的战火隔离开几千公里，我们也仍旧彼此信任，和深深地爱恋着。

"几个月之后，已经是 1940 年了，希特勒几乎侵占了整个欧洲。一直无法和我在一起团聚的艾瑞克，被英国驻印度的殖民政府任命为驻中国新疆喀什噶尔领事馆的总领事，负责照顾英国在那里的利益。

"听到了这个消息，艾瑞克十分高兴，因为，这意味着他必须要翻越印度北部那巨大的喀喇昆仑山脉，到神秘的中亚和中国腹地新疆地区，这对他来说是一个很大的诱惑。于是，他准备好了之后，就按照一条翻越喀喇昆仑山的古道，抵达了喀什噶尔。

"但是他到达那里的时候才发现，因为新疆的局势也特别的不稳。欧洲战局在僵持，德军不断地打败苏联人，并且包围了很多的苏联城市。在这个情况下，新疆的当政者盛世才突然从过去依靠苏联人，转而投靠了亲英美的国民党首脑蒋介石，还逮捕和杀害了一些共产党人，对艾瑞克的英国驻喀什噶尔领事馆也很不欢迎，当地的形势变得十分微妙，他的行动也受到了监视。艾瑞克甚至被软禁了一段时间。”

那段时间我跟着艾瑞克也来到了新疆的喀什噶尔。1942 年，欧洲的战事正在紧张地时候，艾瑞克因为度假，回到了英国本土，我则帮助照管领事馆里面的杂事。

他见到了戴安娜，当时她从“妇女农耕军”参加一年的劳作后返回了南安普顿，仍旧在英国军队的后勤做志愿服务。

他们立即决定结婚了。闪电结婚之后，他们离多聚少，因为第二次世界大战还完全看不出结果。艾瑞克又返回了中国的喀什噶尔，继续在那里工作，但是，受到了当时新疆的局势动荡的影响，工作得并不是很开心，这一点我们都可以看出来。他们依靠信件保持联系，而穿越中亚的铁道线已经完全被战争破坏了，这些宝贵的信件都要经过漫长的海洋上的旅途，最后才能够抵达英国本土。

那个时候，欧洲的战火燃烧得最为激烈，似乎看不到它结束的那一天，德国人已经在广袤的俄罗斯进行他邪恶的侵略战争，世界正在发生着重大的变化。他们每一天都被对对方的思念和担忧缠绕着，希望噩梦般的日子赶快过去。

1944 年，艾瑞克被调到了英国驻维也纳使馆工作，我，格雅勒根则回到了印度，在斯里纳加当向导。

这个时候第二次世界大战已经出现了逆转，看来德国要失败了。

但是艾瑞克仍旧无法和戴安娜相见。后面的事情是我听说的：两年以后，到了 1946 年初，他回到英国，他们才又见面了，这个时候第二次世界大战已经结束了。有一天，在一所学校里担任校务秘书的戴安娜，听到了空气中一个声音在对她说："你的丈夫回来了。"她以为自己听错了，因为成年之后，她的一些超能力就时有时无的，但是这个声音又说了一遍："你的丈夫回来了。"这下她终于相信了，她立即驱车回到了家中。

在她的自传中她说："她推开家门的时候，看见了艾瑞克一个人疲惫地，但是满怀欣慰地坐在饭桌边，在喝着杏仁茶。然后，他看见了她。"

那一刻，戴安娜哭了，因为分隔了这些年，她以为自己永远要失去艾瑞克了，她一直觉得自己还没有和艾瑞克开始真正的婚姻生活，上帝因此照顾了她，没有让战争把他夺走。现在，她终于和艾瑞克生活在了一起，开始过上了真正的婚后生活，即使是这样的生活仍旧会有短暂的分离。

后来，他们再次来到印度的时候，我重新成了他们的向导和仆人。那是 1946 年 8 月的事情了。

卷二：戴安娜·安普顿

九 月

在我和艾瑞克结婚之前，我从英国给艾瑞克写信的时候，总是直接在信封上写上“新疆喀什噶尔，英国总领事馆”的字样，这样的一封信就远渡重洋，来到了印度，然后又经过驮夫的手，翻越克什米尔西北部那巨大的喀喇昆仑山，经过建立在高山的缝隙里那些驻印度的英国人设立的驿站，用牦牛和马匹不间断地送到了喀什噶尔，被我的心上人拆阅，带给他最大的心灵慰藉。但是，我无论如何也想象不到，喀什噶尔到底是一个什么样的地方，那里有着什么样的人民，即使是艾瑞克在给我的信件中详细地描绘了喀什噶尔的风土人情，我还是无法想象。

那里肯定是一个神秘的地区。我从地图上发现，它被帕米尔高原和喀喇昆仑山所包围着，建立在附近的高山冰雪融水形成的可以进行农业灌溉的绿洲上，古老的丝绸之路曾经穿越了它，在中国的元朝，意大利旅行家马可•波罗曾经经过这座城市，在那里还有过短暂的逗留。那是一个充满了幻想的城市，一个和马可•波罗一样有着传奇色彩的城市——

1274 年的夏天，一个翻越了帕米尔高原那令人胆寒的群山的意大利威尼斯青年，来到了喀什噶尔。他得了严重的寒热症，可能就是后来人们说的疟疾。当然也可能他在发烧，他来到喀什噶尔的时候，看见所有的东西都有着双重的影子，后来他在一个有着满院子葡萄藤的客栈门口倒下了。

等到他再醒来的时候，他发现自己躺在一座挂满了葡萄的葡萄架下。成串的圆圆的葡萄悬挂在他的头顶，使他垂涎欲滴，接着他又看见了一个如花似玉的维吾尔族少女，站在他的身边，她给他准备了满铜盘子的葡萄和一杯热茶，还有烤馕。她是这家客栈主人萨拉班的女儿阿依娜。

“我这是在什么地方？”这个欧洲白人以为自己出现了幻觉。

“你在我们的‘风’客栈里，我爸爸萨拉班去给你配药去了。”

“谢谢你，美丽的姑娘。”他感到身体已经有了一些暖意，即使葡萄架下特别凉爽，他也感到了温暖。

“我叫阿依娜，也就是月亮的意思。”少女阿依娜笑了一下，“你先吃一些东西吧，因为你太虚弱了。”她起身走了。

之后，他吃了一些葡萄和烤馕，喝了茶水，但是身上的寒热病症发作了，他就又沉沉地睡去。他开始做梦，梦见他继续穿行在一望无际的大沙漠中，远处有海市蜃楼在浮动，他不停地走着，但是这个时候他可以感受到来自沙漠的一种奇异的力量，正在进入他的体内，并且一直持续不断地提供给了他以力量，以至于他终于穿越了那个可怕的沙漠，并且继续在荒无人烟的地方穿行。那种来自大地的力量依然存在，他开始穿越像是缤纷的花瓣落地一样的季节，穿越了山川、河流，穿越了很多的城市，那些城市中的人的面孔仿佛是一下子就涌现了的，无穷无尽的人纷纷涌现，大地展开了复杂缤纷的面貌，而他认识了他们所有的人。他也被皇帝接见了，成了皇帝喜欢的人。

他再次醒来的时候，明白一种力量已经被赋予他了。旅店店主萨拉班已经给他配好了一种口服和外敷的药，美丽的姑娘阿依娜给他端来了清水，给他上药。他在这家叫作“风”的客栈里住了一个月，他的病全好了。

告别了善良的萨拉班和美丽的阿依娜，他再次上路的时候，没有走多远就看见了塔克拉玛干大沙漠，他想起来自己曾经在梦中穿越过这个沙漠，于是他果真涌起了巨大的力量，穿越了那一片死亡之海。

他就是旅行家马可•波罗。他后来走了很多地方，果然看见了他在梦中就已经见过的各种各样的人和风景，他走了几乎一生，再也没有停下来过，他知道他继续行走的动力，就来自在喀什噶尔的“风”客栈的那个梦，甚至来自美丽的姑娘阿依娜。

1946 年夏天的时候，艾瑞克•谢普顿被再次任命为印度的英国政府派驻中国新疆喀什噶尔的总领事。这个时候，艾瑞克还在英国驻维也纳的使馆工作，他听到这个任命之后，立即给在英国的我打电话，我从电话线中传来的十分嘈杂的声音中，分辨出了那是艾瑞克的声音：“亲爱的，我是艾瑞克，我要再次去中国新疆的喀什噶尔了，你能准备好和我一起去吗？”

这个消息太突然了，我都来不及想，“能不能给我一天的时间想一想？这个消息太突然了。”

“不行，亲爱的，我们只有三分钟的通话时间，你必须现在就给我一个决定，我好立即给上级答复。”

我的耳朵里都是电话中电流的嗡嗡声，那种声音就像是来自月球的声音，十分不真实。但是，我没有做多少迟疑，立即回答他：“好吧，我跟你去那里。”这个时候，我的脑子里已经开始想应该准备什么样的东西了。我实在不愿意再和他分开了！我受够了这样的离别了！

“太好了，亲爱的，我们以后就不会再分开了。办完这里的手续，我会很快回到英国，然后，我们一起从英国出发，去中亚新疆。”

一周之后，艾瑞克果然回到了我的身边，准备带着我出发到印度了。但是，我发现，这个消息并没有使艾瑞克兴奋，他甚至还有一些担忧。

“印度的局势非常不稳，我不知道此行会不会很顺利。”他说。

的确，这一年，印度的局势对英国特别不利，印度要求自治的声音很高亢，已经无法控制了，所以艾瑞克更希望尽快到印度去，他觉得，这个时候印度可能更需要他。艾瑞克有时候就像是一个军人，他觉得平息印度的动荡是需要他的。

但是，我却很高兴，因为这样一来我终于可以再次见到那神奇的中亚群山了。那些群山，很久以前，我第一次和艾瑞克从克什米尔的斯里纳加出发，曾经拜访过的群山，我又要和它们相遇了。

“亲爱的，你看上去似乎郁郁不乐，你应该高兴啊，咱们的生活又发生变化了。而且，我们以后就不会再分离了。”我拍打着自己的儿子对艾瑞克说。我们的儿子尼古拉斯很乖，他在我的抚摸下总是在笑。

“英国可能要失去印度了，”他的情绪的确不高。“印度人现在像是发了疯，他们在那个甘地的带领下，要求着独立、独立，自治、自治！”

“不会的，我们应该不会失去印度，因为，英国已经是印度的一个情结了。再说，印度本来就是印度人的印度。甚至——让印度人自治难道不好吗？”我想起了童年时期就见过的在雨季的河流上漂浮的尸体，以及在河边用木柴堆火化的青烟，还有浑身都是疥疮的印度乞丐。我忽然觉得，如果自治可以让印度人自己解决这些问题，那也没有什么不好，事实证明，英国人其实永远也改变不了印度的这些面貌的。

“但是，过去我们大英帝国的荣光，可能就要不复存在了，你就等着瞧，如果印度自治了，那我们的很多海外属地，全都会效仿的，这会是多米诺骨牌的效应。”这个时候，艾瑞克看到了我并没有在听他讲，以为我并不关心这个问题。艾瑞克忽然想到了什么，“我们去喀什噶尔，我们的儿子尼古拉斯怎么办？我都忘了问你了。”

我的脸上流露出眷恋的神情，“是啊，这是一个令人头痛的问题，他才只有九个月，肯定是不能带上他的，他无法抵御旅途中的艰难，而且，路上的医疗条件肯定不好。我已经想好了，还是把他放在英国吧。”

我们后来找到了一个可靠的远房亲戚来照看尼古拉斯，然后我们就坐船出发，前往亚洲了。

8月，我们到达了印度首都德里。在这个季节来到印度，正是印度非常炎热潮湿的季节，我又看到了从小就熟悉的、戴着红色、黄色、白色的包头巾的印度男人，和那些被绚丽的长裙包裹着身体的女人们，还有漂浮着各种人类的丢弃物的肮脏的河流，到处都存在的乞丐和星象家。但是，我也发现，现在，就像是艾瑞克担心的那样，在整个的印度，在德里，所有的印度人，都关心着他们的独立和自治运动。甘地进行的印度独立运动似乎达到了高潮，使英国政府和英属印度殖民政府左右为难，因为甘地的“非暴力、不抵抗、不合作”的办法特别有效果，使英国人在他们的面前丧失了耐心，也没有别的办法，直到现在因为一次屠杀事件而丧失了自尊和信誉。

“我觉得，照这个局面下去，他们真的独立了，或者，按照他们的说法，真的要实现自治了。”艾瑞克很着急，而德里人心浮动，他对我说，“我倒想待在印度，看看印度人会怎么治理这个国家！他们没有治理自己国家的能力。”

“十几万白人管理和统治四亿印度人口，我们之间的文化又根本不同，要想一直统治下去，你觉得这可能吗？”我反问他。自从经历了第二次世界大战，我对欧洲文明的优秀产生了深深的怀疑，因为就是这样自以为伟大和成熟的文明，却落到了自相残杀的地步，甚至屠杀了几百万的犹太人，杀死了几千万的士兵和民众。这样的文明，并不是能够完全信任的文明。

艾瑞克盯着我，“我们统治他们已经两百年了，不能在我们的手上丢掉它。我们会成为英国历史上的罪人。”

“这可能是你，也是所有的英国人都无法控制的。甘地现在已经是一个神了，而印度人拥护他，这些天，我们在德里看到的不就是这样的吗？他们已经觉醒了。”我说，“他们肯定要实现他们的目的。”

艾瑞克的脸色涨红，他特别难过，“不会的，我们不会失去印度的，他们即使是自治了，也还是需要我们的，他们管理不好自己的国家。”在这个问题上，艾瑞克相当自信和有偏见，这是我无法通过劝慰可以消除的。

我就是在这一点上无法赞同我的丈夫，我发现，只要是涉及印度的前途，艾瑞克就显得特别焦躁，仿佛印度是他的什么无法分割的东西，他根本就不能失去它。但是，在欧洲所有的文明国家几乎毁于“二战”之后，我所有的看法就不同了。欧洲人同样是野蛮人，或者，在他们彬彬有礼的面貌之下，仍旧有野兽一样的躯体在活着，和文明的身体共生在一起，平时是看不出来的，一旦恶魔苏醒，文明国家自身也会毁灭自己。

“我们不要争执了，亲爱的艾瑞克，我们来这里是为了要到喀什噶尔去的，还是想一想我们怎么去那里吧。你要服从命令。”我温柔地抚摸着艾瑞克，而他还在为英国要失去印度的假想发愁。

“在德里，没有人关心我们怎么去喀什噶尔，得我们自己想办法了。”艾瑞克回过神，“他们没有人关心别的了。”

我了解到，1890 年之后，在新疆喀什噶尔就有了英国驻扎在那里的外交人员。瑞典地理学家和探险家斯文•赫定曾经在 1890 年第一次抵达喀什噶尔，在那里，他遇见了当时英国第一任的贸易代表马嘎特尼，他的中文名字叫马继业。

在那里，瑞典人斯文•赫定得到了英国人和俄国人两方面的支持，才完成了他那艰巨的探险，后来还发现了楼兰古城，并且几次进入西藏。

从那个时候开始，新疆喀什噶尔就有英国人的国旗和身影了。因为在当时，大英帝国和俄国在帕米尔高原对峙和相遇，一个不希望对方南下，另外的一个不希望对方北上，于是，就在中亚的阿富汗留出来一条隔绝双方势力范围的瓦罕走廊，这条走廊从阿富汗一直可以通向喀什噶尔。在喀什噶尔有俄国领事馆，所以，英国必须要和俄国的势力有正面对视与交锋、监视与交流的机构，而在新疆设立外交领事馆，就是一个证明。

几年之后，喀什噶尔的贸易代表处就变成了领事馆，后来又升格为总领事馆，就是为了向俄国人表明英国在这一地区的利益以及存在。而且，现在的格局，也使俄国人无法觊觎英国人一向认为是自己的后花园的西藏，有了瓦罕走廊和新疆，俄国人就没有能力越过帕米尔高原，把手伸到西藏去，那里是英国人觊觎的一片神圣高地。

在艾瑞克和我准备要动身去新疆的时候，我们在德里碰到了从那里回来的一个邮差。这个人每个月都要在喀什噶尔和印度德里往返一次。他在最近一次去那里的时候，在路上被抢劫了，受了伤，在德里的医院里住着。

艾瑞克和我去找他了解情况，他说，“在新疆的色勒库尔发生了叛乱，叛乱分子后来躲到了山上，专门袭击过往的商队，我们被袭击了。”他向艾瑞克展示腿上的枪伤。

我在英国部队中担任志愿人员的时候，曾经见过各种各样的人的伤口，现在我不再害怕流血和人的溃烂的肢体了。而且，我也不会怕那些高山了。

“我们能够通过陆路去那里吗？”我关心地问他。

“我想可能不行，因为太不安全了。道路已经被叛乱的士兵切断了。”邮差哀叹自己的命运不好，担心自己残废了无法养活妻儿。

艾瑞克和我的脸上愁云密布。

从德里去新疆的喀什噶尔有好几条路线，我们后来一直设计着去那里的路线，而窗外就是越来越炎热的天气。

现在，到处传来的都是坏消息，在印度大地上，在那个小个子印度律师甘地的领导下，到处都是非暴力不合作的事情发生，而且现在印度人不穿英国工厂生产的布匹做的衣服了，他们在甘地的率领下，早就开始自己用纺车织布了。

在我住的英国外交官邸的墙后面，有一大片印度人住宅区，那里纺线的声音就像是很多蚊子在哼哼着，使艾瑞克更加的烦躁。

我想，刚刚经过二战，英国曼彻斯特的纺织工人自己还没有出路，需要有人购买他们生产的棉纱，现在印度人都把英国棉布烧了，要把英国人的影响从他们的生活中驱逐走。印度大地上到处都是这种令人心忧的手工纺织机的嗡嗡声，这嗡嗡声汇聚起来，就是印度要求独立自治的声音，绵绵不绝。这种要求是无法拒绝和彻底压制的。

如果无法经过克什米尔地区，沿着一条只有牲口才能走的古道，翻越巍峨的喀喇昆仑山，抵达喀什噶尔，我们就只好设想从中国租一架小型飞机，越过那些海拔七千米以上的连绵的山峰，直接抵达喀什噶尔。但是，这近乎空想，因为在中国，眼下正在展开国民党和共产党的内战与决战，没有人会给我们租这样一架也许根本就不存在的飞机。

我们还设想开着汽车从中国的华南出发，一直开到新疆，但是根本就无法保护我们自身的安全，也没有人会同意我们经过这些地区的。

或者，从中国的西南地区坐飞机飞到乌鲁木齐，然后再从那里直接到喀什噶尔？可是，存在这样的航线吗？它在哪里呢？

我们在炎热和人心浮动的德里想来想去，最后仍旧决定沿着克什米尔通往新疆的古老商道，翻越喀喇昆仑山的大坂，最后抵达目的地喀什噶尔。

那条路，我知道，是人和驼马死伤枕藉之路，也是一条从古到今的死亡之路。

世界现在乱成一团，可是我为什么还要到一个我从来也没有去过的地方？欧洲战火的硝烟才刚刚消散，他们在舔着自己的伤口。中国人从日本人的蹂躏中刚刚解放出来，但是国民党和共产党的内战又爆发了。

印度大地上在酝酿着独立自治的风暴，他们反对英国人，要赶走所有的英国人，他们快要成功了。那么，我到一个叫喀什噶尔的地方干什么去呢？是不是为了躲避一些什么？为了逃避我所见到的大地和人身上的伤口，到一个宁静的世外桃源去休息？

在欧洲、美洲和非洲，很多人，这几十年来有很多人，通过各种交通工具，艰难地抵达那些原始的丛林，比如像亚玛孙河流那样的大河深处，是为了寻找生命的意义，还是仅仅为了逃避？世界上还有诗意的地方存在吗？世界到处都在变得好斗、单调和乏味，是不是还有真正的探险旅途，等着我们去发现？

我无法想明白这些，我很困惑，但是，无人能够解答我的疑问，艾瑞克也不能。我在德里只是想着能够尽快地动身。

现在，喀什噶尔已经是一个我十分渴望抵达的地方了。在海上贸易之前，欧洲、中亚和远东之间就是通过翻越喀喇昆仑山的古道，互相进行贸易往来的。我现在特别激动，因为我将再次真正地和那些大山相遇，看到以前没有见过的风景和人，体验到一种全新的生命感觉，我要穿越时空的隧道，回到过去，和过去很多行走在崇山峻岭中的人们的灵魂相遇，就仿佛是旅行在过去的遥远年代。

这样的旅行可以使现在的时间停滞，使过去像是清晰的影像一样浮现，而我，要见证这样的道路。

我们在德里已经完全准备好了，但是艾瑞克还要等待我们的向导和忠心耿耿的助手，夏尔巴人格雅勒根。

艾瑞克在喜马拉雅山的几次探险活动，都是由格雅勒根当助手的，艾瑞克非常信任他。七年前，我就已经在斯里纳加见过他，那是一个皮肤黝黑的夏尔巴人，1939 年欧洲战乱爆发之后，在印度的英军部队待了一段时间，艾瑞克返回欧洲之后，格雅勒根也回到了在尼泊尔锡金边上的大吉岭城，在那里干往西藏运送货物的活儿。要翻越喀喇昆仑山，必须要格雅勒根这样的人帮忙，否则，根本就不知道会遇到什么样的困难。

“他会不会出了什么事情呢？”艾瑞克在德里等得很焦心，他很担心格雅勒根的安全，因为从报纸上得知，印度东部，特别是加尔各答的骚乱已经十分严重了，穆斯林和印度教徒之间发生了严重的流血冲突。

我觉得这个时候应该运用我的超能力，来看一看格雅勒根是不是很安全，我闭上了眼睛，将注意力集中在大脑的一个很深的地方，于是我慢慢地看见了他，正在风尘仆仆地向德里的方向赶来。

“没事的，他很快就会来了。我看见他了。”我告诉艾瑞克。

艾瑞克对我说的话有些半信半疑的，他显得更焦虑了。

五天以后，果然，格雅勒根浑身肮脏地出现在了我们栖身的外交人员公寓中，“艾瑞克先生，夫人，对不起，让你们久等了。”格雅勒根看到了他的老主顾，欣喜之余，大哭了起来。他开始语无伦次地大声嚷嚷，显然，他在诉说他一路上的千辛万苦，但是谁也听不懂他说的话，我觉得他很好玩，说话的样子就像是唱歌一样。

加尔各答的骚乱已经持续了好多天，印度教徒和穆斯林在互相仇杀，因为甘地和真纳对印度的前途似乎有不同的看法。而印度的东西两个大区，分别是穆斯林为主的地区，所以即使是印度独立自治了，这两个以穆斯林为主的地区，也将变成独立的国家——东巴基斯坦和西巴基斯坦，从印度的版图上分出去。

艾瑞克十分清楚这一点，所以，他比我有更多的焦虑是正常的。问题是现在似乎谁也无法控制住印度的局势了，它就像是一条巨大的轮船，当舵手为航向争执的时候，它正在变成一个无所适从的国家。没有一个舵手可以控制住这条船，这是很危险的。

但是加尔各答的骚乱已经相当严重了，穆斯林和印度教徒彼此已经杀红了眼睛，他们手持尖刀和长矛，在街巷中大开杀戒。

病重的甘地决定亲自来到加尔各答。他来到加尔各答的消息，并没有使当地的仇杀结束，于是他宣布绝食，除非他们停止仇杀。过去他因为和英国殖民当局斗争的原因，也曾经绝食，结果当时他胜利了。

现在他绝食能够制止印度内部的纷争吗？很多人都在看着他。

他绝食已经有几天了，传出去的消息是他快死了。

印度教徒和穆斯林慢慢地冷静了下来，因为他们的国父在为他们的纷争而绝食得快死了。

后来他们停止了仇杀，因为他们都不希望甘地死去，死在他们自己的手里。一些教徒来到了甘地的病床跟前，一个印度教徒愤怒地说，“你让我们停止了仇杀，我们停下来了，但是这个事情还没有完。我杀了人，而且还是孩子，因为，他们也杀了我的亲生孩子……”

甘地看着他，“听着，现在，你要做的事情，就是去找一个父母被杀的孩子，做他的好父亲，而且这个孩子的父母必须是穆斯林。”

圣徒甘地身上的圣徒之光，感化了这些迷途的人们。加尔各答的清晨平静了，这是特别美好的一个早晨，太阳出来了，所有的人发现，加尔各答如此美丽，它本来就非常的美丽。他们停止了仇杀。

虚弱的甘地对尼赫鲁说，“我想喝一点橘汁，还想和你分享一片面包。”

而在格雅勒根对艾瑞克和我的叙述当中，他从大吉岭赶来德里的路程中，充满了十分危险的情境。因为，到处都是印度教徒和穆斯林的对抗，所以他乘坐的火车经常会在半路上被截住，然后，印度教徒和穆斯林教徒就开始了对峙。这个时候，格雅勒根就会再跳上另外的一列火车，继续向德里进发。

有时候，他就藏在货车的底下，让货物盖住他。他亲眼看见了印度教徒和穆斯林彼此对峙的时刻，自己也会受到盘问和威胁，这个时候，他就告诉他们他是夏尔巴人，对他们的争斗没有任何的意见，也不站在任何一方。

一个杀红了眼睛的人非要他承认自己反对印度教徒，但是他还来不及回答，那个人就被后面来的印度教徒杀了。

格雅勒根说，他想不到一向温和的印度人，有时候会这么残暴，而他们对付英国人却是“非暴力、不合作”，究竟印度人是什么样的人？

“不知道，印度永远都是一个秘密，一个无法破解的谜语。”艾瑞克回答格雅勒根。

这个时候，我们的一切已经准备停当了，艾瑞克过去的一个忠实的仆人，克什米尔人阿米尔•阿里也到来了，他是来向艾瑞克禀报克什米尔的局势的，现在，那里还很平静，于是，我们就向克什米尔出发了。

我们很快就抵达了克什米尔的首府斯里纳加。七年之后，我又来到了曾经和艾瑞克相识相恋的地方，心情非常激动。在旅馆安顿好，我迫不及待地要和艾瑞克再次泛舟在达尔湖上，到我们曾经初次接吻的湖心去看看。

这一次，艾瑞克租了一条上面有睡房的游船。现在斯里纳加的游客变多了。湖上有很多这样的人在泛舟。只要是我们没有在为去喀什噶尔的路途准备东西，我们就心情惬意地划着这条船在达尔湖上飘荡。

我在湖上，又看到了曾经令我魂牵梦绕的风景：这完全是一派湖光山色的风景，山峰的黝黑倒影投射在湖面上，显得非常的幽静和神秘。印度人在湖水中丢下的一些黄色和红色的鲜花扎成的花环，会随着水流静静地漂浮，岸边全是笔直的中亚特有的白杨树，它们就像是卫兵一样忠于职守。

“还记得 7 年前，你在哪里吻我的吗？”我心醉神迷地问艾瑞克。

艾瑞克笑了，他正在观察远处栖停在湖面上的一些水鸟和野鸭，“在那儿，我们在那个地方第一次接吻的。”

他说对了，说明他记得我们之间最美好的时光，我想。我们的船又到了那个地方，不用多说什么，我们自然地再次接吻了，这个热吻是那样的绵长，仿佛我们要把七年来的所有的吻都加在一起似的。我们完全忘却了时间，直到一些划船来到我们跟前，兜售货物的商贩的吆喝声，才惊动了我们。

在斯里纳加，我们花了一个多星期的时间准备东西。因为要翻越世界上海拔最高的山脉的大坂，需要准备的东西就非常多。

我这个时候才发现，我想要带上的东西太多了，在格雅勒根的建议下，我不得不去掉一些东西。因为翻越大山的时候，会把马匹累死的。我们用一些牦牛皮做的箱子来装东西，只有这种箱子可以承受住路途的颠簸。

艾瑞克还买了一只小狗，他说，这只小狗养大了之后，可以当他的猎犬，它可以把他用猎枪击中的猎物给叼回来。

所有的准备工作做完，已经是1946年9月2日，我们动身向克什米尔北部出发了。9月，是这里开始变得凉爽的季节，我们开拔了。

我对这次开始的9月旅途，并没有做好心理准备。离开斯里纳加之后，在山路上才走了一个上午，我的脚上就起了一些水泡，我不得不停下来，用自己携带的针把那些水泡给刺穿了。

艾瑞克很心疼，但是他又急着赶路。“我们要走一天半，才能抵达索南玛尔戈山谷，在那里才可以建立宿营地。”

“到了那里，咱们在索南玛尔戈山谷休息两天吧。”我说“我觉得很疲惫。”

艾瑞克想了一下，“不行，等到了列城，我们再好好休息。你不能太娇气了。”他看着我，一瞬间使我觉得跟着他去遥远的喀什噶尔，是一个巨大的错误。我有些生气了，“我和格雅勒根在后面走，你们先走吧。”

艾瑞克说，“不行，我们不能把你一个人拉下，山里十分危险的。还是坚持住吧。”

我们爬着绿草茵茵的一面向阳的山坡，9月的山地中空气凉爽，但是，秋天的气息已经从高空俯冲了下来。

再往海拔高的地方走，就是大片的云杉。我过去很少见过有这么多的云杉，它们特别整齐，就像是东方宝塔一样的形状，所有的云杉从远处看都是一样的，一棵树和另外的一棵树完全一样，布满了山坡，显得特别整齐，也非常养眼。但是再往海拔高的地方走，就到达雪线了，山体也显得狰狞和陡峭了。

我们马上要过一道架在一条冰河上的雪桥。这是木头架起来的，上面还堆满了积雪。我从后面看见艾瑞克要骑马过桥，这个时候我突然听到一个声音对我说：“他要掉下去了。”我赶紧喊了一声：

“艾瑞克，注意！”

就在艾瑞克听到了我的呼叫，回身看我的一瞬间，他骑马刚刚走上雪桥，桥身突然坍塌了，艾瑞克立即连人带马掉了下去。

队伍一下子乱了，我和一些驮夫都跑到了河边，发现艾瑞克被河心的一个由雪堆积而成的小岛给拦住了。我们把他拉了上来。而且，我用手触摸河水的时候，感到特别的惊讶，这条河的河水非常黏稠，里面全是冰碴，整条河就像是果冻一样在缓缓地流淌。我从来也没有见过这样的河流。后来才明白，只有在海拔很高的地方，天气变冷，那刚刚从冰川上融化的雪水顺流而下，就会变成这种冰碴河流。

多年以后，我在自传里写道：“我们买的那只小狗被拴在一个筐子里，每当驮队超过我们的时候，它都要站起来，注视着周围的一切，一点也不害怕。更多的时候，它则安静地躺在篮子里呼呼大睡。碰上道路太艰难，驮着那只筐子的马磕磕碰碰，有时候会把这只狗从筐子里甩出去，但是，看上去它一点也不在乎，并且适应了这种奇特的、摇摇晃晃的生存环境。买狗的时候，人们向艾瑞克保证，只要我们在旅途中不要让它跑太多的路，就不会伤害到它。然而有时候我想，狗似乎虽然是骑在马背上走完这一路的，但是，它的旅行却比人来讲要更为艰难。”

后来，我再也不相信任何雪桥了，傍晚的时候，天空中乌云密布，艾瑞克身上的水还没有干，就又开始下雨了，那条像是果冻般的河流立即被巨大的水流所覆盖，开始流淌着深颜色的河水，山洪也形成了。但是我们并不害怕山洪,我们头顶着雨水,沿着河流边上一条从山上延伸下来的古道,继续前行。

我觉得自己倒霉透了,脚上的水泡还没有愈合,头上又被浇湿了。但是,大山之中的雨是雷阵雨,它很快就从我们的头顶挪开,雨过天晴了,我看见了四周雨幕中的莽莽群山,以及被雨水淋得特别机灵的小狗,我的心情忽然变得特别好。这一刻,仿佛我实现了长久以来的一个梦,我就梦想着有这样朝向陌生之地的旅行,前途茫茫,但是远方却有什么东西在向我深情召唤。

雨停下来之后,我们也很快停下来休整。格雅勒根和阿里燃起了一堆篝火,这是我们燃起的第一堆旅途的篝火,我赶紧替艾瑞克烘烤衣服,他已经冻坏了。

"你掉到河里的时候,我听到了一个声音,说你要掉下去了。"我为他搓着手,很愧疚地对他说,"但是我来不及提醒你了。"

"那条河很怪,河水是黏稠的冰碴构成的,但是还在缓缓地流动"他说。

"温度使河水变成了冰碴,根据惯性和重力,河水也会流动的。"我问他,"你过去见过这样的河流吗?"

"没有,从来没有见过。"

"后面的路好走吗?"我为这可怕的开始感到了恐惧。

"要到达拉达克的首府列城,我们要走两个星期,你能不能够适应这样的旅途?"艾瑞克现在温柔地问我。

"我已经适应了,而且,我感到这里的山川已经接受我了,我们不会再遇到危险了。亲爱的艾瑞克。”

艾瑞克吻了我一下，“你比我想象的要坚强。”

我们要翻越的第一座大坂是海拔接近四千米的佐佐拉大坂，它并不高，但是却因为经常发生雪崩而很有名。雪崩一般都发生在下雪的季节，尤其是刚刚下了雪之后，特别容易发生雪崩。在马上，我看到，佐佐拉大坂附近没有任何的植物，到处都是冰川从山上拖下来的冰冷的冰舌，阴郁寒冷。

我们是早晨到达这个大坂的，但是却没有看到阳光普照，原因是这里是在一面山的背面。跟在我后面的艾瑞克对我说，“翻越大坂，就意味着你超越了人生的一个境界。这里的人认为大坂就像是人生的一个阶梯，而有时候，坏人翻越大坂的时候，就会受到神灵的惩罚，就会被雪崩埋葬。”

确实，大地在这个时候呈现了它十分狰狞的一面，我感到了它的不友好，它的敌意和冷漠。忽然，我看见前面有一只羔羊，白色的小羔羊在咩咩地叫着，显然，它失去了大队的羊群，也失去了自己的母亲。

格雅勒根把它从山崖上救了下来，带上它继续前行。我们翻越了佐佐拉大坂之后，见到了在这里放牧的人，但是，那只羊羔不是他们的，格雅勒根要用羊羔换一些牛奶，也没有人要它，因为，他们没有母羊可以喂它。

看到可怜的小羊羔，我忽然想起了自己放在英国、托人照看的儿子尼古拉斯，他和这只小羊不一样吗？我忽然觉得有一些心酸，母性的感觉在我的内心复苏。我叫格雅勒根把小羊羔给我，我来喂养它。我用携带的一些黄油，用一点牛奶稀释了来喂它，但是它似乎不喜欢吃这样的怪东西。

我一瞬间就把它看成是自己的尼古拉斯，他被我抛得那么远，我却爬在海拔这么高的中亚的群山上，不知道是为了什么。我的心情立即沉重了起来。过了山口，两个小孩来找他们丢失的小羊，我把小羊交给了他们，心情才略微好了一些。

对于我来说，整个行程渐渐地变得有乐趣了，这是因为我习惯了在马上的颠簸。我特别不喜欢骑马，可是又不得不骑马，马把我的胯部磨得很疼，但是在队伍中只有我一个女人，所以又没有办法上药。

第二天凌晨，太阳还没有出山，东方完全是罕见的藏青色，慢慢地变成了鱼肚白色，再后来就变得金黄，这个过程特别令人心醉神迷。

格雅勒根是一个极好的仆人，他可以用很快的速度，就架起了炉子，烧好了奶茶，然后所有的人就喝奶茶吃饼干。然后我们就出发了。

等到太阳已经升起来，真正的惯常所说的清晨来临的时候，我们又埋锅造饭，格雅勒根同样快速地做好了一种有大米、胡萝卜、洋葱和辣椒、羊肉混合而成的米饭，特别香甜。所以，当下到山谷中，景色完全改变了大地的荒凉之后，我的心情好多了。我明白，自己已经翻越了一个真正的大坂。而且没有遇到雪崩。

下山之后，沿途的风景，是我看到的最美的中亚山地风景了。可能是9月里，因为秋天刚刚露头，除了山巅裸露的岩石，在山谷中，到处都是小河流水，因为温度的变化，果冻般的河流已经在欢快地潺潺流淌。大片的绿草地在伸展，山地向阳的斜坡上，人们种植的谷物都已经成熟了，显现出金黄璀璨的颜色。不断地可以遇到果园，果园中的苹果树和梨树上，都挂满了成熟的果实，没有人看管，我和格雅勒根就采摘了很多，但是也留下了一些茶叶作为补偿。

艾瑞克拿着猎枪，追寻着松鸡发出的鸣叫，在山坡上打猎，但是很久都没有听到他那里发出的枪响。我知道艾瑞克的习惯，他必须要等到猎物飞起来的时候，才能够开枪，而这个时候，他几乎是百发百中。

从斯里纳加出发抵达拉达克地区的首府列城，需要骑马走十天以上，这一段旅程结束了，我们慢慢地接近列城了。我得知，这里受西藏文化的影响特别大，过去是中国清朝的属地，但是现在已经完全受印度控制了。

远远地，我骑着马，在山坡上就看见了前面有一条发亮的带子，在大地和天空之间蜿蜒。

“那是印度河，现在我们离列城只有几英里远了。”艾瑞克说。

他和我都兴奋了起来，因为我们终于结束了一段旅途，可以好好休息一下了。我策马狂奔，很快就来到了印度河的河谷当中。看到大片的绿草沿着河岸衍生，河水特别清澈透明，就像是根本不存在似的，只有溅起的白色浪花和哗哗的流淌声，才证明了它确实是存在的。远处的雪山巍峨耸立，它们头戴白色的冰雪王冠，显得非常孤傲，冷冷地注视着脚下的大地和人类。此时，我已经听到了列城的声音，那是有着旺盛的生命力的人类的吆喝声。

我非常愉快，在河边下马。“我喜欢这样的河流。”

“这条河流经了克什米尔，以后就在巴基斯坦地区流过了，如果印度自治，那么这条河的名字可能都要改了，不叫印度河了。”在我身边的艾瑞克伤心地说。

“我高兴的是，我终于可以下马了，我最恨骑马了。”我对河流的历史和未来并不关心，知道无论它叫什么，它永远都在这里流淌，可能这才是最重要的。

忽然，前面列城的方向传来了一阵激烈的马蹄声，马蹄的声音就像是战鼓被擂响了一样，把大地都给震颤了，艾瑞克也不知道发生了什么事情，我们驻足观看，只见一大队骑马的人向我们这里飞奔。

“会不会是强盗来了？”我有些紧张。

艾瑞克沉着地观察着，“不会，这里的印度商人是很有势力的，不可能是强盗和土匪。”

他的话音刚落，那些人已经像是旋风一样来到了我们的跟前。

原来，他们是列城的印度朋友派来接我们的。这下我放心了，“艾瑞克，你先和他们骑马回城，我自己想在河边走一走。”

艾瑞克明白我的心思，留下一个包着红色的缠头巾的会说英文的锡克族士兵陪我，他们风驰电掣地向列城而去。我在河边流连了一阵子，就策马追了上去。

在列城的城门口，像是一座古堡一样的城门大开，艾瑞克在那里等着我，因为欢迎的人群都在大门的里面等着了。有人上前给我们的脖子带上了黄色和红色的花环，我还看到我们经过的街道上到处都是彩旗飘扬，一副欢迎我们的样子，这里的人特别淳朴快乐，他们像是过节一样欢迎我们的到来。

我看到，在半山的地方，修了很多庙宇，庙宇里面传来了喇嘛念经的声音。现在，我已经在专门为我们准备好的官邸里住下了。这里的卫生条件很好，我好好地洗了一个澡，这下才能够把自己的两边磨破的大腿的内侧用软膏涂抹好，心情立即放松了。

我已经完全忘记了沿途驿站的简陋和肮脏，因为这个官邸有一种英国式的氛围，主要是它有一个美丽的后花园。在我的家乡，英国的南安普顿常见的那种花园。而且这个花园是拾阶而上的。现在，仍旧有很多的花在开着，但是我都叫不出名字来。除了这个花园，其他房间的饰物，都传出来一种不同于印度文化的藏族文化的气息。墙上挂着一排藏羚羊角，黑色的空洞的眼眶，叫我有一些不太习惯。

从房间里向外面看去，我发现视野特别开阔，可以看到很远的地方有蜿蜒而去的山峰，那是扎斯卡尔山脉，也是喀喇昆仑山的一条支脉。要翻越它也是十天以后的事情了，所以，我现在觉得十分惬意。我还可以看见，附近山上，树木的树叶已经变黄了，等到朝霞和晚霞来临的时候，它就会一片金黄，那是我非常喜欢的风景，这也是中亚的秋天特有的颜色和面孔。

我随后在列城游览，而艾瑞克和格雅勒根则又开始为十天以后的启程准备东西。我发现，列城完全是一个被藏传佛教笼罩的地区，那些在山崖上建造的庙宇中，有大量的喇嘛，藏传佛教主宰了这里的一切精神生活，也极大地影响了这里的世俗生活，使我觉得，仅仅离开斯里纳加没有多远，这里仿佛已经是另外的一个国度了。

这里的人的脸上，都挂着一种痴迷的表情，他们喜欢笑，但是似乎对来世更感兴趣。我走到哪里，都会被一些孩子和小商小贩围住。我看到有卖花的小姑娘卖花，就买了一束特别好看的黄色雏菊，把它插在自己宽大的帽檐上。这里的女人们穿着特别长的袍子，把她们活跃的身体完全包裹了。也有的女人喜欢颜色华丽的披肩，她们的头上佩戴着十分沉重复杂的银饰物，走起路来叮当作响。有的老年女人发髻上戴着绿松石的头饰，包头的头巾颜色鲜艳，年轻的女孩会扎数不清的小辫子，在手腕上戴着大贝壳做的手镯。而男人们则喜欢佩带刀具，但是这种刀具主要是为了装饰，显示出他们勇武的气质，而没有太多凶狠的气息。有的男人也扎很多的辫子，身穿黑色或者褐色的长袍，背上斜挎着一个背袋，我猜不透里面到底装的是什么样的宝贝儿。

如果谁的家里出了一个喇嘛，那么这家人的屋顶上就有一面旗帜在飘扬。到处都是藏传佛教的痕迹和气息。在山口，老远就可以看见玛尼堆上的经幡飘动。

我信步走到了一个玛尼堆的跟前，上面插着很多的经幡在随风飘摇。一些虔诚的佛教徒在路过玛尼堆的时候，向玛尼堆行礼。还有很多的人手里都拿着一个转经轮，这个转经轮在他们的手上飞快地转动，似乎每转一圈，他们的灵魂就得到了一次升华。实际上，从他们的教义理念上也是这样的。

这个时候，很奇怪，我觉得自己的超能力似乎在苏醒，似乎有一种声音要和我交流，这个声音说，“我，我有一个秘密要告诉你……”

于是，我就开始找这个神秘的声音。但是我无法知道这个声音是从哪里发出来的，也许仅仅是我的一个幻觉。我信步就走进了一个喇嘛庙，里面的光线十分黯淡。我看见，在被乌黑的柱子顶起来的庙宇大厅里，面对面坐着两排特别年幼的小喇嘛，他们足有一百多人，正在一边摇动着身体，一边发出了诵经的声音，眼前的木凳上摊开了他们的课本，这样的声音汇聚成一种声浪，使我觉得特别敬畏。

我像一些香客那样，沿着走廊的左侧，从庙宇的边缘向右边行走，感觉非常奇特。我有一种感觉，好像我过去来过这里似的，从庙宇的顶部垂吊下来的帷幕，酥油灯的油腻熏人的味道，以及墙上看不真切的壁画，似乎用人的头骨做的鼓，各种发出暗淡的光亮的银制器皿和各种铜制的法器，还有在佛龛中供奉的各种的佛像，都是我过去曾经在那里见过的。但是我又说不出来。

在一个位于和大门对应的大佛龛的前面，有一个香客募捐的钱箱，这个时候我又听到了那个神秘的声音："我，我要告诉你一个秘密……"我茫然地四下寻找，但是这个时候，酥油灯那特别强烈的气味，使我忽然晕倒在佛龛的面前了。

我再次醒来的时候，发现自己已经躺到了官邸那舒服的大床上，艾瑞克十分焦急地在床边守护着我。看到我醒过来了，他欣慰地笑了。"你可把我吓坏了，是庙里的人把你抬回来的。到底发生了什么事情？"

一边站立的印度大夫说："我看，就是旅途疲劳所致，好好休息几天就没事了。"他还留下来一些药，嘱咐我按时吃药，然后就走了。

"现在我感觉好多了，可能是寺庙里空气不好造成的吧，你别担心。"我仍然觉得头有一些晕，但我没有告诉艾瑞克我听到了一个神秘的声音的事情，因为这会使艾瑞克觉得无法理解。但是，那个声音是谁发出的呢？

"当地的一些富有的拉达克人晚上要请我们吃饭，下午的时候，这里一个过去拉达克王朝的老王后，说我们可以去拜访她。"

我坐了起来，"太好了，咱们能够见到拉达克的老王后？这真是一个意外的收获。太好了。"

在古代，拉达克地区是深受西藏藏传佛教文化影响的一个小国家，过去一直是中国清朝的外藩属国，列城是拉达克的首府，这里是印度、西藏和中亚其他国家的经济贸易和文化汇聚之地，到处都可以看到这些文化在列城的混杂影响。后来，印度缓慢地夺取了它。印度被英国人统治之后，拉达克也被英国驻印度政府管辖了。

我们离开了官邸，前往古老的拉达克王宫。离拉达克过去的王宫不远，就是一个很大的集市，那里非常热闹。我想去看看，艾瑞克说，“明天我们还有时间再去，而这个老王后可是不容易见的。”

拉达克古代的王宫还存在着，但是已经破败不堪了，那里现在是当地政府的办公所在地。但是，每一年的一个特定的日子，拉达克过去的王室成员，都会重新在这个败落的王宫中聚首，这里才显现了一点生机——这也是这个王宫唯一热闹的时候。之后，王公们又重新渡过印度河，向南边的斯多克去了，那里是他们现在的家园。

这座王宫并不复杂，一进王宫的内室，我就看见过去的老王后坐在一张陈旧的躺椅上等着我们，旁边的茶几上，红铜茶具却非常干净。看到了我们，她就起来和我们打了个招呼，我注意到老王后看着我的目光特别亲切，仿佛带着一种我们过去就曾经相识的笑意。我也觉得在哪里见过她，但是我想不起来了。

翻译是一个懂乌尔都语的人，我们都坐在了躺椅上，开始聊天。我注意到老王后的年龄有多大，似乎一点也看不出来，她显得很有威仪，头上戴着绿松石的头饰，身上穿着特别辉煌的颜色的麻布衣服，这是这里特有的一种袍子，男女的样式是不一样的。我们聊的话题非常简单和家常，这使艾瑞克渐渐地觉得无趣了，他借口去方便，就一个人出去了，我知道，其实他是去外面看看这座王宫的布局和构造去了。

这个时候，我又听到了那个在喇嘛庙听到的声音：“我要告诉你一个秘密了。”我突然明白，这个声音就是这个王后发出的。看到艾瑞克离开了我们，老王后通过翻译对我说：“过去，你是我的妹妹。”

我不太明白，“什么？我是你的妹妹？”我觉得这样的说法十分荒谬。

“是的，你就是我的妹妹。”老王后依旧笑着说。然后我听到了一个神话般的说法。原来，28 年前，老王后有一个妹妹，她因为和一个从新疆的喀什噶尔来的商人恋爱，遭到了家族的反对，最后，她在私奔的路途中，因为脑水肿，死在了喀喇昆仑山的山口大坂上，被一场雪崩给吞没了。

“我妹妹的灵魂转世之后就变成了你。”老王后笑眯眯的，她从身上取下来一件白色和绿色的玉佩，那是一个雕刻着两只好看的鸟的玉佩，“这本来就是你的东西，现在，你把它拿去吧。”

我还没有从刚才这个老王后的说法中回过神来，我在犹豫着是不是应该接过这个东西，我依稀明白了为什么自己对这里的一切似乎那么熟悉，兴许她说的真有这么回事儿呢。我看到翻译也用赞许和鼓励的目光，鼓励我接过她那个玉佩，于是，我就接了过来。不过，我根本就不相信王后的话，也不相信什么转世的说法，我只是有一种对超越自己能力而无法把握的东西的敬畏感。

“很好，”老王后说，“你这样就会回到我们的家族了。”

我还是不太相信，但是，我感觉老王后告诉我的一切，有可能就是真的，我就是她死去的妹妹转世而生的。这个时候，我的周身都浸泡在 种神秘的感觉中，那是一种光亮，把我浑身都给照亮了。我还听到了我血液里有一种声音在喧响，这也许就是王宫中这个古老家族的血脉，在喧哗和躁动。

我变得很紧张了。

“你是不是要到喀什噶尔去？”老王后笑着问我。

我很惊奇于老王后知道我的行程，“是啊，我要随丈夫去喀什噶尔工作，九天之后，我们就出发了。”

“你不会在那里待很久的，不过，在那里，你会遇到一个人，你们之间会发生一些什么。”老王后的这个说法使我大吃一惊，仿佛老王后已经看透了我的生命。我冲她摇了摇头，表示不可能，“没有这个可能。”因为我一直觉得艾瑞克就是我永远爱恋的对象，我也永远不会背叛他，和他分开。

正在这个时候，艾瑞克回来了，看来，他对这座旧王宫的兴趣不是很大，脸上带了一些疲倦的神色。

“我也要休息了，见到你们我很高兴。”老王后又恢复了她的高贵和自尊的神情，这种神情对于她来说，可能是与生俱来的，“戴——安娜，”老王后起身送我们的时候，用发音不很准确的声调叫着我的名字，“你别忘了我，别忘了我说的话。”

走出拉达克的旧王宫，重新置身于熙熙攘攘的人群，我的神情恍惚，我的确觉得很熟悉附近的一切，就像我过去真的来过这里，或者就是这里的人，在这里生活，我是王后的妹妹，我真的可能有一个往生。

各种颜色的砖房

早晨我刚刚醒来，就听见我们从斯里纳加带来的那只小狗在官邸外面狂吠，艾瑞克和我以为出了什么事情，就出去查看。

我们发现，大约有二十多个穿戴狼狈的中国汉族士兵，身上还背着长枪，腰间斜挎着砍刀，正在官邸的门口聚集，而艾瑞克买下来的那只他准备做猎犬的小狗，看到主人出来了，为了表现自己的忠勇，就凶狠地扑过去，咬住了一个士兵的裤脚，不肯放松。艾瑞克训斥了小狗，小狗松开了士兵，摇着尾巴跑到了艾瑞克的身边，这个时候，那些士兵全都向艾瑞克围了过来。

“艾长官，我们知道你要去喀什噶尔，我们是色勒库尔守卫部队的，因为那里发生了叛乱，我们只好逃到了这里。但是，我们想回到我们的国家去，希望您能够把我们带上，求求您了！”一个浓眉方脸的领头士兵对艾瑞克说。

艾瑞克因为学过一些汉语，他大致可以听懂他们在说什么，他对我解释了他们的要求之后，在沉思着。我这是第一次见到这么多黄皮肤的汉族人，我过去没有见过这样的人，所以有些新鲜。只见他们衣衫褴褛，神情萎顿，这是失去了祖国、家园和岗位的人的表情。

“把他们带上吧，这样我们多了一些朋友，他们本来就是士兵，一路上还有人保护我们。”我对艾瑞克说。

艾瑞克显然有自己的主意了，“不行，我们不能带上你们。因为我们是外交人员，不能惹麻烦。对不起了，士兵们，你们还是走吧。”

他的小狗这个时候似乎完全能够听懂艾瑞克的话似的，又开始疯狂地吠叫和驱赶着这些中国士兵。他们看到艾瑞克脸上的表情十分坚定，只好失望地离开了。

看着他们离开，我有些不解，“为什么不带上他们？他们可以保护我们的呀！”我望着艾瑞克，但是艾瑞克严肃的样子，使我很不解。

“因为我们根本就不知道新疆现在的局势，如果叛乱仍旧在进行，并且叛乱者得势了的话，我们带上这些士兵，就会惹麻烦。我们不能被搅到他们之间的纷争里。至于安全，你就放心吧，我会安排好的。很快，那边就有消息了。”

在拉达克休整和休息了几天，我觉得自己有一些心神不宁，因为老王后所说的那些话，深深地震动了我。我越来越觉得，眼前的景物与山川似曾相识，但是自己又说不出什么来，我究竟是什么时候到达过这里？而老王后也没有解答我的疑问。在这个藏传佛教笼罩的地区，我感到心灵里一些封闭的东西被打开了，一些神秘的感受忽然复活了，我似乎看到了自己的过去，甚至是前生的影子。

但是，作为一个英国人，一个受到基督教新教影响的人，我又深深地怀疑这一切。我无法拿定主意，是不是应该把这个事情告诉艾瑞克，我最信任的人，后来我还是决定不要告诉他。我的心有些乱，因为我被预知了一点自己的未来，可是这又是不确定的。

艾瑞克仍旧在为继续前行做准备，我就经常在列城的四周游逛。当地人经常可以看到我这个容貌特别、举止优雅、衣着考究的女子在列城闲逛，但更令他们感到迷惑的是，我脸上那梦游般的神情。的确，我在拉达克的列城就像是梦游一样，从这个寺庙到那个废弃的宫殿，从这个集市到那个位于山坡上的碉堡，但是我毫无目的，只是觉得眼前的一切都是又熟悉又陌生的，这种感觉加深了我自己的疑惑。

比如，我在一片沙石滩上见到了一群小蜥蜴，它们看见我走过来的时候，一点也不惊讶和害怕，而是一起抬头注目看着我。我觉得这个现象就十分神秘，难道，暗示着什么我无法掌握的命运？

我们在列城待了九天了，就在这一天，艾瑞克收到了一封发自德里的电报，电报说，我们要翻越的喀喇昆仑山的路上，有一股土匪在出没。他们已经袭击了很多商队，抢劫了货物，还杀了很多人。德里的外交部门希望艾瑞克现在返回去，然后再往克什米尔的西北方向北上，从吉尔吉特城出发，穿越喀喇昆仑山西段山脉，这样可以直接地从色勒库尔到喀什噶尔，这是另外的一条古老的道路。

于是，接到了这封电报，艾瑞克、我和格雅勒根，以及其他一些熟悉当地的情况的人，大家一起紧急商议，最后决定，还是仍旧按照原来的计划，继续从东边的喀喇昆仑山的古道走。

为什么做出了这个决定？主要是因为，我们返回到吉尔吉特城就需要二十天的时间，那边可能也有当地穆斯林和印度教徒的冲突，而色勒库尔是不是已经被新疆的叛乱分子控制了，也无法肯定，再加上时间已经不能再拖了，再过几天，冬天的大雪也许就要完全把通向新疆的所有山口大坂都封上了，那样我们就只能够在第二年的春天才能成行了。所以，艾瑞克当机立断，决定立即出发。

他又雇了一个自称很了解路途的维吾尔族中年商人当向导，这个商人自己也有一个很大的商队要到喀什噶尔去，加上艾瑞克聘任的持枪护卫、药剂师、助手和驮夫，我们的队伍变得很雄壮，而且我们还多买了一些枪支弹药，我在出发之前学习了开枪射击。

一切准备停当，然后，我们就出发了。

再次上路，所有的在城市里的舒适感都不存在了，我们踏上了漫长的旅途。我们走得很快。第一天的夜里，我们已经抵达了喀喇昆仑山山脚下，在一个背风的山凹地带宿营。这里的海拔已经超过了四千米，所以，晚上睡觉的时候，我觉得头开始疼了，那是一种大脑神经被缺氧所骚扰之后的剧烈反应，我的头疼一阵一阵的，非常难受。

第二天，我们要翻越海拔接近六千米的喀拉墩山口，这一段路特别难走，我在马上颠簸摇晃，前仰后合。我痛恨骑马，而艾瑞克的那条小狗，却一直在另外一匹马背着的筐子里颠簸，仍旧经常被颠到地上，驮夫就立即再把它装回去。

现在，艾伦·摩西大夫和穆罕默德药剂师也头疼欲裂，他们照样无法适应这高山的旅途。我看到这里已经看不到任何的绿色，到处都是灰褐色的陡峭悬崖。行程中，不断有马匹摔倒，驮夫们凶狠地冲着马匹叫骂，并且用皮鞭抽打着它们，但是马匹仍旧会把身上的箱子和货物给甩到山坡下。

在翻越喀尔墩山口的过程中，整个队伍一片混乱。大家都觉得需要停下来休息，委托我向队长艾瑞克说。

“不行，现在不能停下来。你想象我是摩西，在带着你们去埃及吧。”艾瑞克给我开了一个玩笑，继续策马前进了。

我头晕目眩，很难受，恍惚看见有一只鹰，不停地盘旋在我的头顶。我出现了幻听，听到了一个声音对我说：“你要病了。”我知道了，在这个高山上，我要得病了。

艾瑞克似乎没有太强烈的高山反应，他还和我开着玩笑。不过，显然，在我看来，这样的旅途可能要比摩西当年去埃及的旅途还要艰难。我看着艾瑞克矫健的身影，心中涌现了对这个英武男人的无限爱恋。

过了喀尔墩山口大坂，往山下的路就好走一些了，这里的高山峡谷非常雄伟，我十分惊叹眼前的雄浑壮丽的风景。我想，喀喇昆仑山可能是地球上最为雄伟壮观的山脉了，因为它还是喜马拉雅山脉的一部分，而我，一个普通的女人正行走在这样的山脉之中。我也许是第一个行走在这么伟岸和雄浑的地区的英国女人，看到的风景也是独一无二的。我感到自己的心胸变得开阔了。山脉的纹理十分清晰和细密地展现在我的眼前，大地之上除此之外，没有其他的东西。

我们进入到一个峡谷里，但是风非常大，我的头上包着纱巾，我发现，随着海拔高度的降低，我的缺氧情况就立即会好一些，我感觉自己好多了，心想，自己怎么会得病呢?

骑马越过高山冰川河夏依奥克河的时候，我从马上下来，我又看到了果冻般的河流了。这条高山冰河中的水流特别湍急，靠近河岸边的地方，全是冰碴和凝固的白色浪头。格雅勒根在这里用皮袋子补充了水源。

我也走到河边，用手去触摸这高山雪水。我的手刚刚伸进河流，立即感到了一种无法形容的刻骨的冰凉，一下子就冷到了我的骨头里。我禁不住叫了一声，艾瑞克骑马跑了过来，“戴安娜，你不能用手去摸那冰凉的河水！”

那个同路的维吾尔族商人库尔班叫了一声“真主安拉”，也说这样会得病的。他告诉我，在高山上，是不能够用身体的任何部位去接触冰凉的河水的。

我重新上马，前面不远，就是驿站的所在地帕那米克，那是拉达克所管辖的最后的一个村子了。

我们很快就到达了那个村子，我在那里洗了一个温泉澡，但是我觉得自己的手指头上仍旧有那高山冰河的冰凉，当我从温泉里出来的时候，就发现自己已经感冒了。这是一种十分微妙的得病的感觉。

在驿站休息了半天，重新出发之后，我就更加的头疼，艾伦大夫给我吃了一些防止肺部发炎的药物，仍旧没有能够控制住我的病情发展，我感到头疼、胸闷、四肢无力。前面的山口大坂，是海拔接近六千米的萨瑟尔山口，我和其他所有的人一样，把能够穿到身上的衣服全部穿上了，但是这一刻我仍旧觉得寒冷。

在山口下面的一个小山凹处，我们碰到了从那边过来的一个商队，商队的人正在休整，他们架起了铁锅，锅里煮着羊肉，看到我们来了，非常热情地邀请我们一起吃东西。

我没有能够像艾瑞克那样，对那些煮得半生不熟的羊肉特别关注，而是喝了一些绿茶。我好久都没有喝到绿茶了，因为印度的红茶此前一直是我的饮品。中国绿茶给了我很好的印象。

“你们过来的时候，有没有看到传说的强盗在路上打劫？”艾瑞克问商队中的一个拉达克大胡子。

“没有碰到，眼下这里快要下大雪了，一下大雪，就要完全封山了，有强盗也不会再在喀喇昆仑山上待着了。这个季节，人在山上，是待不下去的。”拉达克大胡子说。

艾瑞克放心了，而这是他最关心的问题。现在，我们都很疲惫，无法立即就翻越不远处的这个山口，而是在半山腰的地方宿营，过了一夜。

晚上，听着山风呼啸，我和艾瑞克钻进了我们各自的睡袋，拥挤在一起，躺在仅仅能够容纳我们两个人的小帐篷里，彼此还用体温来温暖对方。在缺氧的地方很容易就进入了梦乡，因为大脑根本就不愿意活动和工作，我很快就睡着了。

第二天一早，格雅勒根就已经把饭做好了，那个要去斯里纳加的拉达克商队已经准备启程。很快，我们这两个驮队彼此汇合，交换了一些食品和药品之后，又各自朝相反的方向进发了。

我觉得，翻越萨瑟尔山口大坂的旅途，似乎比想象的要容易。当我来到了大坂的顶部，看见四下里全部是被白雪覆盖的冰川，而目力所及之处，到处都是骆驼和马、牛、羊的骨骸，白森森的骨头在倏忽之间闪现，在浓厚的云层中出现的苍白太阳的照射下，发射着瘆人的白光。这样的白光让我的头更疼了。我们的马有的也出了问题，开始在高山上摇摇晃晃了，因为从大坂下来，后面的道路全部在海拔超过五千米的山间穿行，氧气变得稀薄，马匹和人都有些受不了。

我渐渐地出现了幻觉。我的头很晕，我觉得这可能是在马背上颠簸的结果。我们的队伍下了萨瑟尔山口之后，就在一面陡峭的峡谷中蜿蜒穿行。现在，我眼睛中看到的风景全部是重复的，那些山、那些云、那些干涸的河床上的鹅卵石，都是一样的，是我这些天看到的一模一样的风景。

如今我不免在内心之中有一些厌恶，厌恶这重复的一切，这样的风景，会使我产生很多的烦闷和焦躁。这烦闷焦躁甚至使我无法控制住自己，要往悬崖下面掉。

再往前走，有一条激流跳荡的冰川融水河，从高处奔涌而下。远处，那被白雪和冰川覆盖的山峰直耸云天，有时候和蓝天融为了一体，但是有时候，它们就像是在一块巨大的白色画布上画上去似的。

到了一个重要的驿站，驮夫们发现，他们原来埋在这里的一些粮食和木炭没有了，他们非常愤怒，情绪特别的糟糕。他们觉得我们队伍可能无法翻越喀喇昆仑山了。绝望的情绪开始在队伍中蔓延。

我们沿着一条发出了隆隆声响的河流边上走，不断地从河流的这边渡过到那边，然后在前面的一个地方，又重新渡过这条河。我们渡过这条河流的次数越来越多，我就越来越烦躁，我感到似乎我们在不断地重复着什么，可能就是在原地打转，根本就没有前进。我觉得自己的感觉出了问题。然后，我昏昏沉沉，在马背上睡着了。

我看到了自己前生的模样。我就是在列城见到的那个老王后的妹妹，那个时候，我还特别年青，身上的穿戴特别艳丽。我的家族，是被大英帝国采取赎买政策剥夺了很多拉达克王族的土地之后，允许留在列城、并且保留了自己最后一点土地的王族中的一支。但是，即使是这样，王族的衰败已经是无法避免的了。

我感觉自己像是做梦一样，我仍旧骑在马上，穿行在这海拔如此高峻的山上。似乎也是在这样的季节，但是，时间却是 1918 年。

我似乎在私奔的路上，似乎驮队中也有一个我爱恋的男人，但是这个男人不是艾瑞克，而是另外一个男人，一个藏族人，或者是另外的一个高山民族的男人。我们在一起是那样的亲热，即使我的已经衰弱的王室家族不同意我们之间的恋情，我们也无所谓，后来就私奔了。

我们私奔在通往新疆的路上。我们准备到新疆的喀什绿洲上，找一个村落住下来，然后在那里生活，并且生儿育女，过全新的生活。

但是，在 1918 年的私奔路上，我觉得这喀喇昆仑山似乎逾越不过去了，我头疼得厉害，在突然出现的高山风雪之中，我觉得自己要死了。在我的身后，我的恋人抱着我，我可以感受到他的体温，但是我已经坚持不住了，我要死了。

这是一种高山缺氧的感觉，我的思维似乎运行缓慢了，对别人向我说的话，我需要好长时间才可以完全理解。每一个人在高山上缺氧的状态下，都变成了反应奇慢的白痴。

我感觉自己的灵魂似乎在慢慢地上升，在这海拔如此高峻的山上上升，有人在大声地呼唤我，但是我的灵魂已经飘了起来，和漫天的雪花在一起飞舞，我甚至可以看见我的身体在马上，被一个我心爱的人所呼唤。但是我已经飘飞进了天空之中，变成了一朵雪花。

远处一阵轰隆隆的声响传来，一场雪崩已经发生了。

我这个时候听见了有人呼唤我，我睁开了眼睛，发现现在仍旧是在1946年的9月，我，戴安娜•安普顿，在翻越着喀喇昆仑山的波浪般起伏的山巅。刚才，和我在一个身体里的另外一个女人，已经飞走了，我现在看不见她了。

那场已经来临的雪崩突然消失了，那种奇特的感觉消失了。我听到了我的丈夫艾瑞克在我的耳边关切地问候我的声音。现在，艾瑞克和我骑在一匹马上，他就在我的身后抱着我，给我安慰和鼓励。

“我刚才看见我的前生了。”我有气无力地对艾瑞克说。“好像我过去来过这里。”

“胡说，你不可能来过这里。你有一个前生？开玩笑。”艾瑞克的语气中充满了怀疑，他一定觉得我病得很严重，“你产生了幻觉。”

“也许吧。在刚才，我感觉到我正在和一个心爱的男人私奔，就像现在这样，我们两个人骑在一匹马上。告诉你，那天，那个老王后告诉我，我过去是老王后的妹妹。”

“你是不是觉得头仍旧疼得厉害？”

“是的。”

“那就对了。其实，你一直在发烧，已经好几天了，这种情况特别危险。人是没有什么前生的，我们是基督教新教徒，不是佛教徒。刚才你是做梦了，还在喊叫着什么，把大家都吓坏了。你看，前面就是喀喇昆仑山口，我们过了那个山口，就到中国的领土上了。它海拔有六千米。我们翻过了那个山口，就基本安全了。”

艾瑞克现在出奇地温柔，这使我确信他是爱我的，因为他现在特别害怕我死去。可是，我能够翻越这个最险峻的喀喇昆仑山口最高的大坂吗?

我没有信心，我希望那个奇特的声音能够提示我，但是，没有任何声音再出现了。

我们成功地翻越了喀喇昆仑山的山口大坂，现在，我们已经进入了中国的领土。从地貌上看，中国领土内的山脉和我们刚刚经过的地方没有什么不同，但是我的眼前展现了大山的海洋，它有着整齐的皱褶，似乎开始翻卷起来，或者像是台风掀起了海浪，而海浪全部凝固了。在我的眼睛里，整个的喀喇昆仑山都跃动着，没有任何地方是静止的。

我感到了晕眩，风像是刀子一样割着我的脸。我们翻越了著名的喀喇昆仑山口之后，进入了一片无人区。

这个区域就是传说中有强盗的地方。但愿不要有什么意外发生，大家都开始暗中祈祷了。忽然，艾瑞克买下的那只小狗，警觉地从马背上的筐子里探出头，它似乎闻到了什么，开始对着前面道路的方向狂吠。

“大家注意一些，带枪的护卫请保持警戒。”艾瑞克对驮队的人员发出了命令。

就在我们转过一个山包的时候，突然，前面传来了几声枪响，可驮队的人没有中弹的，似乎对方只是给了一个警告。

艾瑞克叫大家都镇定，立即躲藏在石头和马匹后面。那个信誓旦旦地说可以保证我们安全抵达喀什噶尔的商人库尔班，现在脸色煞白。看来他都觉得情况不妙。

“前面的商队听着，你们把东西和马留下，人员全部后退到两里路后面。我们劫财，不杀人！”有人在前面用塔吉克语说。

库尔班赶紧翻译了这段话，艾瑞克的眉头紧锁，他好长时间没有动，他在想着一个万全之策。我知道，如果我们交出马匹和随身带着的行李，我们就无法在随后的几天中，活着走下喀喇昆仑山了。

我看见艾瑞克把自己手中的长筒猎枪上了膛，这个时候，我也把一竿猎枪上了膛，我感觉到艾瑞克准备要和这些土匪干一场了。

艾瑞克叫大家寻找好藏身的地方，把五六个有枪的护卫分别安插到利于射击的位置。一切布置停当了。艾瑞克毕竟当过兵，他十分镇定。等到那边再次喊话的时候，艾瑞克就开了一枪。

他这一枪响过之后，那边的土匪就立即开枪了。显然，他们的火力很强，看来至少有三四十人。子弹把我身边的岩石打得碎屑横飞，溅到了我的脸上，我奇怪自己竟然不感到疼痛。我现在已经变精神了，我一点也不害怕。

艾瑞克叫大家节省子弹，等到土匪露头的时候再打。土匪猛烈地开了一阵火，然后就开始冲锋了，他们像是野狼一样嗷嗷叫着，敏捷地在岩石后面跳跃，不断地转换着位置，向我们逼来。这个时候，艾瑞克勇敢地从岩石的后面跳了出来，我看到他一枪就击倒了一个刚刚跳起来的土匪，他的猎枪的威力很大。看到艾瑞克跳了出来，没有任何掩护，我特别紧张，但是竭力稳住心神，颤抖着朝一个骑马奔跑过来的土匪开了一枪，那个人应声落马。

我明白，自己刚才已经杀了一个人！原来，杀人这么容易！现在，那些土匪已经全部开始冲锋了。他们就像是敏捷的山羊一样，继续在黑色的山岩之间跳跃，在灵活的躲闪中开枪。我们驮队的几个驮夫中弹了。

情况眼见着不妙了。我知道我们要面临糟糕的命运了。

就在这个时候,从我们的身后和那帮土匪的身后,都响起了密集的枪声，艾瑞克和我都感到非常疑惑，当我们转身看到了一些汉族士兵在朝土匪开枪的时候，就立即明白了。

原来，那些曾经在列城央求艾瑞克把他们带上一起走的驻守色勒库尔的士兵，一直悄悄地跟在我们的后面，现在，他们来支援了。他们的枪法凌厉，土匪被纷纷击倒。

与此同时,在土匪背后的枪声也非常密集,显然,土匪们是腹背受敌了。艾瑞克瞭望了一会儿，十分欣喜地喊到，“那边是我们领事馆的宾斯医生！”两边的援军都到达并且突然开火，一下子打乱了土匪的阵脚，他们立即溃退了，转眼之间，就留下了十几具尸体，剩下的土匪从山体的一侧逃跑了。

艾瑞克和赶来接应我们的宾斯医生会合了，他们热烈地拥抱。见到了宾斯医生,艾伦医生的使命完成,他准备再护送我们一段路,就返回德里了。

但是当艾瑞克要招呼那些跟着我们的汉族士兵的时候,他们又不见了。显然，他们仍旧会不远不近地跟着我们，但是不会和我们打照面。

宾斯医生见到我们很高兴，因为我们彼此都担心对方会被土匪劫掠，现在，我们全部会合了。宾斯医生给艾瑞克讲了喀什噶尔的情况，那边的局势已经稳定了。色勒库尔的叛乱也平息了，可能只有小股的土匪在喀喇昆仑山中流窜。

我们稍微休息了一下，就继续向前，艾瑞克因为知道了后面还有那些要回到色勒库尔的汉族士兵做后盾，他顿时觉得心里踏实多了。

但是，我的情况似乎特别危急，我出现了脱水的情况，身上发高烧，嘴唇上面起了一串晶晶亮的燎泡。艾瑞克就细心地把它们穿破，并且给我涂上药膏。他非常担心我，因为在高山地区的旅途中病倒，就是挣扎在生死线上。

我有时候醒过来，会看到艾瑞克抱着我一起在马上骑着走，对他充满了感激。这个时候我病了，需要亲爱的人更好地对待我。“我不知道我们为什么要到喀什噶尔去，亲爱的？这是不是一个荒唐的决定？地球上真的有这样的一个遥远的地方吗？”我问他。

“当然有了，为了我们英国的利益，我们必须到那里去。我们就像是钉子一样，钉在中亚地区。你不知道，俄国人一直对新疆，尤其是帕米尔高原地区感兴趣，他们还准备伺机南下，占领印度，打通前往印度洋的通道，甚至，他们梦想占领西藏——这是俄国沙皇的一个梦想。所以，我们就是英国插在中亚的钉子，让俄国人不那么好受。”

“但是一旦印度自治了，我们怎么办？”

“是啊，我们怎么办呢？”艾瑞克露出了愁容。“那我就不知道我们应该怎么办了。”

“其实我只要有你，就够了。”我欣慰地说。

“你不会失去我，我们英国也不会失去印度和中亚。”艾瑞克安慰着我，其实也是安慰着他自己。

他和我颠簸在马背上，四周依旧是苍莽的群山。后面的旅途渐渐变得轻松了，因为海拔的高度在迅速地降低，当海拔降低之后，慢慢地，我们就看到了养眼的绿色植物出现了。我们没有用多久的时间，就到达了在新疆境内的第一个村子。

说是一个村子，这里实际上只有几间破旧的黄泥垒成的小屋。几个穿很厚的皮衣服的、在高山放牧的牧羊人用浓浓的奶茶招待了我们。我接受了宾斯医生的治疗，高烧渐渐消退，但是情况仍旧不见好。

艾瑞克非常着急，可只有旅途尽快结束，我才能够得到真正的休养。

我们给了房间的女主人一些糖和茶叶作为酬谢，继续进发。在这么高的地方，所有的食品都是奇缺的东西，那个塔吉克女人特别高兴。

有时候，在马上，我仍旧一片恍惚，不知道自己到底处在 1918 年还是 1946 年，当我没有发烧的时候，我体内的两个自我就变成了一个，但是，当我又处于谵妄状态之中时，我就接着看到了自己的前生。她也和我一样行走在这样的山脉中。

好在后面的旅途全部是下山路，随着海拔逐渐降低，我的感觉就好多了。又走了两天，整个前往喀什噶尔的旅途就快要结束了，此时，我们已经告别了大山，来到了山脚下的一片绿洲上。

所谓的绿洲，就是由高山冰雪融水变成的河流所灌溉出来的农田和村镇，树木与草地。绿洲是黄色戈壁沙漠中间的绿色宝石。

当我的眼睛里充满了绿洲的风景之后，我的身体也奇迹般地好了。

我们在皮山县的中国海关办完了报关手续，继续向喀什噶尔的方向前进。沿途，我看到了连绵不断的沙漠，沙漠里的沙丘宛如大海中的波浪，不过，这种黄色的波浪你看不出来它实际是流动的。

“它一直在流动。它一直在向绿洲逼近。”艾瑞克有着丰富的地理学知识，他看到了沙漠之海的流动。

“我们快到了。可喀什噶尔是一个什么样的地方呢？”我不安地问着艾瑞克。

“一个美好的地方，戴安娜，你会喜欢那里的。”他回答我。

就是这个目的地，使我的生活发生了如此大的变化。我会在那里过什么样的生活呢？我不知道。

突然，艾瑞克兴奋了起来，“看，领事馆来接我们的卡车来了！”果然，我也看见，远处的黄色烟尘中，一辆福特牌卡车正在朝我们开了过来。我知道，有了这辆卡车，后面去喀什噶尔的路程就好走多了。

我们被卡车接到了，和那些我并不喜欢但是也不讨厌的驮夫告别，我知道，他们又将踏上回去的路程。其实，一路上真正辛苦的人正是这些驮夫。也许我一生中再也不会去翻越喀喇昆仑山了，但是那些驮夫，他们的一生都将颠簸在喀喇昆仑山南北之间那崎岖可怕的山道上，永无停顿，直到死去。

上了卡车之后，汽车开得很快，我们抵达了叶城。在那里过了一夜之后，我还回味着当地的西瓜和甜瓜的香甜，就又出发了。

后来，我们的卡车所经过之处的道路两边，全是那种高大的亚洲白杨树，特别挺拔，似乎象征了生活在这个艰苦环境中的人的精神状态。后面一路都很顺利，但是，天气也开始变得异常的炎热。

我在车上昏昏欲睡，到了晚上，我终于看到了在夜幕中点亮的一些马灯，这似乎是集市上的灯光。而灯光的背后，赫然看见了一堵城墙。

“那就是喀什噶尔的城墙，古老的东方风格的城墙，它沉默地欢迎着我们的到来。”艾瑞克兴奋地告诉我。他的声音中有一些欣喜和疲惫，听上去有些沙哑，就像是从水中发出的一样。一路上，他太辛苦了，现在，他终于放心了。

在灯光如豆的街上静悄悄地行走，我发现这里有一种宁静的气氛，我一下子就喜欢上了我还没有看清面目的喀什噶尔。而从我坐船离开英国的蓝色海岸到今天，时间已经过去三个月了。我终于抵达了目的地！我们悄然地走进城门，我们抵达了领事馆的院子门前。

来到了梦想的地方，我准备展开一种新的生活了。

清晨，在领事馆的舒适的房间里，我从睡梦中醒来，一眼就看见了爬在屋顶墙壁上的一只壁虎，它一动不动，好像在观察我这个新来的客人。

在半明半暗的光线中，一度我甚至以为自己仍旧是在旅途中醒来。是领事馆安静的氛围和英式大床，使我立即意识到，我已经在喀什噶尔度过了第一个夜晚。但是，在昨天的睡梦中，我仍旧颠簸在波涛般的山岭之上。

窗外传来的，是集市上维吾尔族男人声音悠长的吆喝声，还是一种清晨的祈祷？

这是我无法完全肯定的。我的心里立即充满了欢欣。我经历了漫长的旅途，现在终于抵达了目的地。显然，喀什噶尔即将在我的面前掀开它神秘的面纱，而我，也将去体认这里的生活中全部的细节和魅力。

从领事馆的窗户中，可以看见远处的清真寺那顶端的一弯新月的标志，伊斯兰教文化的气息已经扑面而来。

艾瑞克曾经告诉过我，“喀什噶尔”可能是古代的突厥语，它的含义有很多种解释：“各种颜色的砖房”、“悬崖乐园”、“玉石之地”和“初创”等等。在这些解释中，我似乎更喜欢“各种颜色的砖房”和“悬崖乐园”这个解释。因为，从地图上可以看出，喀什噶尔城三面环山，位于帕米尔高原莽莽群山的东部山脚下。而再往东走，就是可怕的塔克拉玛干大沙漠了。所以，在荒凉的群山脚下，突然就出现了这样一个人间乐园，而且，都是由很多规整的砖房和土房子构成的居民区，这些充满了生命气息的房子在太阳下聚集，非常繁盛，当然算是悬崖下的乐园了。

但是后来，我们的仆人和领班格雅勒根告诉我，悬崖乐园指的是老城东面的亚瓦格山崖。一千年以前，统治这里的喀喇汗王朝在那一片山崖之上，建立了他们可以俯瞰整个喀什噶尔的军政设施，和一个极其漂亮的花园。花园里有着中亚地区少见的珍奇花草，因此，他们才把那里叫作悬崖乐园。

问题是我终于来到了“悬崖乐园”，来到了有着各色砖房的美好的地方，我可以在这里找到什么样的生活呢？刚刚感到了一些喀什噶尔的气氛，我又沉沉地睡去，因为这些天太疲乏了，大脑突然在氧气多的地方休息，需要更多地消化这氧气。

我做梦了。在梦中，我再次梦见了一只白色的老虎，就是在我自己的童年时代，在印度北部的丛林中看到的那只白色老虎，我在喀什噶尔做的梦里，又看到它了。

它缓慢地从一片树林里向我走来，但是，在它的背上还骑了一个男人，长发披肩，沉静地看着我——这是怎么回事？

艾瑞克和我一起吃了早餐，这饭依旧是格雅勒根做的。“从明天起，由我来给你准备早餐，格雅勒根做的饭我都吃腻了。”我确实有很好的厨房手艺，这一点艾瑞克是知道的，他尤其喜欢吃我做的杏仁烤饼。

艾瑞克笑了笑，“在高山上，还是要吃格雅勒根做的饭，他的饭里面营养特别丰富，热量充足，不过，你别动手了，只要吩咐他们怎么做就行了，现在我们有不少仆人了。格雅勒根是仆人们的领班，你不用亲自下厨。”

我看着艾瑞克，“亲爱的，我们结婚这几年，我都没有好好给你做几顿饭，所以，我要让你的胃回到英国口味的怀抱里。”

艾瑞克很高兴，“不过，今天上午我要到苏联总领事馆去，他们的总领事要和我见个面，中午我就不回来吃饭了。”他像是又想起来什么了一样，“早上我就收到信件，说是印度的旁遮普邦又发生了骚乱。”

我知道，他的心思经常被印度的局势所牵挂，因为这个驻喀什噶尔的总领事馆，并不是英国政府派出来的，而是英国驻印度的总督府派出来的外交机构。如果印度自治或者独立，那么我们这个喀什噶尔领事馆，就没有存在的必要了。

邮件是我们唯一和印度德里的政府联系的方式，因为没有电话，没有飞机，只有古老的驿站式的邮路。所以，每个星期都有从印度经过克什米尔，然后再经过吉尔吉特，直接穿越中国边境的高山，从色勒库尔到达这里的邮件。这些邮件都是沿途的驿站用最快的速度，从那边带来的。此外，我们订购的日用品，也是以这样的方式从印度运过来的。

“有没有我姐姐的消息？没有英国家里人的消息？”这个时候我非常想念儿子尼古拉斯，和已经回到英国的父母亲。而且，我的姐姐因为生孩子，也回到了英国南安普顿郡。他们在那里团聚了。

艾瑞克站起来整理他的领带，“没有，亲爱的，什么私人信件都没有。现在，你需要先适应这里的环境，而不是想念家乡和亲人。”

我听艾瑞克这么说，稍微有一些生气。尼古拉斯，你要自己好好长大。我为自己的儿子祈祷。

我花了一天的时间，把这个领事馆的里里外外都仔细勘察了一遍，我发现，这是一个带花园的房子，地势由高向低分为好几个层次。在古堡般的领事馆建筑的顶层，有一个视野很开阔的露台。我站在高高的露台上，可以看见领事馆外面远处的山峦、河流和城市低矮的黄土房子和一些红砖房子，也可以看见自家领事馆门口站着的，包着红头巾、穿着特别惹眼的猩红色制服的警卫，他们都是印度人。

我还可以看见宾斯医生、翻译朱先生和领事馆的印度文职秘书所住的平房。边上还有一个网球场和壁球场，我想，等到明年春天以后，我可以好好地打打网球了，顿时高兴了起来。至于壁球，我一直很不喜欢，原因是它总是弹到我的身上和脸上，这是很奇怪的一件事情。此外，领事馆里还有一个医务室，一个冰窖——冰窖里面藏了很多从印度运过来的法国和意大利的葡萄酒，和很多熏肉。此前，一任任的总领事为这个冰窖的藏品，一定是花了很多的心思，不断地从印度运来这些好东西把它们填满。那些葡萄酒和一些自制的熏肉 当然是举行宴会和派对的好材料，我想，自己在这里当女主人，迟早要用上的。

让我开心的是，领事馆里有一间图书室，那里珍藏了几百册书籍，有很多关于中亚人文地理的书籍，也有关于伊斯兰教的书籍，像英文版的《古兰经》和《穆哈默德传》。我还发现，这里还有一些我过去一直想看，但是没有时间看的小说——我找到了俄国的列夫·托尔斯泰爵士的《战争与和平》和《安娜·卡列尼娜》，以及英国出版的一些侦探和犯罪小说。我还找到了几册瑞典探险家斯文·赫定的英文版著作，它们是这个地理学家在中亚旅行探险的游记，我在德里的时候就读过一些。他是我非常崇敬的人，在1900年他曾经来过喀什噶尔。

最让我感兴趣的，还有这里的第一任总领事马嘎特尼的夫人，凯瑟琳·马嘎特尼所写的回忆录，描绘了她在喀什噶尔的生活。书名叫作《外交官夫人对喀什噶尔的回忆》，这本书是1931年在英国出版的，不知是谁从英国定购以后运到了这里。这是我很想看的书，因为，兴许我自己也要写一本自传呢。我激动地把这些书都摩挲了一遍，擦去书的硬皮封面上沾染的一些灰尘，捧在怀里，如获至宝。

此外，这个图书馆还有一些蒙古文的书籍，和一本喀喇汗王朝的学者穆哈默德·喀什葛里的《突厥语大辞典》，以及当时喀喇汗王朝的维吾尔族大诗人玉素甫·哈斯·哈吉甫的长诗《福乐智慧》，这些原版书籍的书脊上都有英文的译名。

我发现，领事馆中还有一些音乐唱片和一架老式的唱机，那些唱片有巴赫、莫扎特、勃拉姆斯、贝多芬以及很多欧洲音乐家的作品，此外，还有一些舞曲和各色交响乐曲。这也是一个令我欣喜地发现。原来，这个领事馆里不光有好奇的壁虎，还有这么多令人激动的书籍和唱片，这样我就可以经常一边听音乐，一边阅读这些书籍了。有了这些东西，我猛然觉得，也许我一直要找的生活，那种真正的安谧生活，可能就在喀什噶尔，就在这个悬崖下的乐园里。

好几天，我都是一个人在领事馆中转来转去。我要完全掌握这里的每一个房间的情况，因为从此以后，我就是这里的女主人了。

不过，可能艾瑞克对野外狩猎和爬上喀什噶尔西边和南面的一些雪峰，要更高兴一些。因为领事馆的事情显然并不多，艾瑞克安顿下来之后，就告诉我，他很快将会开始他的狩猎和登山活动。

对于登山，尤其是登上喀什噶尔附近的山峰，也是我所向往的。现在，我已经不再惧怕任何山峰了。

在喀什噶尔的南边，有海拔七千多米高的幕士塔格峰和公格尔山峰，那是艾瑞克极其想征服的。这个愿望，在斯里纳加的时候，他就已经向我表达了。

我在图书馆中发现有一本《狩猎大全》，就是艾瑞克过去从印度带来的，里面是关于狩猎的百科全书，这本书在上次艾瑞克到这里工作的时候，给他带来了无穷的乐趣，帮助他打发了很多无聊的时光。

我发现，领事馆里有一间很大的会客室，在这间会客室里陈列的一些照片上，就有艾瑞克上次在这里担任领事时狩猎的情景：一张已经发黄的照片上，有艾瑞克猎杀了一只岩羊，并且和自己的猎物合影的照片。我猛然地想到了猎物身上喷溅出来的鲜血，我感到了一丝寒战掠过身体。

在这间会客室中，还陈列着一些狩猎的战利品：很多野兽的头骨、皮毛和野羊的犄角。野兽皮毛那华丽的颜色，在岁月的侵蚀下，已经变了一些颜色，可仍旧可以看出它们过去美丽的色彩和花纹。

在领事馆的各个房间中，我注意到这里的家具都是从印度运来的，有一些家具甚至是英国本土生产的，它们被一任任的外交官运到了这里，要经过怎样艰难的路途啊！当我想到它们和我一样，也在崎岖的高山上颠簸着抵达了这里，就特别感激前任的那些外交人员，先生们和女士们，是他们一点一点地建立了这个悬崖下的乐园。现在，我觉得我们的这个领事馆，就是悬崖下的乐园。

而这个乐园还有一个被精心照顾的后花园，里面长满了各色的中亚植物，开着应季的花朵。此外，还有几棵果树——桃树、杏树和两棵石榴树。因为季节的原因，花园里现在只有一些黄色的菊花在开放。倒是石榴树上，结满了累累的石榴，辉煌饱满。有个年龄有七十岁的维吾尔族老人，在忠实和精心地照料着它们。他每次见到我或者见到了艾瑞克，总是用英语大声地说："夫人，早晨好！先生，早晨好！"这使得我很开心，但是，我发现他永远只会这一句英语。

一个星期之后，我就能有空独自来到了大街上。而领事馆的两个佣人在我的后面远远地跟着。

在领事馆的门口，我碰见了牵着几头毛驴回来的运水工。这是一个耳朵不好，但总是笑容可掬的人。他看到我出来了，就把毛驴吆喝成一排，而且全部都背过头去，不许它们看到我，这使得我就像是皇后出行一样，使我觉得好笑。我好奇怎么那些毛驴真的很听他的话，就像是他训练的士兵。

但是，让我更为吃惊的是，喀什噶尔街上有更多的毛驴，喀什噶尔的人最重要的交通和生活用具不是别的，竟然是毛驴！这毛驴比马要小得多，但是力气却并不小。喀什噶尔所有的男人似乎都骑在毛驴的身上，在大街上和小巷中行走。

我信步走着，一些维吾尔族小孩子看到了穿着英式长裙的我，觉得十分好奇，因为我眼珠的颜色和他们的不一样。我的是淡蓝色的，而他们的，很多是黑色的或者淡灰色的眼珠。他们的穿着很简单，小脸和小手因为玩耍也很脏，但是都特别可爱，远远地，在我的后面跟着一大群，只是因为好奇。我忽然想起来自己带着的小包中，还有一些白砂糖块，就拿出来了一些，招呼他们靠近我，放在了好奇地围着我的孩子们的手里。一时间，我被他们围住了。这个时候，一个经过这里的骑着毛驴的维吾尔族老人大声呵斥了一下，那些孩子一下子就散开，并且跑远了。我看到这个维吾尔族老人的下巴上有着很长的白胡子，类似我从一些介绍中亚的书籍上，看到的伊斯兰教士智者的形象。他看见孩子们走了，就微笑着朝我行了一个礼，然后毛驴就带着他慢悠悠地走远了。

下午的时候，艾瑞克回来了，看来，苏俄大使馆的领事让他喝了不少酒，艾瑞克骑在马上都有些东倒西歪的，把陪着他去的格雅勒根弄得十分紧张。但是艾瑞克一路上都坚持着，没有从马上掉下来，而且，到领事馆大厅里坐下来的时候，艾瑞克的酒劲已经快过去了。

我把他搀扶到了房间中，安排人给艾瑞克做了醒酒汤，这是我在德里学的。“我喝了太多的俄国伏特加，他们要和我比赛喝酒……”

“喝伏特加，你当然比不过俄国人了。”我有一些嗔怪，因为平时艾瑞克都是衣冠楚楚，一派军人的风姿，身上几乎没有任何尘土，但是今天，他的身上有很浓重的酒味和烟味儿，使我皱起了眉头。

“在帕米尔地区，我们英国和俄国是老对手了，但是在喀什噶尔，他们俄国领事馆是最有影响力的，我刚刚到，他们是为了试探一下我的脾气，看看我好不好打交道……”

“他们对新疆一直有攫取的心思，我知道你要说这些。艾瑞克，我是一个女人，经历了欧洲的战争之后，我很厌倦这些政客。我想我们有时间还是在这里多爬爬山吧，少和那些俄国佬打交道，眼不见，心不烦啊。”

艾瑞克一边打着酒嗝，一边喝着醒酒汤，“你说对了，我就是他们不喜欢却要必须认真面对的人。他们的红军如果打进新疆，就要待在这里不想走了。所以，我们互相监视——这是我的职责。”

我又想起了我们的儿子尼古拉斯，“艾瑞克，我很想念我们的儿子尼古拉斯，其实，当初把他带到这里也一定很好。”

“这些俄国人，他们的手真长。”艾瑞克仍旧自言自语地说到。我想，艾瑞克一点也想不起来尼古拉斯了？我们的手难道伸得不长吗？不过，确实，我们没有像俄国人那样在帕米尔杀了那么多的人，占了那么多的土地，还对英属印度虎视眈眈。

晚上，是我们从列城出发以来第一次做爱。在这个英国味道很浓的地方，我和艾瑞克都激情澎湃。经过了如此漫长艰险的旅途，似乎我们已经抵达了彼岸，可以好好地休息一下了。我尤其有激情，因为这是一个月圆之夜，所有的女人都会在体内掀起情欲的海潮，我也像海草一样，缠绵纠缠着艾瑞克健壮的身体，或者像是海上的女妖塞壬，纠缠住了迷途的水手，用身体把他完全俘虏。

我甚至找到了我刚刚和艾瑞克结婚之后那一段时间的对肉体的迷恋，那是自己的身体被点燃的岁月，我必须要在自己的肌肤上和身体里面寻找到生命的激越与活力。艾瑞克有一些吃惊，因为他觉得我甚至变成了另外的一个女人。在这个月亮发出了古怪的信号的夜晚，我是如此的骚动和迷醉。艾瑞克只是稍稍有一些迟疑，就陷身于我们肉体结合与瞬间脱离又继续连接的那巨大的欢愉之中了。这不仅是对月亮的应和，也是上帝对我们长途跋涉，终于抵达了一个乐园的安慰和奖赏。

后来，每天早晨，一般情况下，艾瑞克和我刚刚起床，还没有吃早饭，我们两个人就会一起出去散步。我们一出了领事馆，就沿着一条小河河边走过去。那条小河的河水，流着流着，就注入了吐曼河。附近的田野上此时已经没有多少农作物，但是，还站立着已经被收过的玉米的茎秆。附近的大地全部是土黄色的，这也是喀什噶尔亘古不变的颜色。

在散步的时候，我喜欢经过一些水磨房，它们会不停地在水流的作用下，发出好听的吱吱声，那个地方感觉很像北欧的一些国家，比如挪威或者瑞典的风景。

在薄薄的晨雾中，可以看见附近那远远近近的山峦，它们的影子是黑色的，而一些高拔的山峰的顶端，就是白色的了。

“等到你适应这里的生活之后，我们就一起去爬爬那山。”艾瑞克指着远处的群山。从喀什噶尔可以看见公格尔山峰，它海拔七千多米。但是，看不见另外一座有名的山峰幕士塔格峰的影子。

“看来，我快要等到你带我登雪山了。我又是害怕又是激动，艾瑞克，你知道的，这是我嫁给你的一条很重要的原因，因为，你一直是一个出色的登山家，而不算是一个很好的外交家的。”我看着艾瑞克。

艾瑞克要吻我，这个时候格雅勒根自己骑着一匹马，还牵着一匹马来了，艾瑞克就停下了和我的亲热动作，立即翻身上马，“啊，现在，我要先遛遛马了。”他上了马之后，他们就立即跑远了。

我略微有一些失望。这个时候太阳即将跃出地面，天边上映现着美丽的红霞。这是朝霞的颜色，我很久都没有注目于这样的景色了。在翻越喀喇昆仑山的时候，我们的驮队因为每天都要早起，应该说可以天天看见这样的景色，但是，我在山上身体不适，或者我一直无心于观察美好的清晨，因为每一天的清晨当时都意味着一天沉重的旅途又开始了。

所以，我才觉得喀什噶尔的朝霞如此的美丽。而且不止如此，在朝霞中，远处的公格尔峰似乎漂浮在红霞的上面，并且在慢慢地移动，类似仙境一般。很快，有一些山间的云雾起来了，把公格尔山峰又给遮住了，但是那山峰不断地在云雾中隐现，像是在跃动着，似乎在召唤着我前往会面。

我忽然想起来自己和那个老王后的谈话内容。我想，自己真的会有一场不寻常的情感发生在这里吗？那么，事件的主人公是谁呢？显然，他还没有出现在我的生活中。看着艾瑞克已经快要消失的马上的背影，我哆嗦了一下，认为这是根本就不可能的。

我非常喜欢喀什噶尔的另外一个原因，是因为喀什噶尔以四周的群山为背景，它是如此的美丽，犹如一个世外的仙境。可能很多在这里居住的人不会这么看，但是，对于看到了英国和欧洲其他国家在二次世界大战中的满目疮痍的我来说，这里的原始和淳朴的民风，正是我所向往和追求的。而且，这里有着一种古朴和宁静，是现今乱糟糟的世界所缺乏的，在喀什噶尔，则是它最大的优点。

帕米尔高原是几条地球上最为雄伟的山脉的纠结地带，是由喜马拉雅山脉、喀喇昆仑山脉、天山山脉、兴都库什山脉合在一起，在帕米尔铸造了这样一个高高隆起的屋脊。中国古代一直称这里是“葱岭”，因为这里的高寒平坦的山上生长了很多味道浓郁的野葱，所以被命名为“葱岭。”

我点滴地知道，俄国和英国在帕米尔地区由相互对峙，到彼此心怀鬼胎地瓜分了帕米尔地区的利益，是最近几十年的事情。为了制造一个缓冲地带，英国和俄国在阿富汗制造了一个瓦罕走廊，把彼此在中亚地区的势力范围隔开，这样才使得中国与阿富汗有一个宽几十公里的山口接壤。

而那个地方，在世纪初，还有一个像拉达克那样的小国，叫作坎巨提，坎巨提这个小国一直效忠于中国历代的中央政府，对中国中央政府特别忠心耿耿，根本不愿意依附任何别的国家，每年都要向清朝政府交一点沙金作为朝贡。但是，在 1891 年，英国出兵侵占了坎巨提，这个清朝的小外藩，像是拉达克一样的小国，被正在中亚扩展势力的我们英国占领了，现在，它已经完全消失了。

而俄国和英国在帕米尔的对峙使得双方都在喀什噶尔设立了领事馆，就是为了照顾两个国家在这个地区的利益，并且互相监视与对抗。所以，艾瑞克的使命是相当艰巨的，因此，当印度的独立自治运动风起云涌之后，他才显得是如此的焦虑。艾瑞克固执地认为，如果英国的势力退出了这个地区，那么，苏俄的势力可能就会长驱直入，一直延伸到印度洋，达到他们掌握印度，把势力扩张到印度洋的目的。这是英国最不愿意看到的。于是，中亚的帕米尔地区，一直成了几个大国势力角逐的隐蔽战场。

艾瑞克很快就适应了喀什噶尔的生活节奏，他显得十分愉快，每天都把自己的生活安排得很紧凑。他这次来到这里，发现他本人也受到了很好的礼遇。

我知道，1940 年，艾瑞克第一次以英属印度殖民政府派驻喀什噶尔的总领事身份来到这里的时候，正是新疆的统治者盛世才投靠苏联人、特别警惕英国人的时期。艾瑞克在喀什噶尔遇到了很多麻烦，他的行动被盯梢，在这里的英国和印度侨民也受到了盘剥，后来，他们干脆把我们的商人赶走了，把他们的土地和房屋也收回了。当盛世才和俄苏靠得更近的时候，他干脆把艾瑞克投进了监狱，关了好几天。所以，1940 年艾瑞克到达喀什噶尔的时候，是他最不愉快的日子。

但是，这一次到达喀什噶尔，盛世才已经下台了，虽然新疆的局势经过了伊犁地区一次起义的动荡，似乎国民党中央政府现在在新疆已经掌控了局面，他们把盛世才调出了新疆，任命了一个新的官员，管理新疆的事务。新疆的局势似乎在慢慢地稳定下来，至少俄苏南下的势力得到了有力的遏制。因此，在喀什噶尔，英国领事馆的地位与安全，也就变得重要和有保证了。

我也把自己的生活安排了一个时间表，我先从熟悉领事馆中的情况开始，然后渐渐地熟悉喀什噶尔城和她的市民的生活面貌，我要像这里的第一任总领事马嘎特尼的夫人凯瑟琳·马嘎特尼那样，在未来也写一本关于喀什噶尔的书。

时常，我坐在露台上，看着这个中亚的小城上空浮起的一点灰尘，听着远处穆斯林们好听的祈祷声，想着自己的这本书如何开头。

作为领事馆的女主人，我必须要帮助丈夫安排好领事馆的日常事务，比如各种生活用品的采购和开支，交际活动的安排等等，格雅勒根是仆人的领班，也是艾瑞克和我的好助手，很多事情我交代给他就可以了。

除了一些禽蛋和各种面粉、大米、谷物和肉类在喀什噶尔采购以外，其他日用品他们一般都从印度采购。每个月，当送信的人来到领事馆的时候，我都要详细地把要采购的东西清单开好，然后交给格雅勒根，由他提了意见之后，再交给那些常年在印度和喀什噶尔之间穿梭的驿站的人。他们从印度经过克什米尔地区来到喀什噶尔，要用一个月的时间。在送电报和信件之外，他们可以捎带货物，做一些小生意，可以赚额外的钱，因此，这个差事竟然是一个美差，很多人都喜欢干。

“领事馆花园里的花太单调了，只有一种黄色的菊花怎么行呢？”一天，我对格雅勒根说。我习惯了英国和印度的繁复和品种众多的花园，我首先对我们的后花园不满意了。于是，我就自己动手，采购花种子，移植我在喀什噶尔街区看中并且购买的花卉。我发现维吾尔族人是爱花的民族，尤其喜欢一种可以染红了指甲的指甲花，还有高大的红蓖麻树。我还发现这里有一种薰衣草很好，就在自己的花园里也种了很多薰衣草，到了冬天整理衣服的时候，薰衣草就派上用场了。

我甚至还在花园里种了一些芦苇，芦苇的长势很快，没有一个月，就长得很高了，它那宽大的叶子很好看，会在风中发出唰唰的声响。翻译朱先生说，这芦苇的叶子可以包很好的粽子，他帮助我采摘芦苇叶子，晒干了放起来了。“戴安娜夫人，我们汉族人过端午节的时候，我教你包粽子。”

“端午节是一个什么样的节日？”

“是我们汉族纪念两千年以前一个死去的诗人屈原的。”朱先生回答我。

我很快就喜欢上了喀什噶尔的女人穿的颜色艳丽的裙子，那裙子是由一种叫艾德勒丝绸做成的。我立即给自己也做了一身。为了展现我的新装扮，我还和艾瑞克开了一个玩笑。我突然出现在他的面前，并且向他的怀里扑去，嘴里说了一句维语，叫艾瑞克吓了一跳。但是，他发现了我的诡计之后，就立即开始赞美我的扮相了。

接着，我打算自己亲自动手，把领事馆变成一个大家园。我必须要营造出来一种家园的气氛。由于我们需要的东西很多，在不断通货膨胀的喀什噶尔市场上的价格并不稳定，所以，我就叫格雅勒根去挑选，自己养了一头奶牛和很多母鸡。我还在领事馆后面的一片空地上，开辟了一个菜园，这样，领事馆日常所需要的牛奶、鸡蛋和蔬菜，完全可以自给自足了，我们只需要从市场上买回来面粉、大米和一些肉类就可以了。在喀什噶尔，因为是伊斯兰教区域，格雅勒根要专门到汉族人居住的汉城去买猪肉，而上好的羊肉和牛肉，在领事馆附近的“巴扎”——维吾尔族人的集市上就可以买到。于是，领事馆的日常生活，在我这个新女主人的带动下，已经有声有色地开始了。

但是，有时候我仍旧想念在英国的亲人，在我的睡梦中，我也经常回到英国潮湿但是环境优雅的家乡，和儿子尼古拉斯在一起玩耍。有时候，我的睡梦中仍旧会出现我在印度北部的丛林中度过的童年时光。

领事馆的人最开心的日子，就是有邮件到来的日子，所有的人都围在邮差拿来的一个大邮包的跟前，看着我用剪刀把这个邮包打开，然后一封封信件和小邮包，就交给了等待这些东西的人。那些邮包通常因为经过了可怕的高山旅途，已经变得破烂不堪。

领事馆的人大都来自印度，所以，那边的局势非常影响邮路。如果有很长的时间没有收到邮件了，就说明从印度经过克什米尔地区，再经过吉尔吉特翻越喀喇昆仑山抵达喀什噶尔的路线上，有了新的骚乱。

而艾瑞克虽然人在平静的喀什噶尔，但是他的心，却完全被印度那边的局势所牵动。他总是迫不及待地拆开发给他的公文和电报。如果消息比较好，他的脸上就会有愉快的表情。“好消息，甘地已经不起作用了。”或者传来了坏消息：“真纳的影响力与日俱增，他要分裂印度，成立穆斯林为主的国家——巴基斯坦。”这个时候，艾瑞克会一个人躲到楼上去，他要单独排遣自己的郁闷。

我渐渐地熟悉了领事馆之内的情况和布局，就开始对领事馆外面的世界——喀什噶尔发生浓厚的兴趣了。

我试图学习维吾尔语，可这种语言对于我来讲似乎十分难学，而且，从右往左的书写习惯也使我难以掌握，“这简直是天书。”我感叹道，于是，我只好作罢了。

我没有什么事情的时候，就在喀什噶尔四处闲逛，我的出现总是这里的人们注意的焦点。我发现喀什噶尔城区分成了两个部分，旧城已经存在了不知多少年，是维吾尔族人的聚集区，这里除了斋月看不到太多的人以外，任何时候都是很热闹的，维吾尔族人喜欢很热闹但是也很质朴的生活，他们的集市——巴扎是非常繁盛的。维吾尔族女人在公开的场合，比如大街上露面的时候，都穿着很长的裙子，而且还戴着神秘的面纱，这反而使我很好奇，我非常希望能够看到维吾尔族女人的脸。后来，在当地的维吾尔族大户人家的家中做客的时候，我见到了这个民族的女人的脸。她们很会化妆，用一种叫伊斯曼的草，把自己的眉毛描得很好看，她们的腰身也很好看，有着一种妖娆的味道。而在家中，女人们似乎立即就成了主宰，她们除去了面纱，麻利而又快乐地操持着一切。

“我也来试试，你们的手怎么这么灵巧？”我喜欢看她们在厨房忙碌，我吃惊于她们会把面团拉成又长又细的面条，简直像是变魔术一样。

于是，我也学会了做这种拉面。

而离旧城不远，大约有十公里的样子，是汉族人建立的新城区。我在格雅勒根的陪同下，也在汉城看过。我发现那里的汉人对卫生的讲究不如维吾尔族穆斯林，很脏乱，而汉族人似乎也不喜欢娱乐，他们没有像维吾尔族人那样喜欢跳舞和举办欢乐的宴会。不过，汉族人的装扮与我从一些书籍上见到的有了很大的改变，因为 1911 年的革命，中国的最后一个皇朝清朝结束了，没有男人再留辫子了，女人裹着小脚的，也是那些年纪比较大的女人。新的小女孩子已经不再裹小脚了。

我曾经很想看看一个上了年纪的女人的小脚，那是在汉城的街边休息的一个老太太，“我想看看你的脚，它为什么会这么小？”我通过格雅勒根讲了自己的愿望之后，被她立即拒绝了。她起身就走进了院子，使我感到自己也许很无礼。原来，女人的小脚是一种性感的实物，是必须由她的男人独自欣赏和把玩的。汉族女人的装束很简单，她们喜欢穿蓝色布匹做的衣服，简单实用，没有维吾尔族女人的裙子艳丽好看。

当我对喀什噶尔已经日渐熟悉了之后，我的兴趣又转向了附近的山峦。有一天，我策马跑向喀什噶尔西部的山峦，原以为离那里很近，可我发现跑了很远的路，仍旧没有抵达山脚下，这正是应了一句话：“望山跑死马”。

我感到很惬意，也很茫然。

这个时候，我发现自己已经处在一片长着枯黄的草的漫滩上。四下里望去，天地之间，纵横开阔，浮云在很高的天空中挂着，似乎纹丝不动。喀什噶尔在很远的地方，它已经安静了，没有声音从那边传来，附近只有旷野上的风声，以及高空静止地展开了翅膀的老鹰，在它的上方，有一片浮云和它一样一动不动。

忽然，在远处的草滩上响起了轰隆隆的马蹄声，同时还有男人的吆喝声，声音昂扬激越，特别的威武雄壮。

转眼之间，一大群马在几个牧马人的驱赶下，旋风般地来到了我的附近，他们远远地就向我打着声音很尖利的口哨，等到冲到了我跟前，却猛然发现我竟然是一个蓝眼睛的外国女人，吓了一跳，几个骑手立即变得很不好意思。

我看见这些牧人不像是维吾尔族人，他们或者戴着毡帽，就像是印第安人那样长发飘飘，显得很彪悍。身上穿着绣有花纹的袷袢，用腰带束缚着，为首的一个年轻的小伙子纵马围着我转了一圈，使我猛然地感到了紧张，但是，我从看着我的这个男人的眼睛里，读到了好奇和友善，他右手抚胸，向我行了一个礼。“打扰您了，夫人。”这个人竟然用英语对我说了这句话，然后立即驱马走了。

我一瞬间有些不知所措，就看到他们赶着马群，已经风驰电掣地跑远了，消失在山峦的阴影中了。但那个英武的小伙子的眼神和面貌，却被我记住了。

马群的铁蹄擂动大地，就像是大地敲响了一面鼓。

鼓声渐远，我在暮色中突然感到了一丝怅惘，因为天地之间就又剩下了我一个人，我转身骑着马慢慢地回家去。

宴 会

可能人生就是由一场又一场热闹的、不断流动的宴会构成的。很多年以后，我对喀什噶尔的日常生活进行回忆的时候，我最不能忘记的，就是各种各样的宴会，是这些流动的宴会构成了我关于喀什噶尔日常生活的真实而又亲切的回忆。

我们抵达喀什噶尔之后，冬天很快就来临了，但是，这里的冬天根本不冷，甚至几乎不下雪，只是在西北部的山区，因为海拔高的原因，那里的冬天才十分明显。

在 1946 年的冬天到 1947 年的春天，我印象最深的是喀什噶尔的一些宴会。“真的是一场不断流动的、客人和主人也不断变换的宴会。”我由衷地感叹道。往往在这个时候，作为英国领事馆的女主人，我就要操办宴会和各种欢乐的歌舞聚会。

在喀什噶尔，艾瑞克和我都发现，这里的娱乐少得可怜，尤其是汉族人，他们没有太多的娱乐的概念，而相反维吾尔族人是一个善于歌舞的民族。

不过，他们平日的娱乐也不多，但是在节庆的日子，比如他们的开斋节和宰牲节里，往往会举行十分欢乐的歌舞聚会，在这样的歌舞聚会上，有十分丰盛的食物，羊肉、馕、甜瓜、阿月浑子、石榴、馓子、油嗒子、面肺子等等各种各样的食品以外，还有无比欢快的舞蹈与歌唱，这使我觉得，这里真是一个美妙的地方！

艾瑞克告诉我，他曾经在 1940 年，第一次来到喀什噶尔的时候，在这里推广过马球，但是因为一个意外而失败了。马球起源于克什米尔地区过去的一个叫洪扎的地方。马球，就是在马上打球，这个运动曾经由艾瑞克的一个前任推广过，但是，有人因为打马球受伤，不久就死了。1940 年，艾瑞克再次促进了这个运动，但是这一次，在他举办的马球比赛时，又有一个当地人因为从马上落地，脚被陷在了马镫里被受惊的马匹活活拖死了，这对艾瑞克的推广马球计划是一个致命的打击，于是，马球很快就绝迹了，那个本来作为马球和足球场的地方，后来就变成了一个大果园，里面长着石榴树和杏树，每一年的收成都很好。

后来，我建议他应该尝试在喀什噶尔的领事馆内放映电影，主要是给领事馆内的雇员，和我们在喀什噶尔的朋友们进行内部放映，这样就可以增加大量的信息，同时给单调的生活增加乐趣。于是，经过了漫长的旅途，一些影片，主要是一些纪录片从德里那边运来了。那天，当第一批影片抵达的时候，艾瑞克没有先看是什么影片，而是问刚刚抵达的邮差："德里的情况怎么样？"

"德里还好，旁遮普邦的穆斯林和印度教徒的冲突很激烈，根本就无法阻拦，死了很多人，很多很多人。"锡克族邮差的表情十分惊恐。

这个时候，正是印度的局势最为复杂和混乱的时期，真纳领导的穆斯林联盟准备建立独立的自治国家“巴基斯坦”。“巴基”的意思是纯洁，“斯坦”的意思就是国家，而此时看来印度不光会独立自治，而且会分成很多个国家。比如，除了真纳打算建立的“巴基斯坦”，东部的孟加拉以穆斯林为主的地区，会不会成为另外一个国家？或者也会并入巴基斯坦？那居民主要是穆斯林，但是土邦的邦主是印度教徒的克什米尔怎么办？会不会也成为一个独立的国家？这些设想，和可能出现的混乱局面，使艾瑞克陷入了深深的困惑当中。

“印度完了，要四分五裂了。”艾瑞克痛心疾首地说。

“唉，你比我的父亲更爱印度啊，可是，一切都不是由我们决定的。”我这样安慰着艾瑞克。他现在因为印度的动荡，变得十分焦虑和烦躁，并且把这种情绪带到了我们的家庭生活之中，使我都有被冷落的感觉。

那一天，我们要在喀什噶尔放电影的消息很快就传遍了整个城市，当我从露台上准备看看天气的时候，一下子惊待了，因为黑压压的人群向领事馆的城堡般的建筑涌来，根本就无法阻挡，而且，守卫领事馆的士兵也并不打算阻挡，他们把这些拿着小板凳的人群放了进来，这些人就立即占据了要放电影的排球场的两边，因为他们被告知在挂起的白色银幕的两边都可以观看，而且效果几乎是一样的。场面乱哄哄的，到处都是人说话的嗡嗡声，卖香烟和糖果等等零食的小贩，穿梭在这些闹哄哄的人群中。

他们几乎把巴扎搬到了领事馆里！

在艾瑞克的命令下，领事馆赶紧关闭了大门，因为里面实在无法容纳过多的人了，而还有很多人在向这里走来。格雅勒根在露台上架起了一个高音喇叭，这样外面的人即使进不来，也可以听见电影的声音，于是人潮停止了。

这天晚上放映的第一部影片，是关于印度如何把可可果变成各种各样的加工产品的纪录片。电影没有太多的解说词，只有各种各样在制作可可果的过程中发出的声音，使外面的观众听得十分莫名其妙，而里面的观众由开始的兴趣盎然，很快就变得兴味索然。即使是我和艾瑞克看来，这样的纪录片也是特别沉闷的，所以，后来，我们再放电影，观众就很快减少了。而艾瑞克也有意压住了一些运来的印度歌舞片，因为放映这些情节和节奏特别欢快的歌舞片，会使喀什噶尔的观众陷入过于热闹的境地，而管辖当地行政事务的行政长，已经警告艾瑞克，要他为有可能出现的混乱负责，于是，当又有一次我们打算放映一部纪录片的时候，就没有多少人来了。

放映电影的热潮很快也过去了。

艾瑞克一直准备在领事馆进行一次招待会，主要是招待苏俄驻喀什噶尔总领事馆的总领事，因为在他刚刚抵达这里的时候，就已经受到过人家的款待，所以他就想着要回报人家。作为在中亚的两个老对手，和两个有野心的国家的代表，他们在保持接触的同时，也要互相的揣测，这互相揣测的机会最佳场所就是宴会。

不过，俄国十月革命之后，在新疆喀什噶尔的总领事馆也发生了一些变化，他们对南下进占印度次大陆的企图似乎消减了，因为列宁说新的苏联俄国不会像沙皇那样，是一个扩张的国家。这个时候，英国也在为印度的独立自治风潮所困惑，彼此进入到一种相对的平静阶段，只是在中亚地区有两国的利益，所以，作为前哨站的领事馆的存在仍旧是必需的。

为了准备好这次招待宴会，我在半个月之前就已经开始准备菜谱了，最后，我决定以英国菜肴和印度菜肴结合的方式来确定菜谱。印度菜肴由格雅勒根来安排，我要亲自下厨，可当苏俄总领事和夫人以及一大批他们的助手和随从来临的时候，作为女主人，我必须要在座，所以，我临时决定菜谱上再增加当地维吾尔族人的菜肴，主要是一些烤肉和面食。

所有的人落座，苏俄总领事带来了一些俄国的伏特加酒作为礼物，我猜想他们实际上今天就想喝这酒，就命令把伏特加打开了。

长长的餐桌边已经坐满了双方宾主，宴会很快就开始了。苏俄总领事是一个个子高大的胖子，他留着典型的俄式八字胡，胡子十分夸张地向他的两个嘴角倾斜，他性格奔放，说话的声音特别大，是俄属中亚地区的人。而他的夫人奥依娜女士，穿着典型的俄式长裙，面色白皙，脸颊修长，很有教养，性情也很温柔，和她的丈夫刚好相反。

艾瑞克使领事馆里的那架老式的留声机放出了柴可夫斯基的音乐，这使对方的总领事非常高兴。很快，结合英国、印度德里和喀什噶尔当地饮食的菜肴上来了，各种带有调味汁的烤肉、香酥可口的面点、营养丰富的新疆沙拉，不论是辣的还是甜的，全部都井然有序地上了上来，摆满了整个的桌子，宾主频频举杯，我的冰窖里的红葡萄酒和对方带来的伏特加酒都派上了用场。很快，酒量颇大的苏俄总领事就喝多了。他瞪着发红的眼睛，似乎以挑衅的眼光在看着艾瑞克。

“艾瑞克·西普顿先生，你们什么时候让印度独立啊？”

这是艾瑞克最不喜欢听到的话题，“看来，你比我更关心印度的前途。”艾瑞克的脸色有一些难看了。

“我说，你们迟早会丢掉所有的海外殖民地，你们大英帝国就要土崩瓦解了！”已经被意大利干红和伏特加弄得头昏脑涨的苏俄总领事吐露了真言，这根本就不是外交辞令了，而是挑衅和蔑视了。我和他的夫人互相看了一眼，这个时候，女人往往比男人更聪明，也更镇定。

“不可能，我们的英联邦是不会崩溃的。你说说，是什么使你有了这样的结论？”艾瑞克表现得很有耐心。

“艾瑞克，我想，你比我了解历史，1776 年，在美洲，有十三个州脱离了你们英帝国，建立了美利坚合众国，从那个时候，你们大英帝国就开始瓦解了。先是美国和加拿大，现在，就轮到印度了，我想不久还会有巴勒斯坦和非洲的你们那些殖民地。你们的海外属地就像是多米诺骨牌一样，全都一个个地倒掉的！”

这个苏俄总领事是一个熟悉历史的家伙，我担心艾瑞克无法应付他，现在饭桌上的气氛很尖锐。艾瑞克反问他：“你们的列宁说一切沙皇俄国时期侵占的领土，都要归还给原来的国家，可是，你们在新疆西北部和中国东北部占领的一百多万平方公里的土地，什么时候还给中国？”

苏俄总领事干笑了一下，他又喝了一大口伏特加酒，“这个，啊，这伏特加真是一个好东西啊，这是上帝给我们俄国人的安慰和奖赏。你刚才的问题问得很好，可是现在他们在打仗，你叫我们把沙皇过去占据的地方，交给谁？你知道，现在中国正在打内战，等到他们分出来胜负了，我们接下来才好办这个事情。现在，是印度最混乱，我要看看你们怎么收拾这个局面。”

艾瑞克淡淡地一笑：“你就不用帮我们操心了。”

“据我所知，你们很快要从英国派来一个新的印度总督、英国副王了。而且，他很可能是印度的最后一位总督了，还没有下船，就又要回英国了！”这个俄国人高兴得开怀大笑了起来。

艾瑞克觉得这个苏俄总领事实在是太盛气凌人，他决定反击了，“英国的政治制度是世界上最好的，这就是为什么我们会尊重印度人最终的选择，我们还尊重甘地的一些想法，我们没有杀掉甘地。要是你们俄国人，恐怕早就把他杀了。”艾瑞克在说了很多斯大林杀害了很多自己的元帅和政治上的对手的事情之后说。

“制度？你们有什么制度？”俄国人打着饱嗝问。

“英国的制度是君主立宪制，但是君主却不用管事，下面还有议会选举和政党竞争制度，而还有一个知识精英阶层组成的文官阶层，来具体运作各种政府的法令，同时还可以发表不同的看法，我们从来都不会依靠一个人来统治。你看，我们的制度是设计最合理的制度。”艾瑞克微笑了。

苏俄领事哈哈大笑了起来，“是我们苏联制度好，还是你们英国的制度好，从印度要求独立自治就可以看出来。我们在中亚的加盟共和国，都是自愿加盟的。而且，没有一个加盟共和国想离开我们的苏维埃联盟。在制度对比上，我觉得，你的话没有说服力，因为你们在衰落，而我们在上升。不信，过一百年再来看看！”

“你们男人总是要谈论到政治，在喀什噶尔这个美好安静的地方，有很多有趣的东西值得我们关注，我们还是说些别的吧，是不是，奥依娜夫人？”我想转移话题，对苏俄总领事的夫人、白哈萨克部族的奥依娜女士说。

场面出现了一些缓和，但是，艾瑞克的脸色仍旧涨红着，“你们俄国人，谁能和我比试比试剑法？”

那天的宴会气氛实在是紧张，因为艾瑞克已经生气了，他从接待室的墙上取下来两把剑，这是我们从英国带来的，苏俄总领事耸了耸肩膀，显然，他这个胖子不是艾瑞克的对手，副领事想阻止艾瑞克的冲动，这个时候苏俄领事馆的一个武官站了起来，“我来和阁下对阵吧。”他行了一个把靴子碰得很响的俄式军礼，从艾瑞克手中接过了那把长剑，两个人离开了餐厅。

所有的人都站了起来，宴会显然因为这个插曲而要结束了，他们蜂拥向客厅，而艾瑞克和苏俄领事馆的武官已经开始比试了。

我有些担心。在一片刀光剑影的磕碰当中，艾瑞克显然十分神勇，他把自己嘴上没有斗过俄国人的愤怒，都凝聚在了手中的剑上。他的剑法十分凌厉，步步进逼，把俄国武官打得节节败退。在炫目的剑光闪烁当中，在一阵阵剑身相遇发出的金属的颤音中，眼看着那个俄国的武官退上了上楼的台阶，并且不断地退却。这似乎是古老的欧洲常见的一幕，在喀什噶尔的领事馆里出现了。这一幕确实新奇，以至于没有任何人觉得有什么不对的地方。他们在领事馆中的各个地方激战，这个时候，领事馆中的一些普通的工作人员也都出来看热闹，他们一定没有见过欧洲的击剑表演，而这种表演，现在差一点就变成了你死我活的决斗了。

最后，他们一直打到了楼顶的露台上，而艾瑞克是一直步步紧逼的，在露台上艾瑞克猛然挥动剑柄，击掉了对手手中的剑，把剑的顶端顶在了对手的脖子上。“你输了，你已经完了。”他冷峻地说。

艾瑞克赢了。

“我是不是太不会压抑自己的怒气了？我们把宴会差一点搞糟了。”那天晚上躺在一起的时候，艾瑞克想着击剑的事情，问我。

“亲爱的，你表现得很好，因为你还代表着英国。你是最英武的英国男人，我们不能输给俄国人。”

艾瑞克仍旧有些沮丧，“可是，阿富汗已经独立了，如果印度独立，那他们的势力就会长驱直入，一直到印度洋了。”

“艾瑞克，这是英国首相要考虑的问题，比如丘吉尔，不是你操心的事情。现在你好好睡觉吧。”我刚才指挥仆人收拾了好久，才把宴会造成的气味污染给减弱了。在餐厅的酒味儿、饭菜的味道、女人身上的脂粉气和男人身上的烟味，加上一些俄国人身上浓重的狐臭，把领事馆内的气味给彻底污染了，我们用了好长的时间来通风，才使情况有所好转。所以，我也很疲惫。

“我不想英国输给俄国人。”艾瑞克喃喃地说。

“不会的，我们不会输给他们的。”

后来，我通过和驻扎在喀什噶尔的汉族将军，南疆警备司令、四十二师师长赵锡光的接触中，和阅读领事馆中收藏的英文历史书，了解了不少新疆的历史。

从两千多年以前的中国西汉王朝开始，中国的内地中央政府，就对今天整个的新疆地区进行了有效的管辖和控制，把新疆变成了中国领土的一部分。但是，后来每当中国内地的朝代更迭导致分裂的时期，无法顾及遥远的西域，新疆就被一些不断变化的少数民族部落首领控制，演变分裂成很多城邦小国。

在中国唐朝，政府对新疆的管理最为出色。元代的时候，新疆是察合台汗国的一部分，而中国明朝时期，中央政府再次失去了对新疆的控制。到了清朝，乾隆皇帝又再度恢复了对新疆的管辖，并且向西拓展了疆域。清朝开始所拓展和有效管辖的疆域，一直保持到 19 世纪中后期，直到俄国侵占了巴尔喀什湖以东的四十多万平方公里土地为止。

中国清朝灭亡的时候，1911 年，一个汉族将军杨增新在新疆崛起了，他掌握了新疆的军政大权，成了新疆的总督。那个时候正是北京的北洋军阀不断变换领导人和总统的时候，当时杨增新的信念是，不管谁当中国的总统，他只服从一个中央政府，认一个国家而不认个人。他虽然用了各种恐怖的手段来对付政敌，但是保持了新疆的安定和完整。当只信服并且称臣满族人的外蒙古独立之后，原来归属蒙古管辖的北疆阿尔泰地区也要脱离中国的时候，他立即收并了阿尔泰地区，成为新疆的一个道，保住了十万平方公里以上的中国领土。这是杨增新的一个功绩。

俄国十月革命爆发之后，有很多白俄残部流窜进了新疆，他安抚和清剿了他们，同时也暗中抵制了苏俄红军借助剿灭白俄进军新疆，对新疆的觊觎。在他统治新疆的时期，是新疆相对安定的时期。

可是，在 1928 年，他被手下的一个留日的厅长刺杀了。

之后的几年时间，是杨增新过去政府中的政务厅厅长金树仁当政。他非常平庸，而当时新疆的各种势力都在激烈地角逐。哈密爆发了我们英国人暗中支持的“东土耳其斯坦伊斯兰共和国”的叛乱，两个月以后，被割据西北的回族将军马仲英的部队剿灭。后来，金树仁因为无法平息各地的骚乱，失去了对形势的控制，1933 年被赶下了台，他的掌管军队的参谋长盛世才上台了。

盛世才上台之后，倚重俄国人，成为新疆的军阀和政府主席。他在 1942 年突然倒向了国民党中央政府，杀害了一些共产党人。从此之后，国民党中央政府对新疆的管理加强了，也抑制了一些分裂势力的活动。

1944年，统治新疆十二年的盛世才被国民党中央政府调走，国民党政府任命了吴忠信担任新疆的省政府主席。

可是，局面开始失控，很快，在新疆的伊犁等地区，爆发了“三区革命”，国民党中央政府派遣张治中将军前来和少数民族起义代表谈判，于1946年7月组建了新疆省联合政府，由张治中担任新疆的政府主席。

就是在1947年的5月初，张治中到喀什噶尔视察，还拜访了英国总领事馆，我见到了他，并且随后张罗了为张治中将军举行的招待宴会。

我对张治中将军的拜会如何招待，着实很伤了一番脑筋，后来考虑到他是在下午抵达领事馆，所以，我决定招待张将军以英式下午茶。

“也不知道他喜不喜欢我们的奶茶。”我的这个决定得到了艾瑞克的支持，他认为张将军一定会喜欢英国的下午茶的，“亲爱的，他肯定会喜欢的，因为传说他是一个很儒雅的将军。”

那天，张治中将军很快就来到了英国领事馆，艾瑞克和我带领着其他工作人员，在领事馆的门口迎接他的到来。的确，就像是传说的那样，张治中是一个很儒雅热情、也很温和精明的人，他是艾瑞克和我接触到的地位最高的汉族官员，所以，我立即改变了过去对一些汉族官员的看法，即他们大多没有精神的诉求——一开始，张治中对领事馆的古典音乐唱片就十分感兴趣，“啊，莫扎特，我有好久都没有听到莫扎特了。”他拿起来一张唱片兴致勃勃地说。

这句话可能是真的，因为他来新疆担任省主席不到一年，要做的事情很多，而这个时候又是战乱时期，他能到哪里找到莫扎特呢？我立即建议给他放莫扎特，当大家欢快和轻松地落座以后，莫扎特已经在留声机里演奏了。

艾瑞克和张治中谈起了中国和新疆的局势。我在一边烧奶茶，一边听到了他们谈到了一些情况。眼下，日本人被完全地赶出了中国，国民党的领袖蒋介石和共产党的领袖毛泽东的军队，正在中国的北方决战。由于有苏联的强大支持，和共产党在东北的深得人心，局势似乎对国民党很不利，有些摇摇欲坠了，因此，新疆的“三区革命”也要张治中将军前来采取安抚和联合的办法解决。中国大地上到处都是风云变幻的情形。

张治中也问了艾瑞克印度的情况，艾瑞克淡淡地告诉他，“印度的新总督、英国副王蒙巴顿勋爵来印度的时候，他开出的一个条件，就是他将是最后一任印度总督，连他也在帮助印度人独立呢。”

我已经把奶茶端上来了，“张主席，这是英国的伯爵奶茶，是当年英国维多利亚时期的外交大臣葛雷前来中国访问，发明的一种红茶。”

张治中喝了一口，“啊，很好喝，我尝出来里面有牛奶和蜂蜜，那茶叶是安徽黄山的祁门红茶吧？”

我很惊奇于张治中对茶叶的了解，“对，正是中国的祁门红茶。这是我们的英国烤饼，请尝一尝。”

“平时我喝绿茶很多，喝红茶容易兴奋，会使我睡不着觉。啊，这烤饼很好吃。英国人喝下午茶是一个好习惯，对不对？”张治中笑了。

我看到他很随和，也笑了，我们就随便地聊了起来。我们聊及的话题十分广泛，在一种拉家常的方式中，完成了彼此礼节性的问候和揣测。

“你们和共产党之间的争斗，最后谁会赢？”艾瑞克问了张治中一个很敏感的问题。

张治中沉思了好久，他叹了一口气，没有回答。

张治中在领事馆里只待了半个多小时就离开了，因为他马上还要到苏俄总领事馆去，对于他先到的英国领事馆，艾瑞克很高兴，这说明他重视和英国的关系。同时，我们也答应了张治中将军，明天去参加他举行的宴会。

第二天，艾瑞克带着我乘坐领事馆的汽车，前往张治中将军举行宴会的地方。我忽然发现，喀什噶尔的大街小巷到处都插着五彩的旗帜，还临时搭建了一个虽然俗气，但是并不难看的彩灯构成的大门；整个城市的气氛被人为地营造得很欢快。这都是为了欢迎张治中这个新的省主席的。

我们抵达了宴会举行的地点——喀什噶尔行政长的院子。在长长的葡萄架下，我们俩在一张桌子跟前找到了自己的位置，坐下来。这个时候，刮起了一股旋风，小旋风把院子里葡萄架下的食品都给弄脏了，因为这风中含有很多灰尘。

风过去了，仆人重新布置了桌上的食品。然后，我看见在旁边的地方，一些维吾尔族客人正在进行傍晚的祈祷——他们虔诚的姿势使场面变得肃穆了起来。

这个时候，我还看见了一个长发的小伙子，他靠在葡萄架下，似乎在等待着什么。我猛然想起来，一个月以前，我一个人骑马跑到了喀什噶尔郊外的时候，这个显然是某个高山民族的小伙子赶着马群经过了我的身边，他还向我行了一个礼，并且用英语问候了我。看上去，他是一个神秘的人物，我完全猜不透他是一个什么样的人，既不是当地官员，也不是主人家的亲戚。

我向他走了过去，他也看到了我，略微有些拘谨。他很英俊，额头宽阔，眉毛浓黑，年龄在三十岁左右，“啊，夫人，你好，我们是见过面的。”他用英语说。

我也有点莫名其妙的紧张，我有些不知所措，似乎脸色也红了，“你好，先生，我们是见过面。你是——”我的胸口有一只兔子在跳着，他刚想和我说话，这个时候，有人呼唤他，“赛麦台！赛麦台！”他作了一个抱歉的手势，就先走了。

我呆呆地望着他远去的背影，奇怪自己为何如此慌乱，并且知道了他叫赛麦台。

这边穆斯林的祈祷已经完了，宾主立即落座，开始了欢迎张治中主席的宴会。像所有中国人的宴会那样，我坐在了艾瑞克的身边，但是，我有一些心神不宁，我期待着那个小伙子再度出现。可到张治中致辞的时候，他都没有出现。那天的宴会因为风很大，而所有的客人无法都在屋子里找到座位，就在葡萄架下举行了这个宴会。张治中主席致辞之后，宴会开始了。

大家互相敬酒，我总是说“我不能喝酒，”来抵挡敬酒者的进攻。在我的这个桌子上，讲俄语、汉语、英语、维语的人都有，甚至一个维吾尔族老人还会讲法语，我觉得实在有意思，也许我懂的波兰语和印地语也要派上用场了！

这个宴会是一个很热闹也很混乱的宴会，桌子上，有着很多肉类菜肴，在大风的吹拂下都凝结成了块状物；有的客人们互相走动，举杯喝酒，有的人在大声地划拳；此外还有记者在拍照，闪光灯不停地闪烁着，人们说话的声音都很大，几乎没有人能够听清楚对方的讲话。艾瑞克本来也要讲话，但是场面如此嘈杂，他也就放弃了。当宴会结束以后，有一个维吾尔族人的乐队开始助兴，这个时候场面才轻松了一点。席间有醉汉的鼾声响个不停。

我起身在偌大的院子里走动，我希望找到刚才那个小伙子，但是他好像消失了，而且显然不完全是这里被邀请的客人。那么，他是一个什么人呢？

所以，这类有着公务性质的宴会是我最头疼的，可我又不得不参加。相比之下，我就更喜欢专门为孩子和妇女举行的小型宴会了。

领事馆中，各个等级的职员的孩子，加起来有二十多个。有汉族、维吾尔族和印度裔的孩子，他们成了领事馆中最热闹的人群。我经常微笑着看着他们在领事馆中的院子里追打和嬉闹，在那个很少有人光顾、落满了灰尘的图书馆中捉迷藏。这使格雅勒根十分生气，因为他知道这是我最喜欢待的地方，他不想这里被孩子们破坏。

我倒是很纵容他们，“格雅勒根，别管他们，弄乱了我来收拾。”因为我喜欢看着他们天真烂漫的表情，这样的表情，可以使我怀念我在英国的儿子尼古拉斯。

孩子们喜欢举行模仿大人们的游戏，比如他们就模仿大人经常举行宴会，而也来一个模拟宴会。他们会在偌大的领事馆中搜遍各个角落，来寻找和发现各种昆虫，以及各种植物花草的叶子，用纸张叠成盘子，把这些可以假装当作各色菜肴的东西放进去。

他们在领事馆中发现的昆虫是如此之多，以至于连我都吃了一惊，“你们竟然找到了这么多的虫子！”我瞪大了迷惑和吃惊的眼睛。在我的眼前，那些虫子排列了开来，有金龟子、蚂蚁、蚯蚓、蝎子、土鳖子、潮虫、螳螂、蚂蚱、蛐蛐，还有一些我根本就不认识的昆虫，于是，我借着和他们一起玩这个游戏的机会，借助图书，大家共同认识了这些昆虫，还有一些不知名的植物。这些昆虫和花草是中亚的喀什噶尔特有的东西。

这成了我特别乐意进行的游戏。“孩子们，咱们的宴会结束了。”最后总是我意犹未尽地宣布。

我喜欢和他们一起举行模拟宴会，也喜欢组织他们进行各种游戏。比如把面包裹上糖浆，然后用绳子吊在很高的地方，让男孩子们来用嘴巴争夺，胜利者是相当得意的，而女孩子们则不能玩这个没有风度的游戏。我们还用勺子里盛着一个鸡蛋来赛跑的方式分出胜负。“你们是女孩子，所以要端庄一些，身上不许有任何脏东西。”

有时候，艾瑞克也加入和孩子们的游戏，他会完全放下架子，和孩子们一起在地板上翻滚，场面特别热闹。

这样的聚餐的最后一项，就是把孩子们排成一个圆圈，然后由我给他们分发各种点心、饼干和糖果，孩子们伸出小手或者伸出头上戴的帽子，然后，他们就得到了他们渴盼的食物奖赏。

1946 年年底，在喀什噶尔过第一个圣诞节，使我觉得很困难，因为在这里的集市上，我买不到过圣诞节所必须要准备的东西，也没有可以作为圣诞树的小树，除非到几十英里外的山上，去砍伐一棵幼年的云杉来，可那是不可能的事情。

这个时候我猛然发现，这里的生活习俗，完全是和我不相干的，没有人知道和注意有这样的一个节日。不过，在我们的领事馆中，已经有了过圣诞节的传统，需要对在喀什噶尔的英国人——他们少到了几乎没有，和印度商人举行一个圣诞招待会，这样的宴会完全是例行公事，没有什么值得我喜欢和谈论的地方。

而穆斯林妇女是不能公开参加这些节日宴会的。按照《古兰经》的教义，她们一般都要待在屋子里，不大公开抛头露面。

所以，在圣诞节的第二天晚上，我要专门为她们举行一个只有穆斯林妇女参加的“闺房宴会”。而这也就成了我观察喀什噶尔穆斯林妇女的机会。平时，在喀什噶尔的大街上，我经常可以看到蒙着黑色面纱的女人，她们穿着很长的有着艳丽的花纹的裙子，可决不露出她们的脸。我总是猜测那神秘的面纱下，都是一张张什么样的脸？

这样的脸我只有在“闺房宴会”上才可以看到。“夫人，晚上好！”她们来了，一个个地和我打招呼。来参加“闺房宴会”的妇女，大部分都是领事馆的当地雇员的妻子和女儿，她们平时很少出现在公共场所，甚至连我都不知道她们有多少人。当她们出现在我的面前时，我吓了一跳，因为她们竟然有几十个之多！有一些是领事馆中的女人的亲戚，现在也来了。可能她们把这个“闺房宴会”当作是一个很好的聚会机会，同时也能吃到一些美妙的食物，所以，她们打扮得花枝招展，一下子使整个宴会厅充满了女人的香气与女人的色彩。当面纱摘去，我发现她们都很漂亮，有的也很性感，属于浓眉大眼的欧亚人种，很少有难看的，只是一些中年妇女的身材因为生育的原因变得很胖。

我就是从这样的宴会上，了解到她们用当地的一种奇特植物汁液来涂抹和装饰指甲，还有描画眉毛，使它十分峭拔好看。她们教给了我如何使用那种植物——伊斯曼的汁水。她们打扮艳丽，但是都穿着比较笨拙的靴子。她们中间有的人有几十条小辫子，有的戴着装饰有彩色的羽毛的帽子，上面镶满了发光的假珍珠。当没有男人的时候，她们显得十分的放松和快活，有的女人还带着自己的婴儿，而且很多人都吸烟——这是我最受不了的，但是我没有表现出来。

在这样的宴会上，糕点和香烟似乎永远不够，椅子和茶水也十分短缺，我忙坏了，一时间，妇女们的欢笑和说话声，孩子的哭声，椅子的移动声和盘子的碰撞声响成一片，显得十分的热闹。“闺房宴会”的食物吃光了之后，舞蹈晚会开始了，“女人们，都跳起来吧！”有人欢呼起来。

这个时候，似乎全部的妇女都活跃了起来，有人拿出了她们特有的乐器冬不拉，开始弹奏。有两个漂亮的女孩先到空地上开始翩翩起舞，她们会使脑袋随着音乐摆动而脖子不动，这使我十分好奇，我学习了半天，终于学会了这一招。有人唱起了歌，这是维吾尔民族的歌谣，似乎是赞美爱情的，歌声十分奔放、热烈。她们不断地有人下到空地上来，葡萄架下，在她们的面纱和厚厚的裙子下面被束缚的活力，如今全部释放了，我发现这些穆斯林妇女其实是特别乐观和开朗的。所有的女人一起跳舞，一定是一个罕见的风景，我在印度没有见过，因为印度的妇女地位很低，而且，所有的人被种姓制度所纠缠，人们难得有奔放的欢乐。但是，喀什噶尔的妇女要好得多。

晚会结束了，她们陆续地走了，“夫人，再见！”她们和我打着招呼，一个个地离去。我看着仆人们收拾残局，整理房间，觉得又一场美好的宴会终于过去了。

我喜欢上了维吾尔族妇女的化妆术和她们的舞蹈，我也学了一些，在后来的一个宴会中的歌舞晚会上，还表演了一番。

每年的6月中，有一个英国国王的诞辰日，这个节日，在英国并不重要，但是，在喀什噶尔英国总领事馆，却是一个隆重的日子。这一天，喀什噶尔的各方面的军政首脑，和苏俄领事馆的领事，都会到我们这里来参加一个纪念宴会。

到了 1947 年的 6 月，这里的天气已经非常干燥炎热了。张治中将军从喀什噶尔回到乌鲁木齐，却很快辞去了新疆政府主席的职务，因为，国民党的内部有人攻击他对“三区革命”的态度太软弱，说“三区革命”的人背后受苏俄的支持，这使他承受了很大的压力，不得不辞去了职务。

蒋介石任命了麦斯武德担任新疆省政府主席，主要是为了反对“三区革命”背后的苏俄的势力，也是为了反对共产党。这是这一天到领事馆里来参加我们的国王生日宴会的赵锡光将军，告诉艾瑞克和我的。

“我想托您把一些唱片送给张治中将军，他很喜欢音乐，可是，我们很少有机会再碰到他了。”我把莫扎特和一些音乐家的唱片交给了赵锡光将军。

他大笑着说:“我可要贪污一些了,因为中国有句古话叫作‘雁过拔毛’，我是不会客气的。”

我很着急，“不行，赵将军，我会再给你找一些……”

“他在开玩笑，”艾瑞克说，“他太喜欢开玩笑了。”

我才觉得自己有时候太过认真了。

为这样的宴会准备菜肴是我最为头疼的，因为我无法做出来供三十个人吃的英国菜肴，所以定下来做印度菜肴。因为主要的厨师都是印度人，加上格雅勒根的手艺，会使这样的宴会很有特色。菜谱经过推敲，主菜确定了十几样，主要有烤鱼、熏肉、牡蛎、烤鸡、柠檬馅饼、鳕鱼、芹菜汤和葡萄干布丁，主食是咖喱焖肉米饭和印度飞饼，还有印度大吉岭红茶和英国茉莉蜜茶。

打扮领事馆就用了整整一个白天。格雅勒根带着雇员们在领事馆中的各个地方，都插上了大大小小的旗帜，屋顶上也挂满了小灯。院子里的地上、花园中、草丛里都放上了可以防止风吹的小油灯，为了晚上的宴会营造气氛。

当我下令把所有的油灯都点燃的时候，领事馆里顿时显得美丽辉煌。而分布在领事馆院子里的小油灯，则发出了类似萤火虫般闪着鬼火的亮光，效果更加神秘。

“我就担心晚上会刮风，喀什噶尔经常突然就刮起旋风来了。”我忧心忡忡地对格雅勒根说。因为我们的宴会要在露天的院子里举行。

“上天会照顾我们的，您放心吧。”格雅勒根总是对所有的事情都很乐观。

傍晚时分，我们邀请的客人陆陆续续来了，有喀什噶尔汉族和维吾尔族的行政首脑，有南疆警备司令、四十二师少将师长赵锡光将军，还有经常和艾瑞克作对的苏俄领事馆的总领事，那个胖胖的有着一个巨大的肚子的俄属中亚人。

在傍晚，大多数人包括艾瑞克都认为宴会应该安排在外面，而我却预感有风。“可能你的第六感觉又告诉你什么了吧。”艾瑞克还开我的玩笑。

“是的，”我没有好气地说，“可今天晚上就是有风。”

但是，在外面举行宴会已经成定局了，于是上菜开始了，刚开始的时候，没有一丝风，就在所有的人开始互相敬酒的时候，开始刮风了。这个时候我已经准备给客人上布丁了。所有的客人，包括那个经常和艾瑞克打嘴仗的苏俄总领事和赵锡光将军，都假装不去理会，但是风太大了，而且还带着灰尘，扑打在我们的脸上和饭菜上面。

天气陡然变化了，当艾瑞克下令叫仆人们赶紧把桌子和椅子搬到屋内的时候，外面开始下雨了。

“哎呀，开始下雨了。”艾瑞克懊恼地说。

“还会下蜥蜴呢，”我没好气地说。我的话音刚落，天上就开始往下面掉蜥蜴，这些四脚蛇噼里啪啦地掉在了地上，四下乱爬，把客人们尤其是那些夫人们吓坏了，她们尖叫着把落在她们身上的蜥蜴扯掉，但是蜥蜴的爪子很牢固，甚至会抓破她们的衣衫。整个场面十分奇特和狼狈，领事馆的人都看待了，到处都是一片尖叫声。

最后客人们纷纷逃离了领事馆，只有勇敢的赵锡光司令，坐在那里哈哈大笑，因为他也从来没有见过这么好玩的事情发生。

这一场奇怪的蜥蜴雨很快就停了，仆人们发现蜥蜴只要是一落地，就跑到墙上，然后翻越了领事馆的墙，跑远了。

赵锡光建议我们把院子里的油灯重新点燃，这下子，院子里又恢复了那种晚餐的氛围，艾瑞克和赵锡光司令夫妇一起坐下来，接着进行这顿奇特的晚宴。因为还没有人来得及尝尝葡萄干布丁呢。

晚上，所有的人都走了，或者睡了，我一个人来到了露台上，天空中有着大量的星星在闪烁，非常繁密。

我正在看着天色的时候，忽然看见了几个牧人赶着一大群马匹，就像是梦境中的马群一样，在穿越领事馆前面的道路。马蹄的声音并不大，但是，我从那几个牧人当中辨认出来我熟悉的一个身影，他有着长长的在风中散开的头发，在纵马疾驰。

“风中长发，”我喃喃自语，看着马群和那个牧马人消失在黑暗中。

有一天，赵锡光将军举行了一个宴会，我不想去了，“艾瑞克，我都有一些受不了了。”因为我现在已经很害怕这样的宴会，它很耗费时间，来的人员又庞杂，彼此完全是应酬和敷衍，还要喝很多酒。

自从春天开始，从印度德里那边传来了消息，说蒙巴顿勋爵到任印度后就立即宣布自己是最后一任总督和英国副王，艾瑞克就陷入了情绪的低潮，他明显地喜欢喝酒了。而且在这样的宴会上根本就不打算控制自己，直到喝醉了为止。

我知道他内心苦闷，因为一旦印度独立，那么这个喀什噶尔总领事馆就没有存在的必要了，而他，艾瑞克，也成了英国驻扎在喀什噶尔的最后一任总领事。这绝对是令人伤感的，尤其是像艾瑞克这样纯正的英国人，无法接受任何地方的英国国旗的降落，这种降落一旦落下来，就再也没有可能重新升上去。

“赵将军说了，今天他还要举行一个京剧的晚会，还是去看看吧。”情绪低落的艾瑞克劝我去。“听说还有京剧表演呢。”

“真的？”我的眼睛亮了。我很早就想看看中国的国粹京剧了，这下有机会了，所以，我立即改变了主意。

我们到达赵锡光举行家宴的场所，那里已经来了很多人，这些人的面孔都是艾瑞克和我熟悉的，他们就是喀什噶尔上层社会圈子里的俄国人、维吾尔族人和汉族人，现在，我们英国人又到场了。

赵锡光的夫人浓妆艳抹，她笑着对我说，“今天你很漂亮。”确实，我穿了一件很漂亮的象牙色镶花边、做工精细的英式长裙。我被引导到葡萄架下的餐桌边，平时，艾瑞克要喝酒的时候，总是男人们坐成一桌子，现在，他和我被安排坐在一起，对面就是苏俄总领事和他的夫人。

宾主落座，彼此用英语、汉语、俄语和维语交谈了几句，铜管乐队就开始演奏了。之后是赵将军发表了热情的致辞，就开始上菜了。

这是我集中地吃到典型的中国菜肴的时候，“真的是琳琅满目！”我对艾瑞克惊叹道。在我看来，中国菜肴的确非常好看好吃。这些神奇的中国人，他们甚至可以用任何东西来做烹饪原料，饭菜的种类非常繁多，汤的种类更多，味道也很鲜美。我这个时候已经熟悉了用筷子，我在喀什噶尔待了好几个月了，可以勉强使用这种餐具了。

这天上的菜种类特别多，就像是传说中中国皇帝的菜谱那样，恨不得有一百道菜肴：有各种的肉类、海鲜、蔬菜和主食，此外还有喀什噶尔沙拉——一种用西红柿、青椒、洋葱拌成的东西，一道道地上来，使每一位客人都开怀大吃并且目不暇接。而每一种我都只能尝一点，艾瑞克却总是对肉类特别钟情。不过，就像是吃法国大餐一样，中国宴会也很费时间，晚宴整整用了两个小时，男人们一旦喝酒，时间就无法控制了，直到赵将军吩咐人：“开始唱堂会吧。”

原来，从中国的古代开始，达官贵人们就经常在自己的家里举行戏剧和戏曲的演出，中国人自己把这种演出的形式叫作“堂会”。一般就在院子里专门搭一个台子,类似莎士比亚时代的圆形戏剧场。有条件的大户人家，本身就盖有戏台子，每到节日或者家族纪念日，都会表演戏剧和戏曲节目。

赵锡光将军的堂会是在军队的礼堂中举行，不很大，但是有很好的舞台。我们从他家里来到礼堂，看到很多汉族士兵们已经坐好了，并且对我们这些贵宾的到来报以热烈的掌声。刚才的铜管乐队又开始演奏，不过演奏的是进行曲，我善意地笑了，“乐队很有意思，他们不知道他们演奏的是什么东西！”坐下来之后，我拿到了已经被翻译成英文的剧本台词。之后，电灯灭了，油灯还在闪亮，演出开始了。

演出的第一场戏，是京剧《斩经堂》。这是中国传统京剧中很著名的一出戏，故事情节发生在中国古代：一个书生为了给自己死去的父亲报仇，他不得不去杀掉自己的妻子，因为正是自己妻子的父亲、也就是他的岳父，是杀害他父亲的凶手。如果他不杀妻子，那么他就无法向母亲交代，就无法恪守孝道了，但是，他的妻子又特别贤惠，并且非常孝顺公婆。所以，这是一个道德困境。

戏曲的高潮部分，发生在一座寺庙当中，丈夫和正在为全家祈祷平安的妻子见面了，丈夫告诉了妻子，他不得不杀掉她的理由和原因，两个人立即处于非常决绝的矛盾境地。可丈夫也无法真正下手，最后是妻子把他手中的剑夺了过来，自刎而死。她的公婆、书生的妈妈看到丈夫的仇已经报了，很高兴，但是又失去了贤惠的儿媳，儿子又痛不欲生。她无法面对自己的儿子幸福生活破灭，也上吊而死。

京剧的念、唱、做、打使我很新奇，而他们的脸谱、化妆以及服装，全都可以用来表现主人公的身份性格，这些都是我觉得很美妙的。

可是我非常不喜欢这出戏，我厌恶里面的道德说教气息。“难道中国古代的女人，地位就是这样的吗？”我问艾瑞克，艾瑞克无法回答我。

当观众报以热烈的掌声的时候，我想，从这出戏中，可以看出，中国妇女的地位在历史上一直是很卑微的，她们没有自己的独立人格，完全依附在家庭和男性的身上。虽然，英国妇女的家庭生活也很拘谨保守，但是，我们是有着自己的选择权的，在婚姻中也有自己的权利，是不可能随便把生命交给道德的说教上面的。个体生命，人只有一次的生命的价值是最高的！

不过，这出戏确实感染了我，因为它是一出悲剧，悲剧内部那种深层次的情感力量，打动了我，使我觉得内心的感受和情绪很复杂。

我还没有从上一出戏的情节中走出来，第二部戏又上演了。因为一个人猴不断地翻着跟头，手中还拿着一根彩色的棍子上场了。

“一个猴子！”艾瑞克高兴地叫了起来，他拿了一瓶酒，使劲地啜饮了一口。

这出戏就是《孙悟空大闹天宫》，讲的是猴子孙悟空从海底拿到了定海神针，开始犯上作乱的故事。它表现了中国人反抗压迫的精神。因为演员不停地在舞台上翻着令人头晕的筋斗，使我觉得很好玩。

“这出戏是中国几百年以前的一个神话传说，实际上，和当时佛教对中国文化的影响有关。”赵锡光将军对我解释说。

那个反叛的猴子把天上的一个和地上的朝廷一样等级森严的天宫，打得乱七八糟，天上的皇帝都无法惩罚他，最后，还是佛祖出面，收服了惹事的人猴孙悟空，叫他为去印度取经的和尚玄奘做护卫，然后，他们师徒几个人就出发了。

我这个时候忽然浮想联翩，似乎我走过的路，这个猴子孙悟空和玄奘也走过了。我们走的是同一条路。这出戏涉及了中国的佛教是从印度传来的，而且这个孙悟空和他的师傅玄奘，也曾经经过喀什噶尔，而后翻越了昆仑山，才抵达了印度。他去取经的时候是中国的唐代，那是中国最辉煌的时代。

当时，整个的西域都信仰佛教，当唐代结束之后，中国内地的中央政权衰微，陷入混乱和分裂，无暇顾及西域，在公元十世纪，伊斯兰教东渐，替代了佛教原来在西域的地位，那些信奉佛教的很多西域城邦小国，也都纷纷灭亡了。

我很喜欢孙悟空的化妆，他带领着很多小猴子在和象征中国封建秩序的天上皇帝打仗,像是一个滑稽的小丑,但是又蕴涵着挑战权威的悲剧力量。“这个猴子太有意思了。”我喜欢上了这个姓孙的猴子。

那天晚上演出的最后一个节目，不是戏曲节目了，而是赵锡光手下的士兵表演的花灯。赵锡光的整编四十二师装备精良，是国民党政府放在新疆南疆重镇喀什噶尔，专门防止分裂骚乱和镇守边陲的，所以士兵的士气和训练强度都很高。碰到这样的娱乐节日，他们自然更加的高兴，所以几乎用尽了所有的力气。

我觉得自己的眼睛在今天晚上吃到了一场盛宴，“我眼花缭乱了。”我对艾瑞克承认了这一点，“我们没有白来。”

中国京剧的服装、道具、化妆和动作都非常丰富，而高潮却是花灯的表演。舞花灯的场地已经由台上变到了空地的中央，两排士兵，手里拿着各种各样的造型的花灯，以对称的队列上场，但是，又在不断地变换着位置，使花灯变成了流动的光的影子。花灯的式样繁杂，从古代传说中的怪物到今天的飞机大炮全都有，然后，有一条纸做的长龙，从外面又冲了过来，看不见的乐队发出了紧张的金石之声，渲染着气氛。

我被各色的花灯给彻底地迷住了，这些花灯就漂浮和游动在我们的头顶，上下翻腾，犹如梦境，闪耀着流动的光芒，并且在夜空中拖动着流动的光线轨迹，这样的场景是我从来也没有见过的，这种古老的东方民间艺术使我很开心，似乎这个传奇的国度的精美文化在一瞬间，在这个封闭的悬崖下的乐园向我敞开了，但是，当花灯在鼓声中渐渐远去，这道门又关上了。

所有的喀什噶尔的宴会，都需要人有忍耐的精神，而我学会了在这些宴会和晚会上的忍耐，因为，它们往往需要至少半天、有时候甚至是一天的时间。

苏俄总领事馆的宴会甚至比中国人的宴会时间还要长，我根本就不愿意参加，但是，这是和俄国人接触的最好的时机，而艾瑞克和这个喀什噶尔英国总领事馆的使命，就是为了监视俄国人的动向，所以艾瑞克当然不同意我不去。

在喀什噶尔旧城，也就是以维吾尔族人为主的城区中，苏俄总领事馆和英国总领事馆相隔不远，中间隔着很多的当地民居和集市——当地人叫作“巴扎”。

我记得很清楚，1947 年的圣诞节刚刚过去，我安排完了领事馆内部的圣诞节，以及随后的给孩子们办的宴会，和第三天的“深闺宴会”，没有几天之后，就要参加俄国人在他们的领事馆中举行的新年庆祝晚会了。

俄国总领事馆的大厅中就有一个很大的舞台，在大厅中，客人们一边吃饭一边观看舞台上的演出或者是放映的电影。

这可能是向中国人的“堂会”学习的，我一开始很不习惯这样一边吃饭，一边还必须要一心二用地注意舞台上的表演，这使我很烦躁。这样一来，饭也没有吃好，而演出也没有看好。不过，我后来干脆不去管舞台上的演出了，而是专心吃饭。

演出一般都是俄罗斯欢快的舞蹈，而俄罗斯的踢踏舞节奏又很快，确实能够加速人们吞咽食物的速度。宴会结束的时候，舞台上的演出也结束了。领事馆的仆人会立即把所有的餐桌拿开，然后客人们的舞会开始了。

俄罗斯人是一定比英国人更喜欢跳舞的，而且他们要更加的奔放，这个时候，因为已经吃了很多东西，我也很喜欢通过跳舞来消化那些俄国美食，疯狂的旋转和男人们乘着酒劲儿的几乎有些放肆的拥抱，使气氛变得轻松。跳舞实际上就是性之舞，在这个时候，俄国人都放松了警惕，而艾瑞克也忘了他的对手，我们一起沉浸在音乐造成的梦幻当中，因为我们远离家乡，这座城市只有少数的孤独的欧洲人，我们没有理由不短暂地抱在一起。

当然，我也有担任舞台主角的时候。在喀什噶尔这个伊斯兰教覆盖了大部分精神生活的城市，逊尼派穆斯林教徒有很多的节日，最大的有两个，一个是“肉孜节”，而另外的一个是“古尔邦节”。肉孜节也叫开斋节，这一天是穆斯林每年要封斋一个月之后的节日，因为传说古代的穆斯林为了躲避异教徒的屠杀，白天躲进山中不能生火做饭，到了晚上才可以吃东西，这是考验穆斯林教徒的忍耐精神，和他们洗刷罪过的机会，因此，开斋节是十分热闹的。它算是穆斯林的小年，人们在几天的时间里穿上艳丽的衣服，互相拜访，并且举行各种欢宴。

而他们的“大年”，就是古尔邦节，这个节日的来源，传说是阿拉伯的先知易卜拉欣有一天听到了真主安拉的启示，要易卜拉欣把他的儿子杀掉来向安拉献祭，当易卜拉欣忠诚地准备杀掉自己的儿子，向真主安拉献祭的时候，安拉派天神送来了一只羔羊作为替代——安拉已经考验出了易卜拉欣的忠诚，不用献祭自己的骨肉了。所以，古尔邦节又叫作宰牲节。在过节期间，穆斯林要沐浴更衣，去清真寺做礼拜，并且给死去的先辈上坟，然后再拜访亲朋好友，所以特别热闹。

在这样的穆斯林的重大节日期间，英国领事馆的内部，也有欢乐的宴会和演出晚会举行。而除了少数印度教徒，英国领事馆的雇员大部分都是穆斯林，在这样的节日中举行活动，是对这些雇员的最好回报。

这样的欢宴由我来亲自安排，格雅勒根具体实施。我们要在领事馆里的空地上搭起一个塑料的凉棚，在凉棚的下面，按照穆斯林的习惯，铺上了维吾尔族人特有的地毯，和柯尔克孜族的毡毯，摆上了各种各样穆斯林们喜欢吃的东西。有一些干果，像是葡萄干、杏干、无花果、阿月浑子、核桃、巴旦杏等等，然后，很快就开始上主菜了。

喀什噶尔的维吾尔族穆斯林的饭菜非常丰富，烤全羊、手抓肉、烤羊肉串、油炸馓子、米肠子、油塔子、过油肉拉面、抓饭、薄皮包子、烤包子等等，应有尽有。肉类以羊肉为主，因为领事馆的印度人是不吃牛肉的，而穆斯林是绝对不吃猪肉的，汉族只有几个人，所以，他们也习惯了穆斯林的食品。

领事馆雇员的女性家眷是不能和男人一起活动的，所以，在网球场后面的一堵矮墙边的树下，专门为她们开辟了一个场所，蒙面的穆斯林的妇女在那里聚会。我有时候要在男人的区域张罗，有时候又要到女人的区域安排。

就像是中国人的“堂会”和俄国人的舞蹈表演一样，艾瑞克和我也在宴会举行的同时，为大家安排了舞蹈表演，不同的是，所有的演员都是领事馆里的自己人，这样大家全部都参与了他们自己的一场欢乐的聚会。

首先上场的是一个印度克什米尔洪扎地区的人，他给大家表演的是洪扎的刀舞。他的表演十分威武雄壮，很受欢迎。

接着，是领事馆的藏族人表演面具舞，他戴的面具非常狰狞，似乎是藏传佛教中的天神，在发怒，而大地上的人终于明白了要信仰神。他的舞蹈具有浓厚的藏传佛教风情。

领事馆里汉族雇员不多，但是，他们也上场表演了一个节目，是巫师喜欢跳的那种叫作“跳大神”的舞蹈，其实，只是为了给大家增添欢乐。

而一个刚刚抵达的斯里纳加的邮差领班和他的老婆，则为我们跳了很好看的印度舞蹈，似乎是旁遮普邦的肚皮舞蹈。印度舞，尤其是男女都有的双人舞非常好看，很激烈动人，身体动作优美无比。

最后，伴随着好听的鼓声，维吾尔族人也不甘示弱，他们的舞蹈开始了！有着强烈的肢体动作，欢快，热烈，节奏也非常明快。气氛越来越热闹了。

轮到艾瑞克和我这两个男女主人了。

“我们跳什么呢？”我有一些局促不安，艾瑞克说，“就跳华尔兹吧。今天是民族舞蹈大会，所以，我们来跳一段欧洲的舞蹈。”

我们很快上场了，我们先用留声机放了一段柴可夫斯基的曲子，然后给大家跳了一段优美的华尔兹。因为华尔兹的旋律悠扬，我们的舞姿又显得生动飘逸，博得了掌声。当表演结束的时候，大家意犹未尽，要艾瑞克和我继续表演，于是，有人弹起了冬不拉，然后，艾瑞克和我给大家表演了维吾尔族的双人舞。

我们经常看到别人给我们表演，所以平时也模仿学习，已经有一些积累，只要是舞蹈动作和冬不拉的节奏合拍，就会很好。我们跳的不错，到最后，我做了一个平时我似乎无法完成的动作——跪在地上，随着音乐上身慢慢地向后仰去，并且双手的动作很妙曼，使全身骨节不断地舒展，身子完全地仰向了地面。

接着，掌声和欢呼声淹没了我自己的激动和紧张。我笑了。

一场又一场的流动的宴会和晚会，在被帕米尔高原护卫和注视下的喀什噶尔城里接连举行，而他们的主角中有我这个英国女性。

时间在悄悄地溜走，我渐渐地熟悉了这里的气候和人文景观，也习惯了这里的生活节奏。可是，那些宴会和晚会是周而复始的，它们永远都不会停止，因为怀着不同目的，来到这里的人为了交流、试探和结交友谊，还有伤感的告别，以及排遣孤独和寂寞，同时给平淡的生活创造乐趣，都需要这些宴会和晚会，人们来来去去，风流云转，但是，大地上的城市和那些山峦不变，却是永恒的。

我在这连续不断的宴会和晚会结束之后，都有一些失落，所有的人都会很快从宴会之后消失，没有人可以真正地进入我的内心。我不知道我的生活是不是会一直这样，在热闹的宴会中，渐渐变得了无趣味了。

猎 手

艾瑞克很久以前就是一个好猎手了，我在印度北部的斯里纳加第一次认识他后不久，就看到了的一些照片——他作为猎手，在印度北方邦的丛林里打猎的照片。照片上的艾瑞克很年轻，站在几个英国人中间，而他们每个人的手里都拿着枪，戴着草帽，穿着短裤——这是那个时期在印度打老虎的白人猎手的典型装束。在他们的面前，躺着一只颜色斑斓的老虎。它已经死了。

我父亲后来竭力反对对印度虎的猎杀，但是已经晚了，老虎在印度已经没有多少了。根据我父亲的估计，在1910年，印度的老虎至少还有三万只，但是到了1940年，印度的老虎大概还剩下几千只了。

很可能艾瑞克打死的那只老虎，就是这几千只老虎之一。我还知道，在1911年，英王乔治第一次访问印度，就曾经花了十天的时间打猎。他们一共猎杀了三十九只老虎、十八头犀牛，还有四头熊。其中，英王乔治本人就打死了八只老虎。

除了这些达官贵人，偷猎者也是使印度的老虎消失的重要原因。我小时候见过的白色老虎，也很快就消失了。

我曾经问艾瑞克，他见过白色的老虎没有。艾瑞克回答我说，他从来没有见过这样颜色的老虎，也没有看见别人猎杀过。

我放心了，也许那白色老虎可能只是老虎的幽灵，它只向我一个人呈现原形。

1947 年 3 月，英国派往印度的新总督蒙巴顿勋爵抵达了印度，从德里传来的消息立即使艾瑞克非常局促不安。因为蒙巴顿就任的一个先决的条件，就是他要在 1948 年 6 月以前，结束英国在印度的统治。这说明，英国很快就要退出我们经营了几百年的印度次大陆了，而且，是并不体面地退出的。

我发现，就是从这个时候，艾瑞克的性情突然开始变得喜怒无常，经常会莫名其妙地发火，和我也分床睡了。因为他有时候半夜会猛然惊醒，就像是梦游一样来到领事馆的花园里，用猎枪射杀树上的猫头鹰。

而且不光如此，在白天的时候，他会瞄准花园中植物的叶子上的蜘蛛开枪。

他开始变得狂躁了。领事馆里的人现在都很害怕他，不知道他会不会突然冲他们开上一枪。有一天，因为格雅勒根没有按照惯例擦拭他的猎枪，他竟然用枪瞄准了格雅勒根。我觉得这不像是在开玩笑。他甚至主动地在野外或者室内的聚会中，挑衅俄国人，要和他们比试枪法。

他的枪法特别好，可以击中移动中的任何东西。“现在如果你们逃跑，我也会一枪就把你们给杀了。”他笑着对俄国人说，“所有移动的东西，我一枪就中。”

我多少明白一点艾瑞克变成这样的原因，我尽力对他进行体贴地照顾，和他聊天，进行沟通。我发现艾瑞克比以前固执，但是当艾瑞克莫名其妙地冲我发火的时候，我也不能够原谅他了。

有一天早晨醒来，艾瑞克给我讲述了自己刚刚做过的一个可怕的梦，在梦中他去印度丛林打老虎，但是却猎杀了我们的儿子尼古拉斯。

这使我很生气，也非常的不安，我推开了艾瑞克的手，“你别碰我，艾瑞克，你最好是安静一点。你现在越来越不对劲了。”

“我，这不过是一个梦嘛。”

“即使在梦中，你也不能射杀我们的儿子呀！”

晚上的时候，艾瑞克会梦游，他的手里还拿着枪，所以，我失眠了。我有一些害怕，我躺在床上，想象着这座领事馆中几十年来住过的各种人，甚至还有一些死人，他们的幽灵都活动在这个空间中，我在黑暗中看见了他们，他们至少有一百多人，缓慢地在领事馆的各个角落活动，并且向艾瑞克逼近。

但是，即使艾瑞克的性情因为印度的局势变得狂躁，喀什噶尔的春天仍旧是值得我欢欣的。你看，一个冬天中都是呆板的褐黄色的喀什噶尔，似乎在一夜之间，突然地变绿了，而且，桃树、杏树和苹果树，还有梨树，全都开花了，那所有的水渠边上的柳树，在温和的春风中也摆动着它们那袖子一般柔软的枝条，枝条上是极其嫩绿的叶芽。

我情不自禁开始学习写生了，用炭笔画下了它们。

大地的所有的缝隙中，在整个冬天里是没有一丝生命的迹象的，但是现在，你看，到处都是从地底下钻出来的绿色的小草。小草把褐黄色的大地铺满，连成了一片绿毯子，这个过程，就像是有人在织一面花草毯子一样。高大挺拔的中亚白杨树自然也是这个季节的主角，它们迅速地改换衣装，一天比一天翠绿。当叶子长出来了以后，它们会放出很多白色的棉絮状的东西，那是杨树的卵子，在喀什噶尔的空中飘飞，在和雄杨树远距离交配，虽然有些呛人，可是没有几天，这个杨树的繁殖和交配时机就过去了。

在我散步的小河，我还惊喜地发现，那里出现了大量的黑色小蝌蚪，它们笨拙地摆动着尾巴，正在努力地变成青蛙。

麦子把所有的田野都铺绿了，它们像是大地的春天的胡须，在微风中摆动成波浪。

实际上，我们在抵达喀什噶尔后不久，就已经断断续续地开始了我们的狩猎。当我不住地站在领事馆的露台上，眺望喀什噶尔西边连绵的群山的时候，我十分渴望到那边的大山里去。为了熟悉环境，我们一开始是先在喀什噶尔附近的一些地方打野鸡和野鸭。

艾瑞克的枪法特别好，他的特点是，必须要等到猎物飞起来，才迅速开枪，往往百发百中。当艾瑞克把注意力集中到打猎上面的时候，他的焦虑和狂躁似乎就好多了。

在喀什噶尔近郊，有很多的野鸡，它们就藏身在那些低矮的草丛中。这年的春天，艾瑞克就开始疯狂地打猎了。

艾瑞克往往在早饭之前，就抗着猎枪出门去，在领事馆附近的小河和一片水湾中寻找野鸡或者野鸭，在我安排好早餐的时候，他已经背着几只猎物回来了。

而我最不喜欢看到死去的猎物悲哀的眼神，因为野鸭即使是死了，它们的眼睛仍旧无法闭合。

“我要打一些更大的家伙，”艾瑞克的眼睛里放着光，“喂，我们抽空到西边的群山中去打野山羊吧。我现在心情好些了。”

“太好了，如果打猎可以使你的情绪好一些的话。”我欢呼着，因为整个冬天，我们都没有办法远足，只是在喀什噶尔附近的地方踯躅。我一直向往喀什噶尔北部的群山，而这下子，我们可以探取群山的秘密了。

去那边的山里，需要做一些准备，尤其是还要买一些合适的帐篷和野外的用具。“我们还需要一个好向导，那边的地形领事馆里没有人了解，格雅勒根也不了解。我想请俄国人帮我找一个，他们认识很多当地的好向导。”艾瑞克说。

喀什噶尔的集市——当地的维吾尔族人叫“巴扎”，是相当的热闹的，它分布在喀什噶尔旧城的一些地方，其中有一个很大的巴扎，在里面的摊位上你可以买到任何你想买的东西，而且这些东西大都是从印度、西藏、苏俄的中亚地区、阿富汗这些地方运来的。现在，古老的丝绸之路上，仍旧有驮夫在搬运着货物，进行着贸易，所以喀什噶尔的货物非常国际化，它完全打通了中亚地区的贸易往来。

我喜欢西藏的一些银饰物，也很喜欢俄国人的餐具，在这样的大巴扎上，我往往要逛半天，然后一个个地挑选，最后什么也舍不得放下，把格雅勒根身上的背袋给装满了。

除了这个离领事馆很近的大巴扎，喀什噶尔还有很多小巴扎，这些巴扎的东西就比较专门一些了，有粮食巴扎、日用品巴扎，还有一个旧货跳蚤市场，等等。为了周末去喀什噶尔西边的群山打猎，我需要准备很多的东西，去野外艾瑞克最有经验了，因此他专门地开了一个单子，我就拿着那张单子在巴扎购买东西。

在一个印度人开的小店铺中我停下了脚步，因为这里有一些小佛像，都是铜制的，我关注它们的原因是他们都采取交媾的姿势，这是欢喜佛的造像，我过去在印度曾经见过，现在我突然地对这些欢喜佛着了迷。

“我看看那个，”我要伙计把欢喜佛拿给我，正在这个时候，我的超能力，或者我的大脑中有一个声音又在说话，“他来了，一个男人，现在，你回头看。”

我的心头一紧，我回头一看，我看见了那个我两次遇见过的长头发的小伙子。

他穿着一件有花边的圆领衬衫，外面套着一件蓝色的袷袢，腰间还别着一把匕首，下身的条绒裤了扎在高筒皮靴里，脸上带着一些冷峻的表情，但是英气逼人。这个人就是我曾经见过的那个牧马人，他现在正在外面和格雅勒根说话，看来，他们过去就认识。这个装束奇特的男人，使我无法判断他的民族和身份，而且，这个人还会讲英语，这在喀什噶尔就更令人生疑了。

我的心脏开始不规则地跳动，我奇怪我的心脏为什么会在这个时候胡乱跳动，这种感觉是相当的奇妙和令人慌乱的。我的感觉变得十分敏感，我转身朝他们走了过去，目光没有移开那个人的脸。

“夫人，这是赛麦台，他是西面山区一个柯尔克孜族部落首领的儿子，我们领事馆的一些马就是他卖给我们的。”

这个叫赛麦台的男人向我微笑着行了一个礼，“你好，夫人。”他似乎记得我们曾经有一些接触，所以笑容中有一些顽皮和狡黠，这个时候，我猛然发现自己的手里还拿着一对欢喜佛的男女交合的塑像，我的脸变红了，“对不起，”转身把那个东西又送回了店里。

等到我再转身出来的时候，格雅勒根说，“他听说我们要到喀什噶尔西边的山里去，那边是他的家乡，他愿意给我们当向导。”

我变得高兴了，现在，我恢复了英国妇女的庄重和大方，已经不紧张了“很高兴，赛麦台先生，你能给我们当向导是太好了。只是，艾瑞克知道这件事情吗？”

“他不知道，但是，我想他会同意的。”格雅勒根说。

我们一起回到了领事馆，艾瑞克接待了赛麦台，亲自面谈了。格雅勒根介绍他是柯尔克孜族一个很大的部落首领的儿子，类似于王子。我现在微笑着坐在客厅里，听着艾瑞克、格雅勒根和赛麦台一起商量进山的细节。

我暗暗觉得好笑，过去，自己为什么会因为见到赛麦台，就那么慌张，现在，我已经完全恢复了镇定。我想，自己肯定是一开始就被赛麦台身上的、不同于喀什噶尔地区平原人的那种高山游牧民族所特有的英气逼人的强悍气质给镇住了。而出乎意料的是，赛麦台竟然会讲英语，这使得我们和他的交流没有什么障碍。

我在猜想，这个赛麦台从哪里学的英语？

我们商定很快就出发，因为艾瑞克这边已经准备好了，所有打猎用的物品，那些帐篷、食品、宽口径的猎枪和手枪、安全用具、药品、俄式汽化炉、毛毯、保温热水瓶等等，全部都准备齐整了，明天，我们就要出发了。

赛麦台会在山口那个汽车无法继续前进的地方等着我们，然后我们继续往山里进发。之后，赛麦台就告辞了。

“这个赛麦台，人很聪明，是高山上柯尔克孜族的一个大部落首领的儿子，他们过去几十年和俄国人，还有来到中亚的一些英国军人打过交道，所以，他英语和俄语都会说的。”艾瑞克显然也很喜欢赛麦台。

“柯尔克孜族是一个什么样的民族？”我瞪大眼睛问他。“我不熟悉这个民族。”

“一个在中亚的高山地区的游牧民族，他们一直生活在帕米尔高原上，主要是靠放牧为生，随着季节的变化，跟随着水草和牧场转移。”

我兴奋了起来，“啊，那样的生活肯定很有意思。一年四季都在山上流转，和大自然如此贴近，每时每刻都可以体味自然的变化和力量，这是多么有趣的事情。”我立即陶醉在了自己的想象中。

艾瑞克看着我，他自己的妻子，他怜爱地抚摸了我白皙的手腕，“反正，比你的英国家庭主妇严谨的生活要有意思，但是也艰难多了。你恐怕是无法适应这样的生活的。”

“也许我真的可以适应这样的生活呢？”我仰起脸，表现出一点都不服输的样子。

“那你倒是可以试试看，我们这次上山，就要深入他们柯尔克孜族的聚集区了。”艾瑞克也被我的情绪感染，他开始变得愉快了。

我们在第二天就出发了，成员有艾瑞克、我、格雅勒根、宾斯医生，加上司机胡穆扎和艾瑞克从印度带来的那只已经长大了的小狗。我们先是坐领事馆的那辆老旧的福特牌卡车，司机胡穆扎对这辆车的保养很用心。走了大约几十英里的土路，向喀什噶尔西部的乌恰城而去，那边就是逐渐升高的山体。这样的地形，就像是遇到了大山的隆起，大地向天空隆起了它的脊梁。一路上汽车轱辘带起来的黄尘漫天飞舞，道路非常不好。但是，四周开阔的天与地，使我的心情顿时寥廓和爽朗了起来。我贪婪地观察着附近的风景，尽力把眼前的事物都印在脑海里。

我们走到了一个山口地带，那里就是进山的必由之路，汽车在山口地区停了下来，因为前面没有道路了，已经无法继续开着汽车上行了。我一眼就看见，柯尔克孜族人、我们的向导赛麦台，已经赶着一群带着马鞍子的马，在山口的地方等着我们了。看到汽车在大地上拖起了一道黄色的烟尘，赛麦台的骏马受惊了，它们一阵长嘶，然后在附近的山坡上狂奔了一阵，才停了下来。

赛麦台把马群赶到了汽车的跟前，他大声地问艾瑞克和我好，并且很诡秘地冲我做了一个鬼脸，把一匹黑色的马交给了我，“你骑这匹黑走马，它走得特别平稳。而且脾气也很好。”我就感谢他的照顾。这次他一共带来了七匹马，除了司机胡穆扎要开车回去，我们五个人每人一匹，另外的两匹马是用来驮东西的。

艾瑞克给胡穆扎交代完事情之后，胡穆扎开车折返回去，我们就翻身上马，纵马向山里而去。

春天的山峦上，到处都是春天的印痕，大地在冒出它的嫩芽，令人触目惊心的裸露的山石，在这个时候已经被青草所装点，万物全部复苏了。在我们经过的地方，会突然地从草丛中惊起来一只鸟，可能是百灵鸟，一下子就笔直地飞到了天空中。

另外，如果我们纵马疾驰过一片草滩，会使草滩上的无数只小巧的蚂蚱蹦起来，它们的数量是如此之多，让我觉得很惊奇，也很眼花缭乱。黑走马在山地里半走半跑的步子，使我骑着觉得非常稳当，因为这么长的时间我也没有适应骑马，我甚至很害怕骑马，这使我很感激赛麦台的安排。

赛麦台现在走在了我的身边，“这匹走马好骑吧，夫人。你是女人，不能让你不适应在山里骑马。”

我听他这么说，有一些生气，因为他似乎把我看扁了，我穿着马裤，和浅色的紧身装，长头发利落地盘在了脑后，戴着有帽檐的黑色猎装帽，显得十分精干，“我可是骑马翻越了喀喇昆仑山，从印度那边过来的。”

赛麦台笑了，“对不起，夫人，我注意到你在上马的时候皱了一下眉头，以为你害怕骑马。但是，你如果骑马翻越了喀喇昆仑山，我确实小瞧你了。”他笑着策马前行了。

我注视着他骑马的背影，感到这个骑马的身影我很久以前就见过了，而且我并不是在喀什噶尔那次我的郊外探询时见到的。那么，我在哪里见过这样的身影的？

赛麦台对这里的大山中的一切踪迹和信息都很熟悉，他会突然地下马，对沙地上的一些爪印进行察看，“这里有很多沙鸡，它们刚刚飞走。”有时候，他会闻到棕熊的气味，而且这只躲在附近的云杉林里的棕熊一直跟着我们。他叫大家注意棕熊，因为一旦棕熊决定向人类进攻，是相当的勇猛的。

走了一段路之后，他大声地用柯尔克孜族语言对着一片云杉林说话，我听不明白，格雅勒根告诉我：“他叫棕熊离开，他说，我们只是过路，不想打扰它。”他还发现了人的踪迹，“是一个牧羊的老人，昨天在这里放牧，并且还扎营睡了一觉。”他告诉我，使我觉得赛麦台很神奇，“你怎么知道是一个老人？”

“他留下了这里的老人才抽的一种烟的烟灰。”赛麦台解释到。他的长发在山风中飘散，显得十分的俊朗。

赛麦台有很多鬼花招。一次，在我们路过的一个地方，他撒下了一些玉米颗粒，然后叫大家躲在一边。我们从树林中看到，没有过太长的时间，一些野鸽子就降落在赛麦台刚才撒下玉米的地方了，它们灵巧地啄食玉米粒，但是很快它们就发出了惊慌的叫声，在地上扑腾，却飞不起来了。大家就高兴地从树林中出来，活捉了十几只鸽子。

我觉得奇怪，赛麦台解释了，“那些玉米粒上穿了马尾，鸽子吃了却咽不下去，又吐不出来，只好叫我们活捉了。”

格雅勒根很高兴，他宣布中午就会有精美的烤鸽子吃，有乳鸽汤喝了。

忽然，前面出现了一只盘羊，那只盘羊站在一片高高的岩石上，艾瑞克瞄准了半天，没有开枪，可能是它骄傲地一动不动，艾瑞克无法开枪。

赛麦台开了一枪，击中了那只盘羊，但是受伤的盘羊却一转身，不见了。赛麦台立即鱼跃而起，他敏捷地追了上去，很快也不见了。

艾瑞克、我和格雅勒根们都跑上了山坡，看见赛麦台在快速地追赶着那只受伤的盘羊，他们一下子都消失在远处的山谷中了。

“他能追上那只盘羊吗？”我很好奇，也很担心。

“我看很困难，盘羊可是赛跑能手。”艾瑞克说，“要是我一枪击中它就好了，它就跑不动了。”

“赛麦台肯定可以追上它。”格雅勒根眯着眼睛搜寻着赛麦台的身影说。果然，半个小时之后，赛麦台扛着那只盘羊回来了。

赛麦台给我们解释了猎杀盘羊的技巧。原来，即使盘羊受伤了，它仍旧可以快速地跑出去十几公里，猎人必须紧紧地跟随，才可以最终抓获它。柯尔克孜族猎人是要经常和野兽在大山中赛跑的，他们的敏捷几乎可以和这里跑得最快的动物媲美。

我们都重新上马前行了。他确实是大山的精灵，也是一个特别好的向导，因为这一片大山中的所有的信息，他都知道。

我说，“赛麦台，你是大山的精灵。你对这里的事物很了解。”

赛麦台转身笑了一下，“不，我们发现的留下这些踪迹的人和动物，才是这里的精灵。我们是以这里为家的人。”

“赛麦台，那么，今天会下雨吗？”格雅勒根问他。

赛麦台看了看云彩和山谷里涌起的雾岚，“今天是一个好天气，没有风雨，我们放心地走吧。”

我们在进山的路途中突然发现了大雁，一队大雁正在低空中向着北方飞行，以“V”字阵型向北边飞，似乎非常的疲惫，它们看来要到已经变暖的北方去。

我发现男人们都变得很兴奋了，尤其是艾瑞克，他已经许久都没有猎杀过大雁了。我们下了马，立即响起了上子弹和拉枪栓的声音，那只艾瑞克的小狗也摇着尾巴，非常兴奋，因为它要履行叼回猎物的职责了。

艾瑞克瞄准大雁开了一枪，显然打中了，因为有几片羽毛从天上飘了下来。但是令我觉得不可思议的是，那只大雁仍旧在歪歪斜斜地满不在乎地继续飞行，艾瑞克又开了一枪，我在他开枪的瞬间，暗暗祈祷不要打中，但是，那只大雁再次被击中了，它倾斜着迅疾地落了下来。格雅勒根和宾斯医生也开枪了，但是他们连一根大雁的毛都没有打中。那只小狗立即向大雁落下来的地方跑去。

“艾瑞克先生的枪法真好！”赛麦台也由衷地赞叹了一句，他看到我似乎有一些痛苦的表情，“您怎么了？不舒服吗？”

我皱着眉头，“我不喜欢看到飞鸟被打死，但很矛盾的是，我又喜欢分享猎物被击中的快乐。”

赛麦台笑了，“你很有意思。可是男人们就是喜欢打猎，甚至是杀人，只有女人才能够维护世界的安定，女人是一种平衡和制止男人疯狂的力量。”

我觉得他很有思想，我模糊地回到了一种奇怪的记忆之中。在记忆里，我肯定我和赛麦台交谈过。可是，是在什么地方呢？我看着艾瑞克得意地纵马过来，“艾瑞克对活动的东西，枪法很准，但是对静止的东西，他的枪法就没有这么准了。”

很快我们又继续前行，在不远的地方，一片岩石的背后，有一只旱獭站立了起来，往我们这边观察，显然是我们的动静太大了，除了惊动了春天稚嫩的蚂蚱，连洞中的旱獭也出来的。小狗发现了它，冲着旱獭狂吠。

艾瑞克立即朝旱獭开了一枪，但是子弹打在了旱獭旁边的岩石上，他没有击中。这个时候赛麦台在马上认真地瞄准，然后朝一点都不害怕的旱獭开了一枪，他打中了，旱獭死了。

我对赛麦台说，“看来，你打站立不动的东西枪法好。”

赛麦台笑了，“是的，就是这样的。”艾瑞克朝赛麦台竖了一下大拇指，表示赞许。而小狗已经朝旱獭的尸体冲了过去，这个时候赛麦台把狗喊了回来。他对我解释：“春天的旱獭身上有烂疮，人接触了，有时候会得鼠疫的。我们不要动它。”

在随后的日子里，进山的旅途变得更加的艰难，艾瑞克不停地追赶着红腿沙鸡，它们长着灰色的羽毛，有时候就隐藏在你很不容易发现的草丛中或者是乱石之中，而艾瑞克只有把它们赶起来，要它们飞在空中的时候，才叫格雅勒根和宾斯医生向它们开枪，为了锻炼他们的枪法。

这个时候我就和赛麦台纵马疾驰，准备寻找这里的柯尔克孜族牧人的宿营地。

在喀什噶尔西北面和西南面的山中，有很多的野生飞禽和走兽，像黄羊、狐狸、雪鸡、旱獭、野牦牛、盘羊、黑琴鸡、棕熊、猞猁、兀鹫、雪豹、马鹿等等，它们就像是山中的精灵，在作为喀什噶尔的背景的帕米尔高原的山脉中，以及喀什噶尔西北面天山的延伸部分中生活。

我们进山之后，赛麦台打中盘羊和猎获了鸽子，加上艾瑞克枪击大雁成功，是我们此行的第一个收获。我心中暗想，我并不希望艾瑞克开枪击中那些有着美丽的羽毛的飞禽，但是我又很矛盾，因为我确实喜欢看到猎物被猎获时人们包括我自己的欣喜与快乐。

在进山的旅途中，我在一个荒僻的山坡上小解的时候，又看到了一群野盘羊，当时，这群盘羊正攀登在一片悬崖之上，它们也发现了我，有一头显然是领头的盘羊一直观察着我的动静，其余的盘羊显得非常悠闲，它们吃草的样子甚至有一些傲慢，对我们的出现根本就不在乎。

当我又回到了骑马的队伍里的时候，艾瑞克也发现了那些骄傲的盘羊，立即朝远处的悬崖上的盘羊开了一枪，但是没有击中。所有的人都看见那只盘羊在悬崖上跳跃着，一副满不在乎的样子，在一片峭壁的背后消失的时候，还嘲讽似的停留了一下，它的黑色的身影十分的矫健，然后它就不见了。

而有时候，我们经过一片安静的草丛的时候，会突然地从草丛中扑棱棱飞起来一只被惊吓的野鸡，艾瑞克还没有来得及开枪，它就已经又落到了很远的地方不见了。

“现在我明白你的意思了，它们的确是大山的精灵。”我对赛麦台说。我对赛麦台懂得英语和俄语仍旧显得很惊奇，对他如此懂得大山的各种信息也十分惊奇，比如他说要刮风，就会刮起风来了。

我一路上一直在询问着赛麦台各种问题，也包括了他们柯尔克孜族的情况。我随后在旅行中，断断续续地听到赛麦台给我讲述他们的际遇。他说，柯尔克孜族是生活在帕米尔高原上的古老的民族，这里一直是他们的家园，他的爷爷是柯尔克孜族和沙皇俄国侵占中亚地区的军队打仗的首领。

那是在1876年，当时沙皇俄国的军队进入了喀什噶尔西面的阿赖谷地，赛麦台的爷爷带着自己部落的人，参加了由当时的阿卜都拉伯克领导的反抗，就战死在阿赖谷地。

“那边就是阿赖谷地，我爷爷的灵魂就在那边安息，或者，他的灵魂已经化作了玉带海雕，在大山中翱翔。”

赛麦台带着我骑马站在一片很高的山梁上，可以看见附近的全部山峦纠结和扭曲的走向，山体像是岩浆凝固后的波浪，波涛汹涌地向喀什噶尔的方向流淌，并且降低了海拔的高度。

我对柯尔克孜族的历史特别感兴趣，在此之前，我从来也没有听说过这个民族，更没有想到这个民族还和英帝国也打过交道。“你接着说。”

“好的。我爷爷死了之后，我父亲当时年龄很小，于是，就和他的叔叔一起生活，由叔叔来养护。1886年，当时我年幼的父亲在山上放羊的时候，认识了一个英国人，这个人叫洛卡尔特，是一个上校，他带领着一个测量队，在对瓦罕谷地和喷赤河一带测量，我的父亲是他们的向导。从那个时候，他就开始学习英语了。他给他们当了整整一年时间的向导，带着他们在帕米尔地区测量。他并不知道，洛卡尔特上校是为了有一天占领帕米尔高原，才来到这里进行测量的。

“第二年，你们英国驻印度的政府又派来了朱兰德中校，来到我们的部族生活的地区，进行侦察和探险，我父亲和他的叔叔和与中校打了很多的交道。后来，又来了很多的英国人，像扬哈斯班大尉，这些人陆续来到了我们祖居的土地，我父亲的叔叔带着我的父亲，继续和他们打交道，就是为了让我的父亲有和英国人打交道的经验。因为，一旦你们英国人出兵侵占我们的家园，我们就会用武力反抗，也会和你们谈判。不过，后来俄国和你们英国在帕米尔对峙，英国退让了一些，没有再继续北上，俄国人就用武力占领了我们的家园。我的父亲和俄国人打了很多仗，可是打不过他们，后来我们的残余部族，就从西面向喀什噶尔这边东迁了。

“因为当时的清朝政府对我们收的苛捐杂税，要比俄国人少得多，所以我们后来就来到了更靠近喀什噶尔的山区生活了，而我们部族的很多人，现在还留在被叫作‘吉尔吉斯斯坦’苏俄加盟共和国中。吉尔吉斯族和柯尔克孜族是一个民族，只是俄国人和中国人的叫法不同。我们民族的现实处境，实际上，是英国和俄国在帕米尔地区争霸的牺牲品。我不知道我这么说，你会不会了解、并且会不会生气？”

“英国人和你的家族打了不少的交道啊。”我觉得很吃惊。

赛麦台淡然地笑了一下，“是啊，我真是不太明白，你们英国人前仆后继地一批批接着来，跑这么远到这里来要干什么？难道，把地球上所有的地方都插上英国的国旗你们才高兴吗？”

我被赛麦台尖锐的问话给噎住了。这对我来讲，的确是一个相当复杂的问题。如果我没有参加在欧洲发生的第二次世界大战，我可能会有另外的想法，但是，我已经经历了残酷的战争。战争刚开始的时候，我在南安普顿的农庄中经历过德国人对那里的轰炸，轰炸过后，炸弹不仅炸死了很多人，而且还炸死了很多的家畜和家禽，尤其是竟然炸死了很多的鸽子。于是，发生了这样的一件事情：在农庄的一片农田上，人们看到了一架坠落的飞机，从里面出来了一个浑身着火的德国飞行员，但是农庄的英国后备役军人，毫不留情地开枪把他打死了。

关于第二次世界大战残酷的印象，使我对人性，甚至是对欧洲文明都产生了怀疑，后来我再次来到了印度，发现这个我的出生地，也开始了到处都有的宗教对立和种族仇杀，而原有的印度种姓制度一点也没有改变，大英帝国统治了印度几百年，到底给印度带来了什么？我们从遥远的大西洋，到这个中亚地区来，仅仅是为了扩张势力，把强权推行到这里来吗？我曾经陷入了深深的痛苦当中。

“我无法回答你，因为，我也在思考这个问题。不过，可能我们英国人就要离开中亚了，印度已经快要自治了，这样我们就没有理由待在这里了。”

“印度快要自治了？那太好了。你们英国人带给印度的东西，很多都不是好东西，不过，你们真的甘心走吗？”赛麦台说。

“不甘心也要走，印度人他们自己要求这样，我们英国人当然是讲道理的。”我有些不太自然。

而这个时候，艾瑞克听到了我们的一些谈话，他的脸色阴沉了下来，他走了过来，“我不想在大山里也听你们谈到英国和印度。这个问题让我烦透了。”

我说，“你呀，唉——”

艾瑞克又对赛麦台说，“你刚才说的不对，你看，我们英国人现在还在这里，这才是最重要的，而且，即使是我们走了，离开了印度——我们当然会离开，我们也给印度留下了很好的民主制度，留下了很好的法制体系和文官制度，我们留下了文明世界的文化精华，这些东西，南亚和中亚，甚全是古老的东亚中国都是没有的，这是我们大英帝国的文明精华，西方文明的精华。即使现在看不出来，你以为是殖民帝国的残余，但是很多年以后，印度仍然将受惠于这些东西。”

我突然对艾瑞克的观念产生了交锋的愿望。“我不这么看，你看吧，印度到时候会变成一个什么样的国家。我们留下来的，和他们固有的东西，就像是油浮在水面上，是永远也无法融为一体的。我们过去和印度没有真正的亲和，未来也不会。”

我觉得艾瑞克现在为什么那么坚信一些注定要消失的东西呢？所有的东西，那些坚固的东西，都在烟消云散，而且，这才刚刚开始罢了。

“艾瑞克先生，我们发现了雪鸡！艾瑞克，那边有很多的雪鸡！”格雅勒根在前面大叫着，“快过来！”

艾瑞克怒气冲冲地看了我一眼，“这个问题，我们等一会儿再说。”他提着猎枪就跑了过去。

赛麦台笑了，“你的丈夫和我爷爷，还有我的父亲曾经打过交道的那些英国人，是完全一样的。而你不一样，夫人。不过，现在，我要去寻找水源了。”赛麦台意味深长地对我说完，就策马狂奔而去。

他们发现了雪鸡，说明已经到了雪线的附近，因为雪鸡一般生活在海拔已经很高的地方，至少应该在海拔 3000 米以上。

我下了马，像艾瑞克和赛麦台那样，也来到了一个可以隐蔽的地方，仔细地观察雪鸡。远处的一面山坡上，有移动的十几个小黑点，它们在移动的时候还发出了咕咕叫的声音，但是很快，他们还没有来得及开枪，雪鸡就已经不见了。

艾瑞克立即跟了上去，开始了追踪雪鸡，除了格雅勒根在山谷里看着马匹，剩下的人都在追踪雪鸡。传说雪鸡的肉可以使人长寿，因为它常年生活在高寒的地区。我们开始了艰难的攀爬山坡，而那些雪鸡似乎永远都在我们的前面，总是在猎枪射程的边缘。而且，雪鸡发出的声音像是在嘲笑我们似的，和我们捉迷藏。

我这才发现，要当一个合格的高山猎手，是十分困难的，因为我们一直跟踪雪鸡有三个小时了，可还是不能够开枪。有一阵子我摔倒了，赛麦台立即伸出手拉住了我，他害怕我掉下去。然后我终于在一块岩石上站稳了。

“你敏捷得像是一只山羊。”我气喘吁吁，我对赛麦台的爬山技术十分羡慕，因为赛麦台一直气定神闲。

“这里是我的家乡，我生活的地方。你们当然没有我熟悉了。”赛麦台给我在草地上铺好了一张小毛毯，让我坐下来。

“好像你们柯尔克孜族人是用老鹰打猎的？”我问他。“不知道那是什么样的鹰或者兀鹫。”

赛麦台笑了，“是哈萨克人，他们很会训练鹰隼来打猎，我们不行。有机会我会给你找几个这样的猎人看看。”

“好哇。我过去见过你几次，你除了在张治中将军的宴会上出现过，还在晚上骑马穿过喀什噶尔城区，当时，你在干什么？”我擦了擦自己头上的汗水问他。

赛麦台笑了，他的笑容非常明亮，露出了一排洁白的牙齿，和这附近的风景在本质上是一样的，透亮、淳朴但是又有一些骄傲，“我要把我们的马赶到一些集市上交易，而参加张将军的宴会，是代替我的父亲去的，因为我的父亲是部落的首领，不巧那个时候他病了，所以我就去了，但是，我讨厌那些酒气熏天的宴会，所以我找了个机会，到他们的后院吃葡萄去了。”

“你真狡猾，怪不得你一晃就不见了。”我想起来那些无休无止的宴会，确实令人疲倦和劳累。

现在，我们已经在很高的地方了，这里就是喀什噶尔的背景，连绵不断的群山，现在，我来到了它的腹地，勘察到了它的秘密。在我的眼前，可以看到南边帕米尔高原被一面白色的雾纱所笼罩，似乎看不见它的神秘面容。而雪峰却非常清晰地出现在以极其蔚蓝的天空为背景的幕布上，头戴着冰雪的王冠，傲岸陡峻。从近处的一些山体可以看出地壳运动和火山爆发的痕迹，褐色的山峰像是凝固了许久的岩浆，凝重的把大地内脏的红色和黑色袒露了出来。

忽然，前面传来了枪响，而且还夹杂着雪鸡的鸣叫，似乎艾瑞克他们打中了。果然，当艾瑞克和宾斯医生走回来的时候，他们的手上一人拿着好几只雪鸡，脸上的表情也显得轻松了。

“我们下山吧。”艾瑞克满足地说。

我们这次进山打猎，在山里待了一个星期。晚上的时候，我们就在山谷和背风的地方安营扎寨，住在帐篷中，睡在睡袋里。山上的天气变化得非常快，不过我们都应付自如。而赛麦台被公认为是一个好向导，艾瑞克在后来的几天中打着了三只黄羊。

我们在一片云杉林边还发现了一只棕熊，那只棕熊显然是一只母熊，体格庞大，它抱着一棵云杉树，像是人那样站着，看着我们。艾瑞克用枪瞄准了好久，赛麦台说：“不要打它，它旁边肯定还有几个小熊呢。”最终，艾瑞克没有开枪。

过了许多年之后，我仍旧对那次打猎记忆犹新，我无法忘记，我们在山上为了追逐猎物跑了一整天，天黑下来的时候才回到了宿营地，每一个人都觉得自己已经累坏了，但是，我远远地看见了宿营地的闪亮着飘摇的篝火，心情一下子就好了的情形。所有的劳累被马上就要喝到嘴里的热茶给融化了，而这个时候，忠实的格雅勒根已经烧好了茶，我们围坐在黄铜做成的中亚特有的茶壶边上，听着茶水被火烧得吱吱地响着，白天四周狰狞的群山已经隐退，只剩下了我们，像是山中精灵一样不知疲倦。

我觉得自己就是从那次打猎，了解并且喜欢上了赛麦台的。

艾瑞克对此浑然不觉，下山的时候，我们在进山的山口处找到了按照约定开着福特牌卡车前来接应的司机胡穆扎，这个时候，艾瑞克回头看着远处的群山，我们刚刚在它的缝隙里活动了 7 天，现在，我们又下来了。他看到了一些迷人的山峰，“戴安娜，这次我们是去打猎，下一次，我们就要攀登那些山峰了。”

我知道，1942 年，艾瑞克曾经经过这里，翻越了帕米尔高原，并且经过了中亚地区非常有名的塔什干、奥什和撒玛尔罕，经过了苏俄所属的广袤的中亚地区，然后又借道北欧，回到了英国。他说，“当年在翻越帕米尔高原的时候，看见了在喀什噶尔西面的大山上，有一个穹形的山峰，当时就决定有一天，我要亲自攀登那座山峰。现在，机会来了。”

“那我和你一起上去。”我说。

赛麦台答应了我，说要给我带来那种训练鹰隼来打猎的人，我们结束了第一次的打猎之后一个星期，有一天早晨，赛麦台带着三个有猎鹰的男人来到了领事馆。艾瑞克出去了，我接待了他们。

重新见到赛麦台，我感到很高兴，甚至有一种冲动和愉悦，尤其是他还带来了有猎鹰的人叫我看看，这就更令我高兴了。

那几个男人长得十分彪悍，宽宽的脸膛，脸上的颜色很红润，都带着羊皮帽子，身上穿着条绒棉袄，在他们左边的手腕子上，都停留着一只看上去十分凶猛的鹰。猎鹰的利爪抓着主人手腕子上的皮手套，不断地焦躁地发出了尖利的鸣叫，希望赶紧出击。不过，这些猎鹰都还戴着眼罩。他们都是高山哈萨克族人，生活的方式和柯尔克孜族人一样。这一次，他们还带来了猎获物、几只羚羊和一只狐狸。

我很喜欢狐皮，我买下了它们，这下我可以有一件真正的狐狸皮围脖了。

“夫人，我们可以一起去喀什噶尔附近的草滩用老鹰抓兔子。”赛麦台说，“你可以见识一下猎鹰的本领。”

“那太好了，”我很兴奋，我立即换好了骑马穿的马裤和衬衫，戴上了我喜欢的黑色大檐帽，然后就骑着格雅勒根的那匹白马，和赛麦台一起去打猎了。

出了喀什噶尔的城区，离开了市镇的喧嚣，我就感到了高兴。

“艾瑞克先生呢？”赛麦台在马上问我。

“他一大早就去附近打鹧鸟了，他认识了一个维吾尔族小孩，他很喜欢那个小孩，小孩说知道哪里有鹧鸟，他就和他一起去打鹧鸟了。”

我们很快就骑马来到了喀什噶尔城郊地区，那里有一片很大的草滩，而春天里野兔都开始活跃了，因为它们交配和繁殖的季节来了。

这个时候，我看见三个哈萨克人把猎鹰的眼罩去掉，我发现猎鹰特别的凶猛，我和猎鹰凶猛的目光对视了一下，感到了不寒而栗，我害怕它们。可是因为有赛麦台在，我便觉得安全和踏实了。而焦躁和精神紧张的艾瑞克，已经没有带给我这种安全感了。

猎鹰的主人松开了猎鹰，猎鹰用力地一蹬主人的手腕，就展翅升入了空中，在高空中盘旋了几下，立即向草地俯冲了下去。

这个时候，本来特别平静的草滩突然躁动了，很多野兔受到了猎鹰的惊吓，开始四窜逃亡，我可以看见在草丛中，野兔的跳跃十分迅疾，但是仍旧不如猎鹰的动作快，一下子，俯冲的猎鹰就伸出爪子抓住了兔子，停顿了片刻，它觉得野兔已经死了，就又低空朝主人这里飞了过来，在落到主人的手腕上之前，主人立即把它的爪子上的猎物抓到手，放进了布袋子里。

“谢谢你让我看到了这么精彩的捕猎场面，赛麦台，我请你喝英国奶茶吧。”狩猎结束，我们收获甚丰，我欢快地对赛麦台说。

印度传来的消息仍旧使艾瑞克焦躁，因为蒙巴顿勋爵上任印度的总督之后，他很快就推动着印度的自治进程，并且对印度教徒和穆斯林的冲突有意无意的袖手旁观。传来的消息证明，印巴分治已经是不可避免的了。蒙巴顿在印度人的压力下，他要把原定让印度自治的时间表提前一年，很快，印度和巴基斯坦就要分别地独立自治了。

这个消息使艾瑞克很憔悴，他变得更加的暴躁，经常在睡梦中惊醒，并且发出了可怕的嚎叫。我深深地理解艾瑞克的痛苦和焦虑，但是艾瑞克看我却越来越陌生，我们一直分开在不同的房间休息。

这个时候，喀什噶尔短暂的春天也快结束了，夏天突然来临了，那些小河中和水塘里的蝌蚪也全部变成了小青蛙，它们齐声地鸣唱，或者疯狂地蹦跳。平时干涸的季节河，会在一夜之间突然爆发了洪水，洪水是高山上的冰雪融水，来势非常迅猛，把一些木桥和河边的磨坊都给毁坏了，但是也带来了一些肥壮的鱼。

我发现，维吾尔族人不太吃鱼，他们最喜欢吃的是羊肉和一些面食。夏天里，喀什噶尔西面的山峦显得特别的清晰，因为夏天的天空特别纯净，没有了春天里的雾岚和沙尘。

艾瑞克的精神十分紧张，这使我非常忧虑，我和宾斯医生就艾瑞克的情况进行了探讨，宾斯医生说，“他没有什么大问题，就是精神紧张和焦虑。这是心病，他需要释放心中的块垒，他确实需要经常出去走走，就像是上次打猎那样。”

“我要爬上那座穹形山。”艾瑞克坐在露台的躺椅上，看着远处的山峰，而对领事馆外面不远处的一个熙熙攘攘的巴扎视而不见。

我眯起了眼睛，我也看见了那边的穹形山，穹形山的造型特别独特，它使一连串山峰都连在了一起。

“那里一定有山峦的秘密，中亚的秘密。”艾瑞克喃喃地说，“我，我要带着你爬上那座山峰。你忘了你当年嫁给我，是为了什么吗？”

“我没有忘记，因为你是一个登山家。我盼望着有一天可以和你一起攀爬中亚的群山，甚至是喜马拉雅山。后来我果然实现了这个愿望，来到了这里。那么，我们什么时候出发？”我希望通过攀登山峰，来缓解艾瑞克的精神紧张，我也对那座穹形山十分神往，因为它看上去就是那么的神秘。

“我们需要向导赛麦台，加上格雅勒根和宾斯医生，还是我们的老阵容。”艾瑞克咳嗽着，“我，我觉得你对赛麦台的印象也很好，我也觉得，赛麦台是一个值得信赖的人。我们需要他。”

我掂量着艾瑞克说的这句话的意思，是的，我是对赛麦台有好感，可是，也许就是仅仅是喜欢他而已，我不会和他怎么样的，只是我比艾瑞克更能和赛麦台这样的中亚人沟通和交流，对他们的历史和今天的处境有兴趣了解。我是一个女人，女人看问题有时候和男人是完全不一样的。

“他是一个值得信赖的人，也是一个好向导，他喜欢我们，他最恨俄国人，是俄国人抢走了他们的家园，杀了他们很多的同胞。我们可以和他做朋友的。”停了一下，我平静地解释道。

“我在想，我们在喀什噶尔可能待不了多久了，一旦印度独立，我们就会离开这里了，这些天，我就想，接下来，我们应该如何安排我们的生活？什么东西值得我们去认真对待？俄国人吗？不是，只有这中亚新疆的美好的群山，只有这帕米尔高原上的那些山峰，值得我们现在去体认，以后去回忆。所以，我决定攀登这里最艰险的山峰。我们先去攀登那个穹形山，然后，我要等到我的朋友、登山家台尔曼来了之后，我们一起攀登最高的那个幕士塔格峰。而赛麦台，则将是我们很好的向导和助手。”

我品味着艾瑞克的话，确实，现在看来，只有这连绵浩大的中亚群山，是值得我们永远怀念的。我完全赞同他的主意。

准备好了登山的东西，我们再次进山。和不久以前那次打猎相比，我们的队伍是一模一样的。但是大山里的景色，已经呈现了夏天的全部迹象。一种像是扫帚一样的植物开花了，一丛丛特别硕大的黄色的花朵，开放在山野之上。云杉林也显得十分整齐，它们分布在山谷中，把山峦装点。云彩的变化更多，如同苍鹰的飞翔更加矫健。我们骑马走在山梁上，慢慢地靠近了山脉的中心部分，那里是山脉的怀抱，它准备着拥抱我们。我和艾瑞克都注意到了那座穹形山。

“我们要到那里去，赛麦台，你去过那里没有？”艾瑞克问赛麦台。

赛麦台仔细地看着远处的神秘的穹形山峰，摇了摇头，“没有，我从来没有去过那一片地区，因为那边过去有很多俄国人，他们不要我们柯尔克孜族人过去，不过，那边有一个神秘的峡谷，在峡谷中有一面湖泊，湖泊的边上有一个美丽的果园。”

我的眼睛一亮，“那边的峡谷中，真的有一个神秘的果园？”

“我也是听传说的。”

“我们这次主要是来登山的，不是来找什么果园的。”艾瑞克提醒我。“这里不会有什么果园的。”

我们在很远的地方，已经看准了那座神秘的穹形山的地理位置，它似乎非常遥远，隐现在金字塔般的一些山峰的中间。而且，要抵达那里，必须要下到峡谷中，然后沿着峡谷向山峰攀缘。

于是，我们先下到了峡谷中。在山谷中，我们一直走到了中午。在峡谷的两边，全部是陡峭的悬崖，像是被刀切过了一样，横在那里。这样的峭壁上自然没有太多的植物，也没有放牧的人驱赶的羊群在攀缘，整个山谷中只有我们这一支骑马的队伍。

在一面山坡下我们吃了午饭，是格雅勒根做的羊肉米饭，刚刚吃完的时候就起风了，风不大，但是引起了赛麦台的注意，赛麦台抬头看了看天色，天空十分晴朗，他却说，“要下雨了，我们要躲一躲了。”

格雅勒根不相信，因为天气确实很好。可是很快，从附近的一座山峰上面突然涌过来了一团乌云，乌云很快就来到了我们的头顶，而且开始下雨了。

我从来都没有见过这么大的雨，雨粒就像是大豆那么大，把山谷中的一些石块都敲击得胡乱滚动，雨粒砸在了我们的头上，感觉特别疼痛。我发现，雨粒中还夹杂着很多的冰雹。这个时候支起帐篷已经来不及了，赛麦台说：“快，跟着我跑！”

他把一件羊皮外套蒙在了我的头上，拉着我的手，向前面的另外一条山沟跑去，几分钟之后，我们跑到了在一面山坡上的一个土窑洞里，这个窑洞似乎是天然的，刚刚好容纳下我们五个人。

蹲在土洞中，我们可以看见外面的雨粒和冰雹一起，把大地砸得哗哗直响，仿佛满世界的玻璃全部都碎了，被天上的一些愤怒的人群扔了下来，那个场面是十分恐怖的。

“也不知道我们的马怎么样了。”艾瑞克很担心那些马。“它们能度过这一场可怕的冰雹吗？”

“它们比我们会好一些，会找到树林里躲避。不过，它们肯定会受惊了。”赛麦台望着外面说。

“这个土洞是天然的吧？”我现在很感激有这么一个藏身的地方。

“不是天然的，是这里的柯尔克孜族牧人在放牧的时候，为了躲避暴风雨而挖的，你看，那里还有一点木柴，就是为了留给过路人的。这是高原上的道德。我们待会儿走了，在这里留下一些食物，给以后的过路人。”赛麦台说。

高原上的道德，我听到这里，眼睛发亮地看着赛麦台。高原上的古老的道德，但是却蕴涵着本真的情感。

“冰雹雨已经停了，我们出发吧。”

我们都没有想到要寻找到那座穹形山竟然十分困难，当我们花了一个下午的时间登上了一个坡顶，却发现穹形山在山峰的另外一面，必须要再次下到一个很深的峡谷中，然后再翻越一座大山，才能够靠近它。

冰雹已经把马匹给打伤了，虽然它们找到了一片树林躲避。格雅勒根在山谷中建立了宿营地，并且安顿好了那些受惊的马。

四周的景观十分的开阔，塔尖般的雪峰耸立在我们的四周，迷宫般的峡谷深藏在山脉的缝隙里。

“它消失了。”我指着穹形山的地点，对艾瑞克说。现在，我们的确找不到穹形山了，刚才它还在，但是在雨后的彩虹中，它却从淡淡的白雾背后消失了。

“它真的存在吗？”我喃喃地说，“可能它就是一个由光线造成的幻影，它是不真实的。”

“不，它就在那里，”艾瑞克坚定地说，“它肯定在那里。我敢肯定它还在那边。赛麦台，你说对吗？”

赛麦台仔细地观察着附近的山峰，“应该有你说的这个山峰，但是我们必须要绕过这座山峰，才能够看见它。”

我们重新下到了山谷中，横亘在我们面前的是一面褐红色的悬崖，悬崖完全呈现九十度的直角，是根本无法逾越的。只有一条特别陡峭的斜坡可以上去，在攀越悬崖的时候，沙石块从我们的脚下不断地滑落到山谷中，发出了类似流水的声音。这在提醒着我们，如果我们稍微不注意，就会掉进悬崖。

花费了很大的力气，我们再次登上了山梁，附近都是一些灰色的长着扎手的刺的灌木丛。山风像是刀子一样割着我们的脸。这使我们非常疲惫。我忽然对能否寻找到穹形山失去了耐心，“艾瑞克，我不想去攀登那个穹形山了，我想去寻找赛麦台说的那个神秘的峡谷果园和湖泊。”

艾瑞克想了想，“好吧，赛麦台，你带着她从山谷的另外一面走，我和宾斯医生一起去寻找穹形山，它一定是存在的，我一定要找到它。”

“夫人，我看我们还是一起行动吧，这样的话，会减少一些危险，互相还可以援救，我想我们会找到那个穹形山的。”赛麦台说。

我想了想，“好吧，我们继续一起走。”

我们一直沿着一条峡谷向前走，但是峡谷却越走越窄，最后，前面出现了一道悬岩墙壁，它并不高，但是需要我们攀登上去。艾瑞克和宾斯医生取出了绳索，这是我们早就准备好的登山装备，他们俩首先攀缘了上去。

“来，踩在我的肩膀上，”赛麦台鼓励着我。我犹豫了一下，就登上了赛麦台宽阔的肩膀，我用力拽住了艾瑞克放下来的绳子，然后把自己拽了上去。赛麦台看见我已经上去了，就很快攀缘了上去，他的身手非常敏捷。

这条狭窄的峡谷似乎在考验着我们的毅力和耐力，我们没有走多远，就能够碰见一道峭壁，于是我们就继续翻越。赛麦台总是殿后。他用自己的肩膀，托起了我的身体，我和他的身体接触的时候，有一种灼热的感觉。我过去没有和别的成熟的男人这么接触过。

我们很快来到了一个布满了葱绿的灌木丛的山沟，附近还有一片云杉林，“这里是不是你所说的那个幽谷果园？”我问赛麦台。

赛麦台大笑了起来，“这里当然不是了，但是我感觉我们离目标已经不远了。”

我们抵达了这条不断地向上延伸的山沟的顶部，现在，我发现自己来到了一处视野开阔的山梁上。这次出来，已经过了两天的时间，现在已经是第三天了，可还是没有穹形山的踪迹。

艾瑞克和宾斯医生攀爬得很快，他们已经走到了前面的有积雪的峭壁跟前。

我松了一口气，我向四下里望去，看到附近的山峰巍峨高耸，十分的险峻，远处的高山上，似乎还有一些白皑皑的积雪，这个时候，赛麦台从后面上来了，“夫人，那里是不是你们要找的穹形山？”

我向我看见的积雪的方向望去，我惊待了，因为那个我以为是积雪的地方，实际上是布满了云彩的天空，而在这样的天空的下面，沿着这条山脊线向上，那个我们一直憧憬的穹形山坡出现了。

这样的发现是十分令人惊喜的，我赶紧告诉了前面的艾瑞克，我们都非常兴奋，我们继续攀越，很快抵达了那里。现在，我们四个人都站在了穹形山巨大的穹顶上，云彩漫卷着不断地包围了我们，又立即被风带走了。山坡两边分别向下滑落，延伸向了深不可测的峡谷，此时，我们仿佛站在了一个巨大的窗户跟前，可以看见眼前所有的风景，四周的景物远远近近地都被这个角度收了进来。我们花了这么长的时间，寻找这个穹形山，原来，我们已经踩在了脚下。

这就像是人生的一个境界，你憧憬的东西，在你的不断的追寻之后，很可能它已经来到了你的脚下。

我们在穹形山的顶端看到了附近的美景，这使得我真切地体会到了中亚群山的魅力。这个时候，艾瑞克意犹未尽，“你和赛麦台在这里休息一下，我和宾斯医生要去爬爬前面的冰峰了。”然后，他们就又向前面去了。

从远处可以看见艾瑞克和宾斯医生的身影，两个人的身影是黑色的，在白雪皑皑的山坡上慢慢地蠕动。

我的脚上起了很多的燎泡，我是脱掉了登山靴的时候才发现了。赛麦台和我靠着一块凸起的岩石，“把脚给我。”他不顾我的反对，把我的两只脚抱在了自己的怀里，然后从头上拔了几根头发，一个个地穿破了我脚上的那些水泡，水泡里的水顺着头发从里面流了出来。

赛麦台很专心，也很心疼我的脚，因为那些水泡大大小小有几十个，长在我那双白皙、滑嫩的脚上，看着就怪吓人的，也使人怜惜。我看着赛麦台专心致志地为我挑去脚上的水泡，内心中涌起了一些异样的感觉，这种感觉是过去我看待赛麦台时所没有的，即使我已经很喜欢他了。

“看来，你还是很少走山路，你看我的脚。”赛麦台露出了自己的脚，他的脚上已经长了厚厚的老茧，那都是他走山路走出来的。

“可是我是一个女人，我要是长了你这样的一双脚，没有男人要我了。”我开起了玩笑。

“你看，艾瑞克已经在攀登那座山峰的顶端了。”赛麦台说。

我们向艾瑞克和宾斯医生攀爬的那面陡峭的山坡看去，只见他们用绳索、冰镐和登山鞋，已经接近了那座雪峰的顶峰，像是两个很小的黑点了。

卷三：艾瑞克·安普顿和戴安娜·安普顿

在柯尔克孜人营地

印度的坏消息

我是艾瑞克，现在我简直要疯掉了！1947 年的 6 月 4 日，最后一任印度总督蒙巴顿勋爵，带着已经得到了英国政府批准的允许印度独立、印巴分治的方案，回到了印度。他宣布印度独立的日子不再是 1948 年的 6 月，而是 1947 年的 8 月 15 日，确切地说是 8 月 14 日深夜和 8 月 15 日的凌晨，时间在两天交接的时刻。

在随后的两个月中，英印政府要分割出一个印度，一个巴基斯坦，而巴基斯坦还分东巴基斯坦和西巴基斯坦。那么，经过吉尔吉特通往喀什噶尔的古道地区，要被划分到西巴基斯坦去，这样的话，我们领事馆从德里经过斯里纳加的邮件驿站，就会遭到破坏。而且，已经有运送邮件的人在路上被杀了。

我的情绪坏到了极点，我的心情非常抑郁，因为这样的话，我必须要考虑我的未来，是回到英国还是干别的。现在我对领事馆的很多事情都变得很漠然，即使是戴安娜，我也经常不理会她。我看见戴安娜在领事馆的露台上，遥望远处的群山。那边那座穹形山已经被我们踩到了脚下，但是，还有更多的山峰，等着我们探险。

她知道，只有把我引向那些高峻的山峰，我才真正有可能从英国在印度的失败和退却的影响中走出来，她必须要把我引向那些高大神秘和冷峻的山峰，因为我从 12 岁的时候，就开始登山了，只有大山才能吸引我。

她找了一个恰当的时机，和我谈了一次话，“我看，我们还是去攀登那些山峰吧，如果我们待在喀什噶尔的时间不多了，我们就应该去继续攀登中亚的山峰，这样即使是离开这里，你也没有遗憾了。”戴安娜自己也不知道是真的想去攀登山峰，还是为了别的。她温柔的抚摸和话语，使我从情绪的低潮中回过神来。

“对，我们要攀登那些山峰。你说的对，我们要在有限的时间里，攀登征服这里所有重要的山峰。”

我们很快再次进山。这次是四个人，我、戴安娜、格雅勒根和宾斯医生。

我们决定直接到山里的柯尔克孜人营地去找到赛麦台，然后让赛麦台给我们当向导，去攀越更险峻的山峰。

出发的时候，我的情绪很坏，就一路上不停地开枪，不断地击落那些被我们的卡车惊飞的麻雀、野鸽子和百灵鸟，还有野鸭和大雁。我几乎是弹无虚发，枪法好极了，但是，我也不去把猎获物捡回来，仅仅只是杀了它们。戴安娜知道我的情绪不好，只是祈祷不要再有野鸟飞起来，被我看见。汽车在沙漠和有着圆圆的鹅卵石的荒滩上向山区而去，卡车车厢里面的马匹不断地受惊，并且嘶鸣不止。

我们照例在汽车已经无法前进的地方下车，开始骑上马，沿着一条牧道上山。这一路上，似乎有一条古道的痕迹若隐若现，这可能就是传说中的“马仲英之路”。路途开始变得艰难了。

我们在第一天里没有找到水源，后来在山谷里发现了溪水，所以，晚上就在一个山谷中扎营了。

到了第二天，突然起风了，戴安娜一直为没有喝到早茶，看来内心十分懊恼。英式奶茶是她早晨一般都要喝的。而且，离开了十分干热的喀什噶尔，到了大山中，却又发现山中的气温昼夜温差很大，晚上几乎是冬天的温度，而中午我只需要穿一件背心，还会被太阳晒得流汗。

我们按照地图的标识，一路上向赛麦台可能在的地方而去。

现在已经是夏天了，所有的柯尔克孜人已经带着他们的家当，转场到了海拔更高的夏牧场去了，他们是追逐水草而生活的民族。转场一般从春天就开始了，当小草从土地的手掌中冒出了嫩芽，柯尔克孜人就会拆掉自己过冬的毡房，然后用骆驼、牦牛和毛驴驮着所有的东西转场。牧人们则骑着马，赶着羊群上山，到很快就会葱葱郁郁的夏牧场去。夏天来临的时候，牧人们会再次启程，到海拔更高、草更多更好的地方去。

我这次出来，带上了我最重要的登山用具，比如登山鞋和登山主绳。显然，我要准备大干一场了。我觉得，如果现在再不去征服那些在我遥远的探望中傲然挺立的山峰，我以后就没有机会了。所以，我沿途继续射杀看到的动物，那些旱獭、盘羊和野兔。后来，格雅勒根很快就拣拾起来这些猎获物，因为，他中午就要把它们做成熟的了。

我们结婚已经五年了，现在，她不知道如何才能帮助我渡过难关，而且，我也似乎不太需要她知道这些，和她产生了一些隔膜。戴安娜其实知道我是哪里出了问题，她想趁着在山里度过的这些日子里，好好想一想，帮助我解决这个问题。也许戴安娜会觉得，自己的丈夫现在是在一个非常的时刻。的确，我是在一种经常无法控制住自己的焦躁当中。

现在，我的眼睛里只有那些戴着冰雪王冠的山峰，而没有别的了。

我们走了一天多也没有看见柯尔克孜族人的影子。戴安娜也很着急，她很想尽快见到赛麦台，她想要赛麦台引领她，进入柯尔克孜族这个她很喜欢但感到无比神秘的民族生活，进入到他们的日常活动中去。

我们走了三天，我的枪声一定传得很远，这天上午，戴安娜首先看见，在前面的山坡上，长头发赛麦台骑着一匹矫健的黑马出现了。

在赛麦台的带领下，我们花了半天的时间翻越了一道很高的山梁，来到了一个有着哗哗流水的季节河山谷。

我看到，当河谷突然在戴安娜的眼前展开的时候，她的眼睛一亮。我的眼睛也亮了：在河谷中，绿草如茵，繁花似锦，到处都是白色的毡房，一些孩子穿着鲜艳的衣服在草地上嬉戏，而成年的女人在绿草地上唱着歌，好像在擀毛毯。一些马匹静静地甩动尾巴赶飞虫，它们被拴在毡房的后面。

在更远的山坡上，在一片茂密的云杉林下面，宛如白色的棋子般的羊群，在慢慢地移动。天空中的白云在大地上拖动着巨大的阴影，阴影在绿色草地形成的毯子上快速地移动。这里的景色非常美丽，使所有的人都耳目一新。这里就是柯尔克孜族真正的夏牧场了。

一些牧羊犬发现了我们这些陌生人，吠叫着扑了过来。

“我们柯尔克孜族的一个营地到了。”赛麦台高兴地给我和戴安娜介绍。“在这个营地中，我们要待今年的整个夏天。”

我突然有一种心旷神怡的感觉。因为此前的路途全部是令人绝望的褐黄色山岩和崎岖的几乎没有尽头的山路，以及没有太多生机的无垠旷野，还有那远处可望不可即的雪峰，所以，当这个河谷中的美景展现出来了之后，我被震撼了。我没有想到柯尔克孜族人的夏牧场会有这么美，这里的景象完全是世外的仙境一般，我想，戴安娜觉得自己走进一个陌生民族的生活的机会，来了。

没有人对眼前的风景熟视无睹，大家都兴奋了起来。好奇的柯尔克孜族孩子和女人们向我们围了过来，因为有赛麦台在场，所以，孩子和女人们才没有感到害怕。

“他们以为你们是俄国人，这里的柯尔克孜族人过去都受到过俄国人的迫害。俄国人杀了我们很多人，即使是现在，也不允许我们到山梁那边的边境线上放牧。”赛麦台呵斥着吠叫的牧羊犬，它们很快摇着尾巴安静了下来。他引领我们进入了一座毡房，“先见一见我的父亲，把要和你们说话。”

我和戴安娜是第一次走进柯尔克孜族人的毡房。我首先就看到了花纹复杂和图案绚丽的地毯和挂毯，这些颜色鲜艳的手工花毯有大有小，分布在圆形毡房中的任何一个地方，起着装饰的作用，并且很实用的可以挡风，我们也可以盘腿坐在上面。

一个躺着的老人从织满了花朵的地毯上坐了起来。他带着白色的两边前后开口的毡帽，身上穿着黑色棉布做的袷袢，脚上穿着一双皮靴。显然，他生了重病，脸上的颜色很不好。我赶忙也盘腿坐了下来，为的是不叫老人起来。

戴安娜不习惯盘腿坐下，她侧着身体坐在了地毯上。女主人在我们的眼前很快就铺上了一块布，打开来，里面全部是各种各样的油炸面果。赛麦台在一边给我们倒奶茶，并且用银制的小勺子往奶茶的小碗里放黄色的奶油。

“我是奇克台依，”老人看着我们，“欢迎你们，来到我们柯尔克孜人的地方。”老人的目光非常慈祥，也很深邃，他的英语戴安娜和我完全可以听懂，尽管老人的口音似乎很浓重。可能所有中亚地区的人，包括俄国人讲英语，都是这样的口音。

“很久以前，我就和你们英国人打交道了。”老人很随和地和我侃侃而谈。

后来，我和戴安娜知道了赛麦台父亲现在的病很重，随行的宾斯医生在我们喝过奶茶之后，在我的要求下，立即给奇克台依做了检查，发现他的肺部情况很不好，立即给他做了抗生素的治疗。戴安娜作为宾斯医生的助手，也帮忙观察。过了一会儿，赛麦台抽空把戴安娜叫出了毡房，我听见他问她，“我父亲的病情怎么样？”

“非常严重，可能不会有机会……”戴安娜停顿了一下，赛麦台明白了，他似乎有一些悲哀，但没有再多说什么，指着戴安娜手里的奶茶碗说，“我们的奶茶味道和英国奶茶相比怎么样？”

“要更浓郁一些，我很喜欢。”戴安娜说。

“这奶茶碗是用骆驼皮做的，你看不出来吧？”赛麦台说，“是用骆驼膝盖处的皮做的。”

戴安娜这才看出来奶茶碗的妙处，“是骆驼皮？真的很结实。”

“最近，我们的部落要举行一些集体的活动，你们来得正是时候，可以和我们一起好好玩儿。”

“不，我是来爬山的。我们要攀登那边的雪山。”

“你的丈夫是来爬山的，你去攀爬那些山吗？”赛麦台问戴安娜。

“当然。不过，我也想去你们传说中的那个神秘的山谷，以及山谷中的果园，我很想找到那个果园。”

“如果你先生不需要我当向导的话，我就给你当向导，我们一起去找找那个传说中的神秘的山谷果园。”

我听见这些话了。他们去找那个果园干吗？

我们在赛麦台的帮助下，在这个柯尔克孜族人营地待了两天，做了一些休整，期间，我拿出来关于附近的地图，仔细地研究着登山的方案。地图对于这些柯尔克孜族人来说，是一个很新鲜的玩意儿，他们感到十分惊讶的是，我们这些外国人从来没有来过这里，但是却对这里的山脉和地形却非常了解，简直是有如神助地画了这个地图。

我设定了登山的路程，我问戴安娜和不和我一起登山。

“我仔细地考虑了，我想在这里，和柯尔克孜族人生活一段时间，你知道，我很羡慕他们的生活，现在是我体验另外一个民族生活的时候了。另外，我还想赛麦台带着我，去寻找传说中的一个神秘的山谷，据说，那里有湖泊和一个神秘果园。”

“这里肯定没有这样的地方，”我笑了，“没有这样的地方。”

“我曾经梦见过这样的地方，我相信有，”戴安娜执拗地说，“你知道，那是我梦想到达的地方。你去爬山，我去寻找高山的果园。”她生气了。

“那好吧，你在这里待着，再说，我们登山比较危险，我也不希望你和我们去，毕竟这次我要攀登陡峭的雪山。我和格雅勒根、宾斯医生一起去吧。赛麦台，请你照顾好我的太太啊。”

赛麦台笑了笑，“一定会的，艾瑞克先生。不过，我们马上要在这里举行夏天的盛会了，非常热闹，附近的柯尔克孜族部落都要来参加，你们可以晚走一点，和我们一起参加这个一年一次的草原盛会。”

我想了想，“不了，我们要立即出发。”我很快收拾好行囊，带上格雅勒根和宾斯医生，一起出发了。

戴安娜叮嘱格雅勒根，“此行一定要注意安全，因为夏天的雪山非常危险，尤其是防止雪崩。”

“如果遇到了危险，立即发射信号枪，我们会赶紧上去救援的。”赛麦台说。

夏天的繁荣

看着艾瑞克消失在被上午的太阳光强烈照射中那显得失真的莽莽青山背后，我忽然有一些怅然若失，我有一种再也看不见他的不祥感觉。

夏天，是柯尔克孜族人最繁忙的季节，在这个季节里，男人女人都非常忙碌。每天清晨，太阳还没有升起来，营地里的柯尔克孜族男人就已经赶着成群的羊只和马匹，到附近的高山上放牧了。那里有着十分鲜美的青草，很多甚至是一些植物药材，羊群吃了的话，对它们在这个季节抓膘很有效果，甚至几天之后，就可以看出来一些羊已经肥了。

到了傍晚，当家家户户的毡房中冒出来淡青色炊烟的时候，牧人们又赶着羊群和马群回到了毡房里，羊只在牧羊犬的看护下，很安静地待在一起。这是一幅古老的画卷，多少年来，他们从来都没有改变过。

女人们也非常忙，她们要制作各种奶制品，除了每天都要留一些新鲜的羊奶和牛奶之外，她们还要制作奶酪和酸奶疙瘩，并且酿造马奶酒。马奶酒的味道十分酸甜，还有一点辣，但是，有着十分浓重的奶香。

我就是在这个夏天很快进入了柯尔克孜族人的生活。我首先学会了挤奶，和制作马奶酒——我只要不停地摇晃着装着新鲜的马奶的羊皮口袋就行了。这种酒的酒精含量很低，我一开始不知道，因为口渴，我一下子喝了很多，结果就喝醉了，躺在毡房里，到了晚上才醒了过来。

从外面放牧马匹回来的赛麦台就善意地嘲笑我，说我现在的脸色还是绯红一片，跟害羞的小姑娘似的。此外，我还学会了酿造一种叫“孢孜酒”的粮食酒，青稞、小麦、小米、玉米或者大米，都可以用来酿造孢孜酒。这种酒，类似我在喀什噶尔的汉城喝过的汉族人特有的米酒“醪糟”，非常好喝。

不过，我很吃惊于依赖奶制品的柯尔克孜族人的奶酪只有两三种，而英国人，尤其是法国人，可以做出来几百种的奶酪来。看来，不同的民族的生活智慧的着眼点不一样。我于是就尝试给柯尔克孜族妇女制作了英国风味的奶酪，可似乎并不受欢迎，因为她们就是喜欢吃自己民族口味的奶酪。

有时候，我会非常痴迷地看着成年的柯尔克孜族妇女的劳作，比如，她们用棍子击打羊毛，几个女人一起擀制毛毯的过程。这个过程，比我在1941年参加英国本土的妇女农耕军，所学到的犁地、种植和收获甜菜还要令人激动。

我看得手痒了，就下手和她们一起干。她们一开始看到我在一边观看，觉得有一点拘谨，可是看到我非常愿意学习，就很快没有了隔阂，我就加入了欢乐地劳动的妇女们中间。

她们对我也很好奇，因为她们很少见过白人妇女，就对我的衣着和服饰很感兴趣。因为她们几乎在任何季节都穿裙子，我的马裤就使她们觉得很奇怪，觉得女人也可以穿裤子！十分羡慕我，在休息的时候，她们会仔细地抚摸我的裤子，认真地研究裤子的针脚。

晚上，我就睡在赛麦台的妹妹们的毡房里。毡房中都是女眷，所以我有了观察柯尔克孜族妇女的绝佳机会。她们信奉伊斯兰教，但是，她们和喀什噶尔的维吾尔族女人不同，并不蒙面纱，所以可以看到她们有着欧洲人的脸形，以及苗条挺拔的身材。她们眼睛都很大，很漂亮，全都是双眼皮，看人的时候使你感觉她的目光很幽深明亮。

我看到她们的衣着和装饰都非常繁复和漂亮：姑娘们喜欢戴着红色金丝绒圆顶小花帽，这样的帽子有的是用旱獭皮做的，上面有红色的珠子、缨穗和羽毛。头上要扎很多的小辫子，有的甚至有四十条小辫子，特别令我着迷。

她们一般都穿带折的连衣长裙，很少有不带折的连衣裙，裙子以白色、黄色和粉色的居多。在裙子的外边，姑娘们费尽了心机，再罩上用闪亮的丝线绣成的花卉图案构成的金丝绒坎肩，扣子是银子做的，脚上一般都穿着皮靴。至于已婚的年轻妇女，她们的打扮要更加艳丽，衣裙的颜色特别绚丽，喜欢佩戴耳环、项链、手镯和戒指，她们身上和头上的饰物很多都是由银子和玛瑙、玉石做成的，甚至还有铜币和玻璃珠，把全身打扮得十分精细漂亮，走起路来叮当作响，很有味道，在我看来也很性感。

有一次，女人们在高兴之余，把我也打扮成了她们的模样，我惊喜地发现自己转眼之间变成了一个柯尔克孜族女人，在女人们的赞许中，获得了一种沉醉般的快乐，这是我非常愉快的时刻。

而孩子们喜欢我是由我为一个从树上掉下来的孩子包扎伤口开始的。那个孩子的胳膊受伤了，血从被擦破的皮肤流了出来。

“孩子，你过来。”我招呼他，他走过来了，我立即打开自己带的医疗箱，开始给孩子擦拭伤口消毒，给他消炎止痛，抹上了红色药水，还用白色的绷带仔细地包扎好了。“你很快就会好了。”我说。

于是，很快，各种各样的病人开始络绎不绝地来找我了，尤其以孩子们居多。他们在我的面前表现出各种各样的病态，甚至还有小儿麻痹症患者也来了。我所在的毡房一下子十分热闹，因为来找我看病的人太多了，只能排很长的队伍，由我一个个地“治疗”。

很多人其实没有什么病，他们只是为了从我这里得到药物，或者纯粹是为了获得精神安慰，这样我很快就识破了。

“你没有任何病，你很健康。”我对一个男人说。但是“病人”根本就不同意我的看法，开始手舞足蹈，竭力证明自己有病，直到我在他的手上放了几颗白色的阿司匹林药片，才心满意足地离开了。

不过，我对一些眼睛发炎，或者女性器官发炎的症状的判断和治疗，是相当有效果的。我带了强效眼药水，只要给她们滴上一些就行了。同时，因为山里缺乏水源，妇女们没有太多的机会沐浴，加上性生活频繁，她们的敏感部位容易发炎，我又是一个女性病的“神医”了。这下子她们就纷纷地找我帮忙了。我就用自己有时候也用的药物，比如高锰酸钾，让柯尔克孜族妇女学会清洗和护理自身的隐秘部位。

就这样，我以极快的速度，赢得了这个营地的柯尔克孜族人的欢迎和尊敬。

赛麦台有时候陪着我一起散步。现在，漫山遍野都是野雏菊在开放，赛麦台采了很多淡黄色的雏菊，然后把这些野花递给了我，“送给你，戴安娜夫人，只有你配得上这满山的野花。”

我接过了野花，　瞬间很激动。已经好久没有这样的感觉在我的内心中萌动了，那是一种感激和被关爱的感觉。艾瑞克已经许久都没有给我献过花了。我感到了哽咽，眼睛里放射着光芒，但是，我又不希望自己的情绪变化被赛麦台知道。我偷偷地看了他一眼，赛麦台看来并不知道我的情绪变化。

“我们的游牧生活，你很喜欢吗？”赛麦台问我。

“我很喜欢，我在想，假如我是一个柯尔克孜族妇女，我会不会做得称职。确实，在过去，我从来也没有这样的体验，我觉得太美好了。”

“其实，我们的生活是很忙碌也很艰难的。我们每年要随着季节转场两次，每年的春天开始，我们要从冬窝子——也就是冬牧场，转场到夏牧场，到了秋天，我们又会从夏牧场转场到冬牧场。每一个季节都有很多要忙碌的事情。女人们不仅要干很多活，还要生养和照看孩子，是十分辛苦的。”赛麦台说。

“可是，你们仍旧是和大自然、和这里的山川河流一起共生的，你们和这里的环境很和谐。夏天放牧，只要把羊群赶到山上就行了，羊会自己吃草，你们就可以自由地在高山草原上到处跑，这是多么自由自在的生活！我们的生活却很单调。”我现在彻底被这样的生活景象给迷住了。

“也不知道你先生艾瑞克他们的登山旅途怎么样了，他们已经上去三天了。”赛麦台忽然说。

“他们一定接近了那座雪峰。”我遥望着远处的雪峰说。

我们从山坡上下来的时候，碰到了一个在我看来，装束很奇怪的男人。他的头上装饰着很长的羽毛，穿着一件袍子，袍子上镶了好多不太大的圆形铜镜，腰间还有一串腰铃，走起来叮当作响，和普通的柯尔克孜族男人的穿着完全不同。

见到我和赛麦台在一起，他用奇怪的眼神看着我们，并且用我听不懂的语言和赛麦台说话，语速十分的急切，双手挥舞的动作也很激烈，似乎发生了什么紧急和可怕的事情。接着，他看我的眼神，似乎很不友好，十分冷漠和敌视。他走路和跳动的样子像是一个巫师，或者是一个神经不太正常的人，他大声地对赛麦台说了一番话，然后又跳着走远了。

“他都对你说了一些什么？”我很好奇，而且，根据刚才那个男人的表情看，他刚才和赛麦台说话的内容就是关于我的。

赛麦台犹豫了一下，“他……没有说什么。他是我们部落的萨满，我不知道你听说过萨满教没有？”

“没有，我只是知道你们柯尔克孜族信奉伊斯兰教。”我觉得很茫然。

“对，我们是信奉伊斯兰教，但是，我们的部族中仍旧保留有萨满，也就是巫师或者先知，或者说，那种是可以和上天与神灵能够沟通的人。我们过去一直信奉萨满教，后来虽然信奉了伊斯兰教。刚才的那个人就是我们的萨满，他的头上是天鹅皮做的帽子，他穿着萨满特有的服饰。”

“那萨满，是干什么的呢？”我觉得迷惑不解。

“萨满是可以和天神、我们周围的灵魂，还有动物植物以及地狱的恶鬼沟通的人，他能够看见我们看不见的事物。”

“那他刚才关于我，说了一些什么？”我紧张了。

赛麦台看着我十分急切的眼神，“他说，不要叫我和你来往，因为，你的身上有一股可怕的气息，会使我把命丢掉的。”

我很难过，我看着赛麦台，“是真的吗？那你觉得呢？”

“我不相信，因为你是一个很好的女人，我怎么会把命丢掉呢？我不相信萨满的话。”赛麦台顿了一下，“还是别管萨满了，现在，我们有更重要的事情要做了。我们的部族已经全部转到了这个夏牧场了，要举行一个十分有意思的草原盛会，你会看到很多有意思的东西的。”

很多人，无论你和他靠得多近，你都无法熟悉。而赛麦台是那种你不需要靠近也已经熟悉了的男人，他有一种亲和力，这种感觉使我久久地迷惑与陶醉着。

永生的传说

我是艾瑞克，第三天，我们下山了，我们又回到了这个柯尔克孜族人营地。我很高兴，因为我们毫发无损地回来了，而且攀登雪峰成功了。

在毡房中，赛麦台给我们举行了一个庆功登山成功的烤全羊宴会。我们围着地毯上的已经烤好的全羊，一边用小刀切肉，一边聊天。

我喝了很多孢孜酒，有些醉态了。“不过，那座山峰很好攀爬，没有特别的危险。我们全都上去了。不过，格雅勒根把我的冰镐给丢到山里了。好在没有什么风，所以我们后来又顺利地下山了。这里的山峰比较好征服。”我显然很高兴。

“你过去攀登过幕士塔格峰吗？”赛麦台问我。

“没有，不过，攀登幕士塔格峰，已经在我的计划里了。”

“如果可能的话，我可以当你们的向导，去攀登幕士塔格峰，那是我们这里的‘冰山之父。’”

“我要等我的好朋友台尔曼来，他是一个登山专家。这样我们就可以攀登幕士塔格峰了。到时候，有你当向导当然是最理想的了。”

“我也要攀登幕士塔格峰。”戴安娜说。她很向往的那座山峰，我是知道的。“我也要和你们一起爬上幕士塔格峰。”

“还没有女人爬上去过呢。”我说。

“那我就做第一个。”她果敢地说。

赛麦台说，“关于幕士塔格峰，我们的民族有一个古老的传说：在那座山峰的顶端上有一座城市，叫‘贾奈达’，城市里的人是长生不老的，他们不知道什么是死亡，也不知道什么是寒冷。”赛麦台拨动篝火，使火焰升腾了起来。

我听了之后，感到更加神往，“如果能够攀登到幕士塔格峰的顶端，就可以进入那座城市了？也就长生不老了？”

“其实，没有永生的人，”他提醒我，“这只是一个传说。也许，上面并没有这样一个城市，我们的生活，永远都建立在大地上。”

“可是，我宁愿有这样一座城市，那样的话，我就在那里待着，哪里也不去了，印度、英国，我都不用再回去了。”我叹了一口气。

第二天早晨我醒来的时候，就忽然发现附近的山谷和山坡上，一夜之间，多了很多的白色毡房。显然，有很多柯尔克孜族部落的人，昨天晚上来到了这里。赛麦台的妹妹茹仙古丽已经把饭做好了，是奶茶和羊肉汤。格雅勒根看来很喜欢赛麦台的妹妹茹仙古丽，和她一直说话开玩笑，把姑娘逗得满脸绯红。

眼下，在这个夏牧场，柯尔克孜族人要举行一个热闹的庆祝活动，活动的时间是三天，附近几个夏牧场的人都来了。我感觉到仿佛一觉醒来，四周已经全部是柯尔克孜族人了。他们男男女女，都穿着干净整洁和绚丽多彩的本民族服装，互相串门，彼此问候，为着即将到来的庆祝会准备。

到了中午的时候，庆祝会就开始了。

原来，柯尔克孜族人每到转场安顿好了之后，为了庆祝转场的成功和秋天的丰收，都会举行这样的庆祝会。庆祝会在主持人、部落首领的宣布下就开始了。数不清的柯尔克孜族人都围坐在草地上，而在一个为嘉宾建立的地势比较高的地方，他们为我和戴安娜，还有一些部族首领们，搭建了三顶帐篷，这样我们可以不受太阳的暴晒而观看表演了。

草原上的柯尔克孜族人的部族首领很多，包括不断地咳嗽的赛麦台的父亲，也都在帐篷中坐着观看。我被告知，他们最有威望的部族首领“阿克沙和尔”，也在我们中间，他长着很长的白胡子，看上去既威严又很慈祥。

庆祝会开始的第一个节目，就是他们柯尔克孜族人传统的项目——叼羊比赛，我看到，他们用于抢夺的羊只是真正的羊，已经割掉了头，还去掉了内脏。一声哨响，叼羊比赛开始了。彪悍的骑手们开始扑向了那只没有头的羊，并且展开了争夺。这个时候，只见马匹嘶鸣着互相纠缠在一起，那只作为猎物的羊在骑手们的手上不断地易手，这个过程真是极其紧张，让人眼花缭乱。因为羊只刚刚还在一个人的手里，转眼之间，那只羊就又跑到了另外一个人的手里了。

这个抢夺和羊只不断易手的过程，实际上是骑手们为了展示和炫耀自己的骑马技术的时候，我看见他们各个都显现了自己的绝技：有的可以藏身于马下，有的甚至可以在马上站立；有的可以倒挂在马背上，在马匹的左侧和右侧飞快地弹跳，不断地变换位置来躲开别人的围堵。一阵眼花缭乱的抢夺和猎物不断被易手之后，最后，有一个黑影夺到了羊只，他像是一阵风一样冲了出去，开始摆脱混乱的局面，跃马狂奔了。

这个时候，我猛然地看见，夺得了羊只的人，正是赛麦台！也不知道他是在什么时候，从我们的帐篷下面消失了，参加到了叼羊的队伍中。我看见赛麦台在马上的动作非常矫健，他的黑色坐骑跑得快极了。

戴安娜很高兴地跳着叫了起来，“赛麦台，加油！加油！”但是她突然觉得自己有一些异样，因为，我正用迷惑的眼神看着她。

她又坐了下来，而在赛麦台的身后，所有的骑手都紧紧地追赶着他，他们胯下的马匹的铁蹄，在草原上密集地响着，像是擂动了大地之鼓一样。一转眼，他们就跑远不见了，消失在了群山的后面，可马蹄声仍旧若隐若现。

所有的人都在翘首以待，看看谁会是最后的胜利者。过了许久，忽然，在马群消失的方向，再次传来了阵阵的马蹄声，他们翻转回来了，只是一瞬间，得胜者已经策马来到了帐篷跟前。我看见，眼前正是英俊的赛麦台，他把羊只放在插了一面黄色的大旗的地毯边上，他胜利了。

围观的人发出了阵阵的欢呼声，那种声音像是阵阵林涛一样。草原上最有威望的柯尔克孜族的大族长阿克沙和尔，站了起来，把这只羊又赐送给了赛麦台，所有的人再次欢呼了起来。而赛麦台的父亲、妹妹和一些亲戚，也都站了起来，和跳下马的赛麦台亲吻、祝贺。一个漂亮的姑娘向赛麦台冲了过去，后面还跟了很多漂亮的柯尔克孜族姑娘，她们把赛麦台团团围住，那个冲在最前面的漂亮姑娘，还给了赛麦台一幅漂亮的尼泊尔丝手帕，并且围在了他的脖子上。

听说，那个漂亮的女孩，就是赛麦台的已经订婚的女友苏莱卡。

赛麦台走了过来，他和我打了一个招呼，“今天请你、戴安娜女士，还有宾斯医生和格雅勒根，大家一起吃这只羊。我们有一个传说是，谁吃了一口这只羊的羊肉，谁就可以获得四十个勇士的智慧和力量。”

我大笑，我很高兴，“太好了，这样，也许我可以不费什么力气就能攀登上慕士塔格峰峰顶了。”

姑娘追

我是戴安娜，看到赛麦台的女朋友苏莱卡给他戴上纱巾的情景，我忽然觉得有一丝嫉妒在内心萌生，这使我很慌乱，因为我发现，现在我已经被赛麦台吸引了，或者说，我们有些互相的吸引。

这样的情况使我觉得很慌乱，我赶紧控制了自己的情绪，看着赛麦台重新在帐篷中坐了下来。我无法把目光从他的脸上移开，甚至渴望和他对视，哪怕只有很短的时间。

接下来的活动是“追姑娘”，这是草原上的小伙子最喜欢的游戏。一般是姑娘骑着马在前面跑，而小伙子在后面追，看看谁先抵达约定的地点。如果小伙子先抵达了，说明姑娘爱他，她让他在那里等着她，他们可以一起在僻静的地方说一些悄悄话；如果姑娘先到，就说明姑娘对这个小伙子没有兴趣。

我突然对这个追姑娘的游戏有了兴趣，我对艾瑞克说，“你来追我吧，看看你能不能追上我。”

他也站了起来。“好哇，我们好久没有这么浪漫和开心了。”

我出了帐篷，骑上了一匹栗色的马，和很多打扮得很漂亮的姑娘一起，在一声哨子的尖利的鸣叫之后，开始跃马狂奔了。过了几分钟，早就按捺不住的小伙子们也在号令的催促下，开始跃马狂奔，向姑娘们消失的地方跑去。

山谷中响起了十分密集的马蹄声，姑娘们很快就跑散了，各自向自己选定的隐秘地方而行，我在马上，只是不断地抽打着栗色的坐骑，它跑得很快，我可以感觉到耳边的风声，和不断向后移动的风景。我跑了好远，和所有的姑娘都分开了，栗色的马把我带到了很远的地方，后面没有一匹马追上来，我才叫坐骑放慢了脚步，我在等待着艾瑞克的到来，就悄悄地躲到了一片松树林的背后。

过了一会儿，我听到了马蹄哒哒的声响，似乎有人追了上来，而且对方也已经发现我了，我有一些紧张，因为我旁边的一棵松树上，有两只红松鼠在紧张地上下攀爬，发出了很大的声响——它们不喜欢我侵犯了它们的领地。

那个人骑马慢慢地转到了我的背后，我猛地回头，这下我愣住了，脸色立即有一些绯红——是赛麦台跟了上来。

赛麦台也有一些紧张。不知道他是不是真的在追我，还是在追别的姑娘，或者，他根本就追错了对象，我们都很紧张，一时不知道怎么说好，因为这样的场景一般是在恋人之间才会发生的。

“我……没有看清楚原来是你……”赛麦台显得很局促，那个样子很腼腆，叫我有一些放松了。

“你本来就不是追我的？你追错人了，哈哈，”我跳下了马，因为我想打破这个尴尬的局面，需要我下马步行。“你一直没有看见艾瑞克？”

“看见了，艾瑞克先生——他追另外的一个姑娘去了，那个姑娘，是我们部落最漂亮的一个姑娘。”赛麦台的回答使我有一些吃惊，同时，也是我可以想象出来的事情。因为艾瑞克现在有些疯疯癫癫的。

突然，赛麦台也发现了树上的红松鼠，他敏捷地爬上了松树，在松鼠逃跑的一瞬间，抓住了一只松鼠。

他走到我的跟前，把红松鼠递给我，“送给你，戴安娜——夫人。”

我把松鼠接了过来，我看着赛麦台，这个时候，我突然觉得，我很久以前就已经认识赛麦台了。我扔掉了松鼠，这个极其灵活的小东西一下子就消失在草丛中了。

我走近了赛麦台，我情不自禁地伸出手，抚摸他的不同于那些柯尔克孜族人的长发，我闻到了他的味道，听到了他的呼吸声，我们现在离得很近。

我主动地抱住了赛麦台，这种亲密和紧张感觉让人窒息与慌乱。然后，我又松开手，转身上马走了。

那个时刻，是我十分矛盾和慌乱的时刻。毫无疑问，我们彼此已经产生了吸引力。问题是，我是一个英国已婚少妇，我们之间产生的吸引力会把我们带到什么地方？会不会最终毁了我们？我们之间表面上看有着巨大的鸿沟，但是，我们似乎又可以轻松地跨越这些鸿沟，可是，真正面对的时候，我却又疑虑重重。

这是我们在慌乱中没有想的，也来不及想的。

也许，我仅仅被赛麦台所代表的某种生活方式所吸引，赛麦台不仅是一个英俊彪悍、健壮聪明的高山民族的男性象征，他也代表了我的中亚之梦。但是，也许这仅仅是一个梦，因此，当我的手滑过赛麦台的头发，并且短暂地拥抱了赛麦台一下之后，就转身立即上马，策马返回了，把还有些茫然的赛麦台留在了那里。

我赶紧去寻找艾瑞克，但是一路上都没有找到他。也许他真的有了自己的猎艳目标，他正在干他的好事，我想。

我后来回到了观看表演的帐篷，以后很长的时间，我既没有看到艾瑞克的影子，也没有看到赛麦台回来。他们现在都在干什么？

这个草原上的盛会，是非常轻松和热闹的。下午的表演在午饭后就开始了。

库姆孜琴声响了，这种有着三根弦或者是四根弦的乐器，是柯尔克孜族人特有的乐器，它所演奏的曲调十分婉转和激昂。而且，这个库姆孜琴演奏会非常丰富，有独奏、对奏、二重奏、多重奏、弹唱和伴舞奏等等。

在这个演奏会上，仍旧没有看到艾瑞克和赛麦台出现，我觉得很奇怪，我担心赛麦台会无法面对我，因为我一时冲动，向他靠近了，但是又赶紧离开了。

可是艾瑞克又遇到什么样的事情了呢？我看到了格雅勒根，问他艾瑞克到哪里去了。

“不知道，夫人，艾瑞克不是在姑娘追吗？”格雅勒根也是嬉皮笑脸的，他有一种恶作剧的表情。他也没有看见艾瑞克。

忽然，我看见赛麦台出现了，他穿上了他的干净漂亮的袷袢，手里还拿着一只四根弦的库姆孜琴，笑着出现在了我的面前。我听到了自己内心欢乐的声音。

“今天，我也要表演库姆孜琴了，为你——尊敬的远方来的女士演奏。”赛麦台向我鞠了一躬。

赛麦台的大方和潇洒，使我免除了内心的不安，我刚才担心自己大胆的举动会破坏我们之间的情谊，现在看来还没有那么危险。我开始专注于库姆孜琴的演奏。乐手们一个个地出场,围坐在草地上呈现半圆形的观众们,报以了热烈的掌声。

我从乐手的演奏中，听到了他们在春天转场、秋天卖羊的劳动场面；听到了万马奔腾的厮杀场面；听到了微风吹拂、恋人絮语的场景；还听到了电闪雷鸣、山洪暴发的大自然的毁灭的力量；听到了松涛阵阵、山谷鸟鸣的风景；也听到了牧人和女人内心的情感波涛。他们的手疾徐不同，张弛有别，但是令人眼花缭乱。

我完全被这柯尔克孜族人特有的乐器和琴声给打动了，因为音乐是自然界最动听的声音，它甚至可以告诉你所有心灵的秘密，使你能够以最快捷的速度，进入一个民族的心灵深处。而在演奏者的中间，我倏忽之间仿佛看到了赛麦台的脸，可这张脸又很快消失在了很多柯尔克孜族人的脸后面。

最后，高潮来临了，给舞蹈伴奏的库姆孜琴声响了，所有喜欢跳舞的人都站了起来，他们在库姆孜琴声的伴奏下，跳起了自己的舞蹈，找到了自己的舞伴。男女老少都在翩翩起舞，而这个时候，我也情不自禁地来到了欢舞的人群当中，被欢乐的潮流所裹挟着，融化着，感染着，我变成了他们的一分子。

赛麦台不知道什么时候来到了我的身边，拉起了我的手，教我跳柯尔克孜族人的舞蹈，那是十分欢快的舞姿，我们都在这样的舞姿中融化了。

我感到了前所未有的快乐，这种快乐是我过去很少感受到的，它使我变成了另外一个人，一个连我自己都感到陌生的人，我在欢乐的舞蹈中融化了。

种族问题

她看见我过来，“艾瑞克，你刚才不见了。”戴安娜笑着说，“刚才进行‘追姑娘’的时候，你追我追到哪里去了？”

我的目光有一些闪烁，“我突然身体不太舒服，只是就找了一个僻静的地方，休息了一下。”

“那现在怎么样了？”她很关切地问，“好些了吗？一定是昨天登山太累了。你需要好好休息。”

“现在我已经好多了。我决定再次出发，去攀登北面的喀克沙拉山峰，那里的雪山是我一直很向往的。”

“要去多长的时间？”她有些忧虑。

“至少需要一个星期，那边的路很不好走。”我说。

“为什么不在这里参加柯尔克孜族的部落盛会？这里多热闹啊。”她对我这么赶着要去喀克沙拉山峰而感到蹊跷。

“我不喜欢这么热闹的场面，你是知道的。我甚至是厌倦了，而且，我也不太明白为什么你那么喜欢柯尔克孜族人。”

“难道你很讨厌他们吗？”她感到了诧异。

“我至少是和他们有距离的，我们是欧洲人，是盎格鲁—撒克逊人，是纯种的白人，他们也许是蒙古种的黄种人，我们天生就是不一样的。”我傲慢地说。

这使她很吃惊，“你难道是一个种族主义者？我没有想到你会这么看问题。欧洲就是受了希特勒的种族主义的侵害，要杀掉犹太人，才有了这第二次世界大战——”

我笑了一下，“不不，你别把希特勒都扯了进来，我们和希特勒完全是两回事情，我当然不是和他们一样的种族主义者，我只是无法忘记，也提醒你，我是一个白种人，你也是。而他们，印度人、喀什噶尔人、柯尔克孜族人，都是中亚的黄种人，我们之间差别很大，天生就是不一样的。”

她有些不解：“你就是用肤色在划分人群，不是种族主义者，你说你是什么？”

我感到恼火，我说，“我不想和你吵架，你喜欢在这里待着，你就尽管待着好了，你什么时候愿意回喀什噶尔领事馆，叫赛麦台送你回去就行了。我们登山成功之后，就直接从阿和奇那边回去了，咱们，在喀什噶尔见吧。”

我转身离开了。

于是，我和格雅勒根，还有宾斯医生，我们又找了一个柯尔克孜族人向导库尔班，一起出发了。

我们要沿着山脉的走向，到北部的喀克沙拉山去，那边有高耸的雪峰，在等着我去征服。

目送我的身影走远，她看来有一些难过，她难过的一定是她觉得，自己和我之间似乎越来越难以沟通了，我们似乎是两个人，原来的融洽不见了，我们发生了冲突。

显然，这和印度目前的局势有着直接的关系，我知道我受英国失去印度的刺激，变得古怪了起来。因为随着英国从印度的撤离，我在喀什噶尔就没有任何前途了，所以，我不得不把目光投向了高迈的山峰，而躲避了身边和眼前的一切烦恼。

可是，我同时也忽略了她，她需要我这个丈夫的安慰，而我却推远了她，从来不去想她现在在想什么，也不去体会她的感受。

她看着我们走远，似乎有一些伤感。现在，只有她一个人留在柯尔克孜人营地了。

而我，自然要继续征服那些雪山。

女人摔跤和其他游戏

我目送艾瑞克走了，继续攀登雪山去了，一个人很惆怅地走了回来，看到这个夏牧场欢乐的盛会还没有完，还在继续进行。

我从柯尔克孜族人的欢乐盛会中，体验到了他们对待生命的激情。除了叼羊和追姑娘，以及库姆孜琴演奏会，还有更多的节目使我赏心悦目。紧接着，就是草原的摔跤和角力。摔跤是男人们的事情，彪形大汉们穿着独特的摔跤服，在草地上互相摔来摔去的，彼此把对方当作麻袋的状况很好玩；而角力有妇女参加就更让我开眼了。

“你肯定没有见过女人摔跤吧？”

“没有，我从来没有见过。”我高兴起来了。

“那你可要开眼了。”赛麦台笑着说。

赛麦台陪着我观看角力，角力分为男子、女子、少年和老年组角力，尤其是老太太的角力很有意思。

两个老太太在角力之前，各自骑着自己的马，互相微笑并且在马上拥抱，彼此亲吻对方的脸颊，但是等到她们再次打马归来的时候，已经变成了对手。她们把手紧紧地握在了一起，竭力想把对方拉下马，两匹马开始的时候还靠近在一起，但是它们也开始往相反的方向倾斜，而马上的老太太谁也不松手，身体在马上呈现出各种各样的体位，她们的表情在使尽了力气的时候，显得非常夸张，大汗淋漓，面容扭曲，使我看得很开怀，尤其是最后她们双双落马，仍旧分不出胜负又再次上马的时候。

很多人都喜欢角力运动，孩子们尤其喜欢。

而最为雄壮的比赛，是男人们骑在骆驼上面，冲向两排木桩和草人，然后用手中的长刀砍杀木桩上的东西和草人，他们在一阵阵的吆喝声中，左右开弓，一路砍杀，把所有的假想敌都全部消灭，这是表现男人勇武的游戏和比赛。

“男人们的游戏比女人们的游戏多。”我忽然领悟到。

“是吗？我没有这样的体会。”赛麦台不承认。

“你看，这个拾东西的游戏，又是男人们的，都是男人们的游戏。”

在我们的眼前，男人们正在这个盛会上玩马上拾物的游戏。这个游戏比赛就是骑马飞驰，到了在草地上放了白色银圆的地方，突然在马上探下身体，去拣拾地上的银圆，这是需要非常好的骑术的。男人们大呼小叫的，他们飞身就把银圆拣拾了起来，然后得意扬扬地向大家展示。

我觉得，柯尔克孜人的妇女参加的游戏似乎和男人们不同，这盛会上大多数游戏与比赛，都是以男人为主角。

因此，我和赛麦台商量，要举行一些只有女人参加的活动，“我要把那些妇女们组织起来，开展女人们的游戏。你不会反对吧？”我问赛麦台。

“不会，我为什么要反对？你要是可以叫她们一起玩，当然更好了。”赛麦台说。

确实，因为我想起来，在领事馆中，每年的圣诞节，我都要专门为领事馆的女性举行“深闺晚会”，在这个柯尔克孜族人营地，同样有这个需要。这个消息传出来，很多女人都很高兴。她们虽然不像是喀什噶尔的维吾尔族女性那样必须蒙上神秘的面纱，但是她们确实不仅承担着艰苦的生活，在这个草原盛会上，也很少在男人们占主角的游戏中获得胜利。

现在，我们女人们要自己玩了。

“所以，我们只要女人参加，而把男人们排斥在外。”我对赛麦台说。

赛麦台笑了，“从来没有一个人能够像你一样，获得这么多的女人的支持。”他很支持我的想法。

但是部落的萨满，在一天下午又找到了赛麦台，他看见了我就很恼火地拉开赛麦台，一边舞蹈一边威胁赛麦台，“这个白色的女人是妖魔，你要听我的话，不要叫她再在我们这里待着了，她会给你带来灾难的！快赶走她！”

“我知道了，尊敬的萨满，我自己知道了就行了，她很快就会下山的，她不会在我们这里待很久的。”赛麦台有些哭笑不得。

“我是为了你好，赛麦台，你是部落的希望，我不允许你受到任何伤害，那是对我们不好的。”萨满继续舞动手中的棍子。

“好吧，我知道了，萨满，你就放心吧。”赛麦台冲我眨眨眼睛。

萨满走了。

我望着萨满离去的身影，有一些黯然，原本明媚的心情，在萨满的警告之下被毁坏了，这简直是毫无缘由，我觉得有一些烦闷和忧愁。

卷四：戴安娜·安普顿

玛纳斯

我穿上了柯尔克孜族女人的服装，组织了一场只有柯尔克孜族妇女参加的游戏。首先是女子赛马，这是不允许男人参加的游戏，当然，他们可以是观众和裁判。

一下子，上百个姑娘媳妇出场了。现在，柯尔克孜族各个部落的姑娘们，和已经出嫁的媳妇，把自己打扮得十分漂亮，她们穿着平时节日才穿的、装饰了各种小东西的盛装，穿戴整齐地出现了，真是花枝招展！而且不仅如此，她们把自己的坐骑打扮得更漂亮，给马匹穿上了精心缝制的马衣，马身上的马鞍、马嚼、马镫子，都是精心制作的。每一个女人都有关注她们的男人，现在男人们也在欢呼，他们很喜欢看到自己的女人参加赛马，盼望自己的心上人即将赢得比赛的胜利。

一开始是那种障碍赛马。在大约五英里的路途中，有丘陵、树林、深涧与河流，还有人工挖的壕沟，和搭建的树枝做的障碍，每一道障碍的跟前，都有男人作为裁判，看有没有赛手犯规：绕过了障碍，或者中途换马，就要取消比赛资格。

女人赛马在草原上还从来没有这么大的规模，所以男人们、老人和孩子们，全部都来观看了。

一声令下之后，姑娘、媳妇们的马匹已经出发了，男人们在她们的后面大呼小叫，给自己的心上人或者老婆加油，场面非常热闹。

我也在比赛的女人群中。我也要参加赛马。我骑着的仍旧是赛麦台的那匹黑马，不过一开始，我就已经落后了。我骑马的技术，和这些天天和马匹打交道的女人相比，还是差远了。那些从小就和马匹打交道的女人们，有的故意照顾我，不愿意把我拉下太远，和我一起跃马狂奔。

我在尽量叫自己的马匹跑得更快一些。我觉得身边的女人在一个个地超过我，最后，我只取得了大约第四十名的名次，这个成绩，我觉得已经很满意了。

“谢谢你的光临！”因为我是客人，即使是获得了这么低的名次，部落的白胡子首领也仍旧给我发了奖，奖品是一张漂亮的白色羊羔皮。

“早晨和晚上，草原的露水和潮气非常大，用这个羊皮盖在膝盖上，你就不会骨头疼了。”老人慈祥地说。

我接过来这个礼物，鞠躬表示感谢。

很多柯尔克孜族妇女对我都很好奇，因为我的调动和带动，活动中的女人们都大胆起来。在这个草原夏牧场的盛会上，她们也更加活跃了，似乎把男人的风头都给压下去了。

女人们最擅长舞蹈，在很多的舞蹈表演中，她们的表演都是十分出色的，比如擀毯舞，就是把她们平时擀毯子的动作，编排成节奏感非常强烈、动作夸张漂亮的舞蹈。女人们在表演的时候，表情、指头、眼睛以及身体各个部位的动作，都十分丰富，她们的表演把草原上的节日气氛带向了新的天地。

“你改变了这个活动的气氛和节奏，尤其是那些女人们，因为你，她们很开心。”赛麦台赞赏地对我说，“你很能够和我们民族的人，尤其是女人们友好相处。”

“其实，本来就应该有这样的气氛，”我对自己也很满意，“我喜欢她们，我喜欢你们部落所有的人！”

确实，因为我的存在，这个夏牧场的盛会似乎显得很特别，男人们也很尊敬女人的参与。尤其是，男男女女一起跳的木马戏舞蹈，是我终生难忘的。这种舞蹈就是把木棒子的顶端扎成马头的形状，然后男女“骑”在上面，作骑马的动作，多人共舞。场地是在洒满了月光的草地上，有上好的马奶子酒喝着，有好听的库姆孜琴声伴奏，表演者把骑马的所有动作，都模拟和夸张成舞蹈动作。观众们围坐成一个圆圈，然后用有节奏的掌声给舞蹈者加油。头顶的月亮十分皎洁，把这一天变成了难忘的一日。

我现在才觉得，此前我在喀什噶尔参加和举行的一个个的宴会，和柯尔克孜族人的草原盛会相比，都立刻显得很黯淡了。在这个夏牧场，我第一次体验到了无拘无束的快乐，没有任何心机和烦恼、担心和做作的快乐。

这样的生活我以前很少体验过，今后可能也没有太多的机会，所以我内心之中充满了欣悦之情。

当然，还有全部是女人参加的月下赛跑，按照这个游戏的传统规则，先是把女人们依照年龄分成了几个小组，赛跑的路程中有很多的障碍，有跳绳、火圈，还要背着东西跑一段路，最后，要穿越一片黝黑的森林。

这是考验女人的机敏、胆量和耐力的游戏。因为只有女人可以参加，男人们都在草原上喝酒唱歌，女人们显得非常的无拘无束，她们嬉笑着，打闹着，把这个游戏进行得十分的轻松。我没有参加这个游戏，因为这几天我很快活，也很劳累，已经没有力气在晚上越过各种障碍了。

这个时候，我喜欢看着远远地挂在天空中的月亮。它已经很大了，月亮的光辉十分轻柔，仿佛不存在，但是却铺满了草原上的每一个地方。银色的月辉照耀大地，照耀着这一片充满了生机的草原，我的内心中有一种漫溢的激情。而且，在月亮的照耀下，我还可以看见，远处的“冰山之父”幕士塔格峰它那挺拔高峻的雪峰，在夏季的夜晚里也是白雪皑皑，透露着中亚地区的苍莽神秘的诗意。

赛麦台告诉我，“柯尔克孜”，是柯尔克孜族人的自称。“相传，古代在这个地区有一个勇敢机智的国王，他叫乌古孜，他的一个儿了和其他的兄弟不和，后来就带领自己的属下出走了，来到了一座柯尔（大山）下面，游牧繁衍，后来形成了‘柯尔乌古孜’大部落，最后就演变成了柯尔克孜族。

“另外还有一个说法，在我们的史诗《玛纳斯》中间，提到了一个国王玛玛依，他用了很多年才联合起来了四十个部落，后来，就演变成了我们民族现在的名字。”

我说，“我听说，你们柯尔克孜族人最喜欢的数字就是‘四十’，为什么？”

赛麦台笑了，“对，我们是喜欢四十这个数字，我们柯尔克孜族是一个非常古老的民族，原来在俄国的叶尼塞河流域生活，后来被俄国人赶到了中亚地区，皈依了伊斯兰教。在我们的日常风俗习惯中，四十这个数字，现在还显示着它神话一样的光彩。”

我有些不明白，“难道一个数字，竟然成了文化崇拜？”

赛麦台说，“你听我慢慢说。比如，我们最初的文字，就有四十个字母；我们的传说中，四十这个数字到处都是——我们还有一个关于柯尔克孜族男人戴白色毡帽的传说，也就是说，在古代的时候，统一和联合了柯尔克孜族人各个部落的英雄玛纳斯，他在四十岁的时候，要去攻打敌人，需要区别于对手的装束，召集了四十个谋臣商量，后来，还是他的妻子，想了一个办法，最后用了四十个日夜，设计出来一种白色的毡帽。结果男人们戴着这种帽子，勇气倍增，勇敢杀敌，打了胜仗。这种帽子，后来成了我们男人主要的服饰标志。”

“关于四十这个数字的说法，还有别的吗？”我的兴趣很大。

赛麦台说，“当然有了，你看，所有柯尔克孜族人的孩子，在出生四十天的时候，要举行满月的仪式，让孩子脱掉刚出生的时候穿的衣服，换上用四十块花布缝的衣服；这个时候，给孩子沐浴的水，也必须是四十勺；参加仪式的妇女，必须是四十个人。她们还要把孩子在四十根蜡烛跟前轻轻地摇晃四十下。不光对生者，在我们的死者死去的第四十天，也会被隆重祭奠和追悼。而叼羊的起源，也与四十有关。”

“啊，四十这个数字，在你们的生活中，看来的确非常重要。”

“是的，传说我们的英雄玛纳斯，用自己的四十个勇士，用了四十天的时间，训练攻破敌人的办法，结果练了出来，打败了敌人。我们的毡房的支架，最少要四十根，才可以把毡房支撑起来。”

“你们民族起源神话，也和四十有关？”

“对，据说，关于我们柯尔克孜族人起源的神话，很多就是从“四十个姑娘”的传说来的。我告诉你，在柯尔克孜族语中，‘柯尔’的意思就是四十，‘克孜’的意思就是姑娘。相传，一个名字叫作‘普舍维尔’的地方，住着沙满素和他的妹妹阿娜丽，有一天，沙满素听说他的妹妹阿娜丽经常在天黑之后出去，于是就跟踪了妹妹的行踪。结果，沙满素发现，自己的妹妹到达了一个山洞，和一群年轻人在一起玩耍。可是他们兄妹一起去山洞的消息，被误传到了国王的耳朵里，国王认为这是伤风败俗，于是，国王下令把沙满素和阿娜丽给处死了。

“沙满素临死的时候说：‘阿娜丽呀，我们冤枉啊。’他们死后，被烧成了骨灰，撒到了河里，河流流经国王花园里的大水池。而国王的女儿，当时正和她的三十九个女仆，在这个大水池里面游泳，一不小心，尝到了沙满素和阿娜丽的骨灰，于是凭借一种神秘的力量，这些未婚的姑娘，都很快怀孕了。

“国王知道了这个事情，十分生气，觉得这些女子们没有缘由地忽然怀孕，一定是和男人们通奸了，不由分说，就把四十个姑娘都驱逐出城，把她们赶到了中亚地区的渺无人烟的群山中。后来，她们生下的孩子，就成了柯尔克孜族人的祖先。

“还有一个传说，和这个传说有些类似，说的是一个圣者死了之后，骨灰撒入河中，结果被在河流下游玩耍的国王的女儿，和三十九个女仆给喝到肚子里了，于是她们就怀孕了。后来的结尾和上面的传说一样，她们也被驱赶了。”

我明白了，“这个传说有着浓厚的宗教意蕴，表达了柯尔克孜族人皈依了伊斯兰教的历史缘由。”

赛麦台点点头，“和这个故事同源的，还有另外一个版本：在很早以前，有一个汗国的王宫中，有四十个宫女，不堪忍受宫中寂寞的生活，为了追求自己的自由和幸福，她们巧施妙计，逃出了牢笼，历经千难万险，终于来到了大草原，和草原上的四十个勤劳勇敢的猎手幸福结合了，他们一起过着自由美满的游牧生活，生儿育女，繁衍后代，他们的后代就称自己为柯尔克孜，意思就是‘四十个姑娘’。你喜欢那个传说？”

我说，“我喜欢最后一个。我喜欢所有相爱的人，最终都在一起的团圆故事。”

草原上的盛会以一场库姆孜琴的演奏晚会结束，他们弹唱柯尔克孜族人的口头史诗《玛纳斯》。

我看着篝火的火光掩映中那面容苍老的弹唱乐手的脸，问赛麦台：“听说这首民间的口头史诗有几十万句？”

赛麦台的嘴里嚼着一根青草，“对，是有这么多。但是，我也从来没有听完过，每次草原的盛会，我只能够听到一部分，因为它太长了。”

我说，“但是我看有的乐手，似乎可以完全背下来，他们的记忆为什么这么好？”

赛麦台，“啊，这是我们祖先流传下来的，一代一代，就这样越唱越牢固了。”

眼前的弹唱者正襟危坐，气氛十分肃穆。这个时候，所有倾听的人也都屏住了呼吸，仔细地听弹唱者一边弹奏库姆孜琴，一边演唱。

这是柯尔克孜族人寻找祖先的力量的聚会。在篝火闪亮的夜晚，所有的人都会围坐在篝火的边上，由几个乐手轮流弹唱他们的史诗《玛纳斯》。

赛麦台小声地给我翻译：

大河奔流啊
多少已经干枯
绿色的河岸
多少已经变成了戈壁滩
沧海桑田
让那些人迹罕至的荒野
又变成了湖泊和沼泽
高耸的大山也会塌垮低陷
从很久以前开始
大地已经多次改变
戈壁滩上留下了石头
石头瞬间又变成了林海草原
绿色的原野河流奔腾
冲走了山谷中的巨石

一切的变化是如此的巨大

只有祖先留下来的史诗

仍在一代代地流传……

我喃喃自语：“玛纳斯，玛纳斯是一个什么样的人？”

赛麦台的眼睛闪闪发亮，“玛纳斯是我们民族的一个英雄，他统一和联合了所有分散的柯尔克孜族人部落，并且打败了我们敌人。这部史诗，就叙述了玛纳斯的后代，一代代的功绩。《玛纳斯》歌唱了我们柯尔克孜族人的英雄汗王玛纳斯一家八代人，如何统一草原上和大山里面的各个分散的部落，团结其他的民族，大家和睦相处，联合起来共同对抗凶狠的外敌的历史。”

弹唱者在弹唱《玛纳斯》的第一部分，忽然，我似乎听明白了，因为弹唱者总是重复着一个名字，就是玛纳斯，玛纳斯，玛纳斯。

我说：“我听明白了一个人的名字，就是玛纳斯。玛纳斯，玛纳斯。”

赛麦台小声地做着翻译，“对，是玛纳斯。他现在弹唱的是我们第一代的英雄玛纳斯的出生，他的生活和一生的业绩。在玛纳斯之前的时代，我们的柯尔克孜族人还是一盘散沙，是一些分散的小部落，就是英雄玛纳斯，横空出世了，他联合了分散的柯尔克孜族人的各个部落，组织大家共同对付奴役我们的蒙古人和契丹人。”

我完全沉浸在押韵的弹唱者的英雄史诗的氛围里了，我觉得自己确实在向一种神话般的境地进发：

玛纳斯经常在畜栏里照料牲畜

他骑着马巡游在草原上

当遇到了乞丐向他乞讨

他总是慷慨地解开腰包

不管父亲为自己留下了多少牲畜

他对乞丐说：你自己去拿吧，只要你需要

他总是深情地打量着我们的子民

我们的土地

这是玛纳斯日夜思索的大事

就是他愿意在战场上度过一生——

我的眼睛也是闪闪发亮，“这是你们柯尔克孜族人几代英雄的故事，每年都要演唱吗？”

赛麦台点点头，“对，《玛纳斯》讲述的是我们柯尔克孜族人八代英雄的故事，第一代英雄就是玛纳斯，第二部叫作《赛麦台依》——”

我问：“赛麦台依？难道讲的是你——”

赛麦台笑了，“赛麦台依也是我们祖先的一个英雄，当然，我的名字就是从他那里来的。赛麦台依是玛纳斯的儿子，他继承了父亲的业绩，继续和蒙古的汗王进行战斗——”

那面神圣的红色战旗

属于玛纳斯的儿子赛麦台依

由一名勇士扛起

那面神圣的黑色战旗

属于昆吾巴依

它由另外一个勇士扛起

这是古代人的规矩

这是自古以来的仪式

射手们跟在举旗勇士的后面

互相射击对方的旗手

这也是一个规矩

他们把这叫作血染战旗——

我有些出神了，我没有听过这样的弹唱史诗。有一个瞬间我完全失去了时间的感觉，觉得自己已经置身于一个古老民族的记忆，并且成为这个记忆长河中闪现的一张面孔——我不再是一个英国女人了，而是一个柯尔克孜族女人，一个目睹了英雄事迹并且就在战场边上眺望的女人。我的眼睛中流露出来的全部是关切的目光，而目光投射的方向，就是那马背上奔袭敌人的英雄。

所有战争的场面都是残酷的，都是惨烈而悲壮的。我神游时间和历史的长河，看见了所有牺牲的人们，那些马背上和在草原上奔走的旗手，他们冲锋陷阵，他们呐喊，最后，他们倒下来，然后他们的骸骨慢慢地和大地上的雨水以及泥土相融合，然后，成为土地上的花草，在每个春天里都再次复生。

我的眼睛有些湿润了。篝火熊熊，重新把我拉回到了眼前，眼前的歌声浑浊，老女人们听得老泪纵横，年轻的姑娘把裙子轻轻地拢紧，小伙子们像烈马归栏一样，已经完全安静了下来。顽皮的孩子已经不再喧闹了，他们也被歌手的讲述所吸引了。

赛麦台有一段时间忘记了翻译，可能是他也被感染了，只是用热烈的目光看着歌手那弹动琴弦的手，没有说话了。

我问："赛麦台，然后呢？"

赛麦台这才回过神来，接着翻译和讲述："但是，我们的民族出了叛徒，大将坎乔劳最后背叛了我们的民族，杀害了赛麦台依，于是我们的民族重新陷入了被蒙古汗王统治的悲惨境地。你听——

他们不是英雄而是奴隶

他们对我们的战斗毫不在意

他们不明白人民的含义

他们只有一个企图和私利

那就是用阴谋和刀剑对付自己的兄弟

分裂柯尔克孜族人民的大地。

我问："赛麦台依死了之后，又怎么样了？"

赛麦台笑了："看来你是等不及他们唱给你听了。第三部叫《赛依台克》，第四部叫《凯耐尼木》，讲述的就是赛麦台依的儿子赛依台克和孙子凯耐尼木，继续领导我们的民族，反抗外来的侵略者，并且清除内奸的事迹。啊，现在很精彩，你听听玛纳斯的风采——

他有苍狼般的胆量

他有狮子般的性格

他有巨龙般的容貌

他有着非凡的外表

像月下湖泊一样沉静的玛纳斯

前面看上去像白虎

后面看上去像大龙

顶上看去像是苍鹰

要是他发怒了

赛过四十只狮子的怒吼——

我问：“我发现，你们的史诗中间，用各种象征和形容词，来形容英雄的有很多，对不对？”

赛麦台说：“啊，是的。你听，他现在在歌唱马匹。马匹是我们最好的朋友。他现在所用的语言非常生动，在形容战马的各种颜色——白斑马、麦骝马、黑走马、银兔马、杏黄马、青灰马、青斑马、花斑马、黑花马、黄马、山羊般矫健的马、千里马、公羊般骄傲的马、银耳朵马、黑马驹……

“史诗的年代原来并不久远，就在我的眼前啊。”我感叹了。我有些无法抑制住内心产生的激情，我很激动，因为我在印度，在那个诞生最伟大史诗的地方，我也没有这样直接面对吟唱史诗的经历。

“我们其实一直生活在这样的历史记忆里。我们必须通过这样的方式，才能够找到心灵归依的方向。”赛麦台的嘴里继续嚼着青草。

“这样的歌手，在你们民族中有多少？”

“我知道的就有一百多个。弹唱《玛纳斯》的歌手，在我们的民族中间，叫作‘玛纳斯奇’，都是靠口传心记，一代代传下来的。一般的能够唱一万行以上的‘玛纳斯奇’。还有三个，可以弹唱全部的八部《玛纳斯》。”

“完全靠记忆力来演唱？”

“对，是这样。”

“为什么不用文字记录下来？”

“还没有开始这个工作。我正在准备叫人用文字整理出来。”

“要尽快开始，因为，歌手的年纪都老了呀。你们的文化不要失传了。

这是很有人类学价值的东西。”

“其实，我们的弹唱歌手的记忆非常了不起，他们依靠记忆，已经把《玛纳斯》传唱了成百上千年了。”

“可是，没有文字记录，一定是不行的。没有开化的民族，才永远地停留在口头文明的时期——不过，我的意思并不是说，你们是没有开化的，而是恰恰相反。”我学着赛麦台的样子，也在嘴里嚼着那种青草，立刻，一种清新的气味，在我的嘴巴里弥漫开来，这样的味道太奇特了。

“不过，你一开始看见我的时候，就一定觉得我是一个没有开化的野蛮人，对不对？”赛麦台笑着问我。

我沉默了一下，表示赛麦台说对了，我想起来和艾瑞克的争吵。我说，“不过，我没有想到我们会很好地沟通。我们成了互相可以理解的朋友——我根本就无法想象到这一点。我确实不太相信，我会依靠你，进入到你们这个美好的民族的生活里来。”

“其实我第一次看见你，就知道可以和你说上话的。我也知道，你一定会喜欢上我们民族的生活的。”

“真的吗？”我有些兴奋。我继续听歌手弹唱，并且要赛麦台继续翻译。

篝火熊熊，我的脸色被火光映照得通红。“你们柯尔克孜族，过去和英国人以及俄国人打过很多交道吗？”

“当然打过了，说实话，最近几十年，你们英国人和他们俄国人，都到了我们柯尔克孜族人世代生活着的家门口来了，我们当然不得不打交道了。”

我听着他的措辞，“啊，不得不——真是这样的吗？”

赛麦台的表情变得严肃了，“是的，就是不得不——难道是我们主动请英国人和俄国人过来了吗？从来没有的。我们本来待在这里很好，但是外来的人，英国人、俄国人，用枪和炮，用强权和武力，来打乱了我们本来非常平静的生活。”

现在，我认真地看着赛麦台，“啊，我想起来了。关于你们和英国人打交道的事情，上次在山上，你刚刚给我说了一点点，就被艾瑞克给打断了。现在，我们说说这个吧。过去，你的前辈是怎么和英国人打交道的？我很想知道。”

赛麦台的脸色变黑了，“那些事情，回忆起来其实并不令人愉快。我告诉你，我的父亲和英国人，他们的交道，是打得很深的。”

我看到了赛麦台的脸色忽然地暗了下来，“赛麦台，你说实话，你们是不是很恨我们英国人？”

赛麦台沉吟了一下，“不恨，但是绝对谈不上喜欢——你一个人除外。”

我迟疑了一下，“艾瑞克呢？你怎么看待他的？”

赛麦台看着我，“他？他是一个彻头彻尾的殖民主义者罢了。他的工作就是在这个地方有一个观察俄国人动向的据点，对不对？”

我有些神情黯然，我不愿意听到这样的评价，“我知道你说的是真话。你确实是这么认为的。但是，艾瑞克当然有他自己的使命，有他自己的工作，也有他自己的荣誉感，有他自己的生命追求，此外，他是一个杰出的登山家。”

赛麦台摸着自己那柄漂亮的镶嵌了闪亮的彩色玛瑙的马鞭，“不管怎样，你和他不一样。你们确实不一样。”

我有些迷惑，“我和他哪个地方不一样？”

赛麦台狡黠地笑了“你是一个温和的女人，而他是一个有雄心、有使命、有荣誉感的男人啊。”

我觉得他没有认真回答，“你有时候太调皮了。”

赛麦台说，“不过，和英国人相比，我们其实最恨俄国人，因为，很多年来，俄国人杀了我们柯尔克孜族很多人，而且还占领了我们的土地，让我们民族的一些部落，长期成了在帕米尔高原流浪的无家可归的人。我们恨俄国人，当然，我们确实也不欢迎英国人或者别的白人来到这里。”

赛麦台说这些的时候，表情显得有些凝重，可能触动了他惨痛的和英国人，尤其是和俄国人打交道的记忆。

我把他的漂亮的马鞭拿过来，在月光下观赏，“你告诉我吧。”

赛麦台说，“好，我告诉你。”

“我爷爷是这个地区的部落联盟的大部落长。他在世的时候，这个地区还很太平。但是，就是在他死了之后，这里的情况就开始变得糟糕了。其实，可能是外部的世界已经开始变化了。

“我的父亲虽然继承了我爷爷的部落长的位置，但他当时年龄很小，根本就无法取得爷爷的威信。为了让他有个很好的成长环境，家里的长辈决定，让我当时年幼的父亲和他的叔叔、也就是我爷爷的弟弟一起生活，由叔叔来养护。

“接下来我就要告诉你，我的父亲是如何和英国人打交道的故事了。在 1886 年。我年幼的父亲在山上放羊。他对这一年记忆十分深刻，因为这一年，被他称为是‘蝗虫年’，不知道为什么，这一年蝗虫突然地成了灾，密密麻麻的蝗虫，在我们的山地草原上，把肥美的牧草都给吃光了。就是在这一年，我的父亲第一次在山上见到了你们英国人。”

我有些不解，“难道英国人的出现，和蝗虫一样令你的父亲困惑吗？”

赛麦台说：“在我的父亲看来，英国人的出现，当然和蝗虫的泛滥有着天然的联系，意味着不祥的征兆。”他接着说，“一天，他在山上放羊的时候，正在为到处都是的蝗虫感到忧虑和奇怪，忽然，他看见了一个人，像是一匹马那样，缓缓地在远处的山梁上浮现出来了。这个人的装束和我们的民族不一样，我的父亲一眼就看出来，他不是这个地方的人。我父亲慢慢地看见这个人牵着马走了过来。

“于是，这个人是他认识的第一个英国人，这个人叫洛卡尔特，是一个英国陆军上校，他不是一个人来的。在他的身后，还有一个马队——他带领着一个测量队，在对瓦罕谷地和喷赤河一带进行着测量。我父亲很多年以后，才知道了什么叫测量，测量就是把这个地带的地形地貌给搞清楚，一旦打仗了，连地形都清楚了，一切就都好办了。

“这个英国陆军上校，看到了我的父亲，很喜欢他，请我那机灵的父亲来担任他们的向导，我父亲在经过了叔叔的认可之后，就答应了。其实，父亲的叔叔、我的堂爷爷也想了解这些外国人到这里来，究竟是来干什么的。

“从那个时候，我父亲就开始学习英语了。他给洛尔卡特他们当了整整一年时间的向导，带着他们在帕米尔地区到处奔忙，到处测量。我父亲很小，当时他并不知道，洛卡尔特上校来这里测量的目的，是为了有一天能够占领帕米尔高原的。就是为了这个，他们才来到这里来进行测量的。

“第二年，你们英国驻印度的政府，又派来了朱兰德中校，来到我们柯尔克孜族部族生活的地区，进行侦察和探险，我的叔叔和父亲，和他打了很多的交道。渐渐地明白了他们来这里的目的。后来，又来了很多的英国人，像是扬哈斯班大尉，这个人是一个有野心的军人。这些英国人就这样，陆续来到了我们祖居的土地，无论是测量，还是了解我们的民俗，总之他们一个接一个都来了。

“我的堂爷爷就这样带着我的父亲，和这些来者不善的英国军人打交道，就是为了让我的父亲，今后能够有和英国人打交道的经验。我的堂爷爷知道，英国人是当时世界上最强大的民族，他们在这个地区准备和俄国人抗衡了。而俄国人在千百年来，都是来自北方的、我们民族的最大的威胁。而在强大的觊觎我们家园的英国人和俄国人之间，寻找生存下来的可能，是我的堂爷爷当时迫在眉睫的问题。

“但是，我的正在长大的父亲却不是一个喜欢妥协的人。他很强硬。他和我们传说中的英雄玛纳斯的性格一样，这个时候，他很快就成长为一个英武的青年了。后来，他就在部落首领会议上有了威望，因为他对那些来这里的英国军人说，一旦你们英国人要出兵侵占我们的家园，我们就会用武力反抗，直到剩下最后一个人，也要把所有进入到我们土地上的外国人的尸体都留下来，成为滋养我们草场的肥料。父亲的强硬态度，使英国人有些忌讳。父亲加快了统合各个部落的进展。他组建了自己的骑兵队伍。

“不过，后来俄国和你们英国，在帕米尔高原互相对峙，俄国人希望英国人不要再北上，英国人也希望俄国人不要南下。刚好印度人开始了他们要求民族自决的运动，统治和管理印度的你们英国人自顾不暇，于是退让了一些，没有再继续北上了。

“英国人不再北上，我们就和英国人没有正面交锋，也没有发生任何流血冲突。可是，印度成为英国人的问题之后，俄国人就伺机开始南下了。他们用武力占领了我们的家园，我的父亲和俄国人打了很多次仗，死了很多人，可是打不过他们。没有办法，父亲的豪言壮语，看来根本就抵挡不了俄国人的长枪大炮，他所依赖的骑兵部队，大都阵亡了。后来，我父亲就只好带领着残余的柯尔克孜族人部落，从西面向东，一路向喀什噶尔这边东迁了。这就是我们如今四处流浪，终于在帕米尔高原暂时找到了栖身之所的短暂历史。”

我听得很入神，“你们来到这里的时候，还是在中国的清朝时期吧？”

“对，已经是中国清朝的末期了。那个时候，当时的清朝政府，对我们柯尔克孜族人征收的苛捐杂税要比俄国人少，所以，后来我们就来到了靠近喀什噶尔的西部山区生活了。在这里渐渐地安稳了下来，成了中国人的一部分。而我们民族其他部族的很多人，现在还留在被叫作‘吉尔吉斯斯坦’的苏俄加盟共和国中。”

“他们和你们，完全是一个民族吗？”

“对，吉尔吉斯族和柯尔克孜族是一个民族，只是俄国人和中国人的叫法不同。我们民族的现实处境，实际上是历史上英国和俄国人，在帕米尔地区争霸的牺牲品。我不知道我这么说，你会不会了解、并且会不会生气？”

“我理解了。”我说。

确实，通过赛麦台的讲述，我了解了一个弱小民族，在大地上寻找家园、四处流浪的心灵创伤。

歌手弹唱《玛纳斯》到了一个高潮段落，场面突然热烈了起来。乐手们唱到了忘情的地方,已经泪流满面,而听众们很多人因为感动而泣不成声。

大家一时都变得非常激动，他们开始跳舞了，动作激动而夸张。男人们开始敞开了胸怀喝酒，豪气干云。女人们也都翩翩起舞。

我知道,这是他们找到了和祖先的文化认同的时刻,这是因为《玛纳斯》让所有的人，都归到了一个血脉里去了。

赛麦台也在人群中，听着自己民族历史上的大英雄玛纳斯的功绩，他一定想到了很多，想到了自己民族的现实处境，他忘情地哭了起来。

这个时候，我觉得，赛麦台一定是完全在一种民族情感中融化了。我拍了拍他的肩膀，“多美好的夜晚啊。”

赛麦台擦去了眼泪，看着华服盛装的我，“你知道吗，现在，你也是一个柯尔克孜族人了。”

我很高兴，“明天，这个草原盛会就结束了，我想去寻找那个幽谷中的果园，你愿意陪着我去吗？”

赛麦台看着我，很高兴地点了点头，“好，无论你去哪里，在这周围的大山里，我都是你的好向导。”

幽谷秘境

柯尔克孜族人的草原盛会结束了。

当我在早晨醒来的时候，薄薄的晨雾弥漫在山谷中，那雾气渐渐地散去，我发现那些来参加草原盛会的帐篷和毡房，都已经不见了，他们竟然在一夜之间消失了痕迹。他们作为大山的精灵，又消失在附近的群山峻岭中了。

我现在最想去的地方，就是那个传说中的幽谷秘境——幽谷中的果园。在柯尔克孜族人的叙述当中，那个地方似乎是在移动的，不固定的，因为每年春天融化的雪水都不一样，在山谷中形成湖泊的大小也不一样，所以，这个地方很神秘，我必须耐心地去寻找，我才有可能找到。

我在柯尔克孜人营地中出现，引起了很多女人的关注和羡慕。我也给她们带来了很多新奇的感受，包括给她们看病，了解她们的内心。

并且，我还认识了赛麦台的订了婚的女友苏莱卡。这是一个大眼睛的姑娘，她和赛麦台是从小在一个部落中长大的。但是赛麦台似乎对她有一些冷淡，即使是苏莱卡给赛麦台做了一个“胡尔俊”，送到了他的毡房，他也很简单地就把她打发了。

这是用骆驼绒和羊绒织成的一种特别精美的袋子，也就是一种旅行背包。上面那七彩的颜色使我看了都莫名地心生了一些嫉妒。“听说，这是你们柯尔克孜族人女孩子专门给自己的未婚夫做的，看来，苏莱卡是要嫁给你了。”

赛麦台笑了一下，“可能是吧。不过，我们是很小的时候，由父母亲安排的。我不想说这个事情了，你不是想一直去寻找山谷果园吗，我们什么时候出发？”

“越快越好，我已经准备好了。”我急切地说。想起来可以和赛麦台一起去探询那个传说中的果园，我非常兴奋。

“明天我们就出发，”赛麦台收起了苏莱卡送给他的胡尔俊。“也不知道艾瑞克先生他们怎么样了？”

“应该快回来了。”我的心里有一些担心。是啊，艾瑞克他们怎么样了？我奇怪自己现在似乎都没有想到这个问题，因为艾瑞克已经变得很陌生和遥远了，他狂躁、易怒、自闭，他生活在他自己的一个小世界里，他无法承受大英帝国在印度的退却，但是，这又是谁都无法阻挡的。

而我却极端厌恶了战争和纷争，也许那本来就是女人所躲避的。现在，我在这一点上无法和艾瑞克，我的丈夫取得共识，而我对此漠不关心的态度似乎激怒了艾瑞克，虽然从表面上看不出来，但是艾瑞克在渐渐地疏远我，或者我们在彼此远离。

我不愿意看到这样的情况发生，但是我根本就无法承担艾瑞克的绝望情绪，艾瑞克现在一心所想的，就是攀登中亚的群山，以及群山之上的雪峰，到达那些人迹罕至的地方。似乎只有这样，才能够排遣内心的苦闷。想到这些，一股悲凉的情绪袭染了我，那种不安与怨怼，缠绕在我的心头。

赛麦台和我在第二天就出发了，我们每个人都骑了一匹马，还有一匹马身上驮着食物和野营的东西。苏莱卡悄悄地从一座毡房里出来，手里捻着辫梢，目送我们的背影远去，心情似乎很不好，脸上写满了忧郁。

而在山谷的出口，那个部落的萨满又出现了，他的头上戴着羽毛装饰的帽子，身上穿着神衣，爬在一棵很高大的红松上面，对赛麦台喊叫着。

赛麦台笑了一下，没有理会他，而是和我纵马奔驰，很快就离开了营地。

“他，那个萨满，一定又在诅咒我了！”我们骑出去好远，我很不高兴，也很担忧地问赛麦台。

“他告诫我要远离你，说你会给我带来灾难。我说过了，我不相信，但是萨满是我们的巫师，我们要尊敬他的。”

“我怎么会给你带来灾难呢，赛麦台，”我侧过头望着他说，“即使不给你带来好运气，也不会给你带来坏运气。”

“当然，我知道你不会给我带来坏运气的，我也很喜欢你，我同时很尊敬你，夫人。”赛麦台说。

“你以后就叫我戴安娜吧，我们是好朋友了，可以这么叫了。”我大胆地说。

“好的，戴安娜夫人。”赛麦台狡黠地说。

“听说，那个幽谷秘境，只有心灵纯洁的人才能够找到，是这样的吗？”

我一边调整着在马上的姿势，一边问赛麦台。

“是的，因为在那个果园的门口，心灵邪恶的人会被立即发现，同时会被挡在门口。”赛麦台说，“而我们两个一定会被欢迎的。”

我反复咀嚼着他的话。

接下来的旅程像往常一样，很快就变成了艰险的旅途，我们一会儿要绕过巨大的石头堆，一会儿又在平坦的山谷中疾驰。似乎前面看着没有路了，但是，很快又柳暗花明，前面又出现了道路，就好像有人在我们的前方，指引我们走路似的。

在攀越一个陡峭的山崖的时候，赛麦台用结实的登山绳，把自己和我绑在一起，他在前面拉着绳子，一点点地登上了山崖。这个时候，我觉得很兴奋，因为有人在精神上给了我战胜山崖的勇气，这个人用身上的绳子和我绑在了一起，那么，我们会共同面对一切。

有时候，我们会遇到河流，河水还带着高山的冰雪那刚刚融化的刺骨的冰凉，沾一下就会使人尖叫，更何况要蹚水过河。

第一天，我们就翻越了两道山崖，进入到三条山谷，但是，没有传说的那个果园出现。

晚上，我们露营在一个山凹处，一起吃了热水泡羊油炒面，就躺在山坡上看着星星。星星无比的密集，夜空中竟然没有一丝云彩，所以天气很冰凉，昼夜温差特别大。

我身上裹着一个毛毯，而赛麦台有他的羊皮袷袢，我们还不感觉冷。

我觉得眼前的星星和我在领事馆中那个高高的露台上见到的星星，是不一样的。现在，星星似乎都冒着热气，而且在快速地移动，像是烟花一样闪烁。

“我们真的可以找到那个幽谷中的果园吗？”我觉得有些担心，问赛麦台。

“如果我们的心灵纯净，我们当然可以找到，而且，我们的心灵本来就是纯净的，所以我们一定可以找到。”他很调皮地说。

“你是在说绕口令呢。”我取笑他。

第二天的旅途更加的艰险，因为我们碰上了一场很大的暴雨，而且，光是暴雨还不要紧，暴雨在山谷中迅速地形成了山洪。山洪咆哮着，像是一条红色的暴怒的龙，或者是一条巨大的蟒蛇，轰隆隆从山谷中扫荡下来，势不可挡。

我们只好在一个山崖上等到洪水从我们要跨越的山谷中退却之后，才能够继续前进。

等了一个上午，到了下午的时候，我们在河水水流变小之后，在山谷中向山上攀缘。我身上的衣服已经湿透了。我觉得这次的行程很倒霉，似乎很不顺利，但是，赛麦台用鼻子闻了闻，“在山谷的那边，有什么味道飘过来了——我闻到了花香。”

我使劲地闻了闻，没有闻到任何的气味，只有雪水的冰凉。“哼，你是在安慰和欺骗我吧。”

我的马匹不耐烦地嘶叫着，它要逃离山谷中的水流。我们于是往山坡上斜着攀缘。这面山坡很陡峭，似乎就是为了难为我们，不叫我们爬上去似的，倾斜的角度特别大。我们下了马，可是即使是这样，马匹仍旧在打滑，它们的重量比人要大。费了好大的劲，我感到自己都已经快垮了的时候，我们爬上了山脉的顶端。

这个时候，我们都看见了眼前出现了一条狭窄幽静的山谷，山谷中有一片郁郁葱葱的树林，更远的地方，还可以看见，有一片闪亮的水面，像是大地上的镜子闪烁。我们一下子激动了，因为可能这里就是我们要找的那个地方，那个幽谷秘境。

我们一时激动得嗷嗷大叫着，不顾旅途的疲劳，向山下飞奔而去，向着可能的幽谷果园而去。

这条山谷神秘地藏身于起伏的群山之间，四周的群山都是陡峭的岩石，颜色是没有任何植物的黄褐色。远处的雪峰一座连着一座，透露着凉意。在这个山谷中，却不仅有一面湖泊，还有一片松树、云杉和有着彩色的叶子的灌木，生机勃勃。在山谷两面倾斜的山坡和树林的间隙，到处都是绿草茵茵，构成了一面巨大的地毯。在这面大自然的地毯上，到处都点缀着一丛丛怒放的野花，在和树木争抢着这个夏天。

山峰的影子在湖面上飘荡和移动，那种感觉就好像山峰生长在湖水中，这是一种非常奇幻的感觉。

我们来到了湖边，看到了镜子一般的湖面，内心中涌动着喜悦的感情。

每一次旅途中的艰难险阻和困苦迷离，往往使我怀念家庭生活中最简单的生活乐趣；每一次在外面，尽快回到家里，总是我的一个渴望和慰藉。但是，中亚的群山给予我的东西，要远远地超过这种被动的欣喜和安慰，因为，它让我产生了一种最深的欢乐与幸福，使我在一瞬间超越了时间的羁绊，有了一种具有永恒价值的对大地的敬畏和感恩。

我们就躺在湖边的草地上看云，嘴里嚼着青草。这个地方是如此宁静，已经使人忘却了外面的世界，而那个世界是充满了纷争和战乱的。

“现在真的很安静，你听，只有微风的声音，再没有别的声音了。”我说。

“我还听到了鱼，湖底的鱼说话的声音。”他说。

“它们都说了什么？”

“它们说，这两个人到这里干什么来了。”他说。

“我一直梦想着这样的一个地方，而且很奇怪，我到了这里，总是觉得这里的一切我似乎很熟悉，我曾经来过这里一样，但是实际上我确实没有来过这里。”我觉得现在我的心无比宁静。

“你梦见过这样的一个湖吗？”他问。

“梦见过，我很多次都梦见过，就是这个样子，它的四周被绿树和淡黄色的鲜花围抱的山谷奇境。”

“就是说，在你的内心中一直有着这样的一面湖。”赛麦台说。他的眼睛里全部都是热忱，因为他感到自己正在被我所吸引，这样的情感已经蕴涵很久了，他过去不知道，但是在这个幽谷秘境中，这样的情感正在加速地复活。

“是的，我的心里就是有着这样的一面湖，我找到了，”我看着赛麦台，“不知道为什么，我第一次见到你，就觉得认识你，这样的感觉很奇怪，因为我们出生在同一个年份——1918 年。可是，我知道我是一个英国妇女，我不可能在此前，认识一个柯尔克孜族男人的。除非有前生。”

“我也有同感，或许真的有前生的，假如你信仰佛教的话——现在，我们到湖那边看看吧。”赛麦台说。

我们起身，沿着湖边的小道上走，这里非常幽静，使我甚至都有产生了幻觉的感觉，因为这样的地方似乎特别少见，甚至不可能在喀什噶尔附近找到，也不可能真正地在现实生活中出现。这个时候，我觉得时间发生了转换，我好像没有处在眼下的 1947 年的时间里，而是开始向时间的过去回溯了。

湖泊被两边的山峦所包围，植物和树木十分茂密，这里有很多的野生动物和飞鸟，看来它们已经很久都没有被人打扰了，所以当我们走动的声音惊动了它们的时候，它们是那样的惊慌，野兔或者山猫会猛地从树林中窜出来，一下子就不见了，而野鸡和橘鸟也是没有任何预兆地突然从我们脚下的树丛中拔地而起，直接就飞到天空中去了，那种惊慌的样子把声音弄得很大，把我们也吓了一跳。

这个时候，赛麦台抬头看云，“哎呀，好像要下雨了，我们应该躲一躲。我看见那边有一个山洞，”赛麦台指着前面的山崖说，“我们到那里歇歇脚。”

“山洞？里面不会有棕熊吧？”我不安地问。

“不会的，这个季节，棕熊现在都在丛林中。它们不会待在山洞里的。”他笑了，觉得我有时候胆子太小了。

我们刚刚进了山洞，外面就开始又下雨了。最近的雨水似乎多了。其实，这雨是山区特有的雷阵雨，甚至雨滴中间还夹杂着冰雹。雨滴和冰雹打在山谷中和湖面上，发出了唰唰的声响，这样的声音非常奇特，整个山谷的景色在大雨中，立刻变形了，一片飘摇。

而这个山洞也很奇特。我向里面望去，里面很黑，看不出它有多深，有一条小河从里面蜿蜒地无声无息地流淌了出来。我们的到来惊动了一些褐色的蝙蝠，它们倏然之间就从山洞中看不见的地方出来了。有一股潮湿的气味从山洞中涌出来。

我们就在洞口的地方坐下来，这个时候，我感到很冷，赛麦台于是在山洞中找了一些柴火，用火柴点燃。

熊熊的篝火着了，我和赛麦台坐在了篝火的跟前，立刻就觉得暖和了。

“这个山洞你以前来过吗？”我问他。

“没有，从来没有来过。我没有见过这个山谷，虽然我对附近的山峦很熟悉，奇怪，过去我就是没有发现过这个山洞。所以，这个山谷是我们一起第一次发现的。不过，这个山洞好像很深，你在这里待着，我想进去看看。”

赛麦台用一块废旧的毛毡外面裹了一块破布，在篝火上点燃，然后，起身向山洞的里面走去。

这个时候，我觉得有一点害怕，我坐在火堆旁，看着赛麦台的火把向山洞的里面而去，心里有一些紧张，于是我小声地哼着一首英国歌谣，同时提醒赛麦台不要把我给忘了。忽然，我听到赛麦台叫了一声。

我大声问：“怎么了，赛麦台？你——”

“我不小心，一脚踩到小河里了。”赛麦台的声音恢复了平静。他在继续向里面走去，脚步的声音渐渐地弱了，听不见了。但是，火把的影子我还是可以看见。之后，赛麦台那边已经没有一点声音了。

大约过了二十分钟，赛麦台在里面大叫，“哎呀！”然后，在洞口的我就看见有很多的蝙蝠，惊慌地沿着山洞的顶端掠过我的头顶，吱吱乱叫着逃出了山洞。

我这下子真的紧张了，因为从赛麦台发出的声音判断，他显然是遇到了意想不到的情况。“戴安娜，你快来看看！”赛麦台在山洞里大喊。

我深一脚浅一脚地向山洞里面走去。显然，赛麦台刚刚发现了什么令人激动的东西，我越往里面走，里面的光线越暗。不过，没有走多远，我就可以看见赛麦台手中的火把那红色的光亮了，他的火把因为里面有一层毛毡，所以燃烧得慢一些，同时还释放出一股羊毛被烧焦的味道。我也一脚踩进了那条小河里，把自己的鞋子给弄湿了，但是我已经顾不上那么多了，我很快就来到了赛麦台的身边，看到赛麦台正在举着火把，仔细地查看着山洞的洞壁上的东西。

“洞壁上有什么？会不会是岩画呢？”我关切地问。

“你说对了，就是岩画，而且，看来是很久以前的岩画，是古代的柯尔克孜族人画的。”赛麦台不经意地拉着我的手，这使我感到温暖而又安全。我借助赛麦台手中的火把的光亮，看到了山洞洞壁上的岩画。

那些岩画，很多，很密集，在岩石洞壁上分布面积很大。看来，岩画是用尖利的金属器具在岩石洞壁上刻画的，深入岩体，并且用红色的颜料描绘了线条，使画面栩栩如生。我忽然地激动了起来，因为，这是大山中古老生命的讯息，而且是远古的人们留下来的生活和文化的密码。我仔细地观赏，那岩画的形态非常丰富，有着各种各样的场景，狩猎、打仗、放牧、收割，以及朝贡和日常生活的场景，全部都有，是关于这里的高山游牧民族的一幅最生动的画卷。画面很长，沿着高于人的头顶的高度，一直向山洞里面延伸，显然，刻画这些岩画需要很长时间，甚至需要几代人来完成。

“你再看看这个。”赛麦台把我的手举了起来。火光映照之处，岩画是男女交媾的场面。这显然是古代人的生殖崇拜图，画面上的男人的生殖器都很长，骄傲地挺立着，指向女人的下体，而岩画上的女人，下身都有很长的夸张的缝隙，那是女性生殖器的特写。还有一些舞蹈的小人，都有着夸张的性器官，在围着火把跳舞，显示着一种古老的生殖崇拜仪式正在举行。

“天哪，这些岩画真美！”我由衷地感叹道。我同时感到了一些羞赧，为那些巨大的生殖器的特写。因为这些岩画清楚地表明，生活在中亚地区的古老的游牧民族，他们很早就有自己对生活的独特看法，以及对生殖、繁殖的崇拜和坦荡，对太阳和大地的尊崇，这些岩画透露出来的信息十分丰富。我忘了自己是一个英国女人，为眼前古老的岩画艺术所震惊与迷醉。

我们看了好久的岩画，我丝毫没有觉得有什么不适，我非常高兴，因为这是我和赛麦台的最大的发现。我甚至想临摹这些岩画，但是没有带纸和笔，所以只好做罢了。

我们又返回到洞口，刚才点燃的篝火已经熄灭了，外面的雨已经停了，经过了发现的狂喜之后，我觉得有些劳累和饥饿，肚子开始咕咕抗议，“我想，我饿了，我们吃一些酸奶疙瘩吧。”

赛麦台掏出了一些酸奶疙瘩，递给了我，现在，我已经习惯吃这样的东西了。“你看，外面起雾了。”

我往洞口的方向看去，果然，浓重的白雾已经起来了，而且正在迅速地向山洞中涌了过来。白雾使我有一种迷幻的感觉，我感到自己的内心被一种甜蜜的液体所充满，那些岩画充满了我的脑海，尤其是那些生殖崇拜的欢乐的场景，现在使我的身体发热，我觉得现在的气氛有些异样，因为在这个幽谷秘境中，只有我们两个，一个男人，一个是女人，我看着赛麦台，而赛麦台这个时候也看着我，我们很久的对视，赛麦台伸出了手臂，让我舒服地靠在他的臂窝里，我那柔软的黄色的头发，散落在他的胳膊上。现在，我觉得自己是安全的，我松了一口气，然后赛麦台俯身吻了我一下，我觉得自己的身体发软，之后，我们被涌进来的大雾所漫卷了，谁也看不见我们了。

的确，现在谁也看不见我们了，或者我们已经在雾中消失了，通过大雾这个时间机器和通道，我们一瞬间回到了我们可能的前世与往生。

我的感觉是对的，我的确认识赛麦台，那是在 1916 年，我们那个时候都在列城，拉达克的那个王宫的所在地。那个时候，现在的我，戴安娜还没有出生，因为我的前生，是拉达克王后的妹妹，还没有死。赛麦台也没有出生，我们都还没有经历转世的过程，完成一个天定的缘分。

那个时候，小西藏拉达克地区已经落败了，但是还要继续落败，因为，印度被英国统治着，拉达克作为过去的清朝的一个小小的藩属国，也被英国控制了，一些人跑到了西藏，另外的一些人到了吉尔吉特。

王宫在衰败，王族也在衰败。所以，古南国王决定要通过生育，或者联姻，把自己的王朝继续下去，他看上了自己王后的妹妹玛密雅公主。

但是王后的妹妹，我的前生玛密雅公主，这个时候已经爱上了一个从喀什噶尔来的商人，这个商人就是柯尔克孜族人阿克萨，我们是两年前在印度河边上认识的。

1917 年，拉达克的王宫里有一间房子的屋顶突然掉了下来，砸死了两个仆人，这个事情在王宫里被认为是一个十分不吉祥的事情。于是，拉达克的古南土王决定以成亲的方式免除灾祸，他要和玛密雅公主成亲。

他对自己的王后说了这个想法，但是遭到了王后的反对，王后不希望自己的妹妹又嫁给丈夫，后来，古南土王没有办法，很恼火地决定和克什米尔的一个印度土邦邦主联姻，准备把玛密雅公主嫁给那个土邦邦主的儿子。

“我们要保证王朝的安全，王后，你去好好劝劝你的妹妹吧。”

这个时候，玛密雅公主已经和从喀什噶尔来的阿克萨相爱到了难解难分的地步了。这个事情还要追溯到更早的时候，那还是在 1916 年的夏天，在列城边上的印度河的河谷中，玛密雅公主此前的一天做了一个梦，她梦见了一个女人对她说：

“明天去印度河谷，你会在那里找到玉石。”

玛密雅醒来之后，她一直在想着这样的一个梦，她有一些半信半疑的，此时，她想起来，她在睡梦中听到的声音，似乎是她妈妈发出的声音。而她的妈妈已经去世很久了。

她决定自己到印度河河谷中去看看。她没有告诉别人，连她亲密的女仆人也没有告诉。一个人穿越了熙熙攘攘的列城的集市时，她在集市上停了一下，那里有很多来自西藏的银饰物让她着迷。

“到印度河河谷去。”那个声音又在提醒她，她若有所思，于是就放下了手中的银饰物，向列城外面的印度河河谷而去。

这个时候，玛密雅公主已经十七岁了，在女仆的帮助下，她已经顺利地经过了女人走向成熟的一些必要的阶段，比如月经来临、身体一些器官的逐渐变化，以及这个年龄的困惑感。女仆帮助她解除了这些困惑。而她也开始怀春，期待着自己的爱人——一个英武的男人能够很快出现在自己的面前。不过，心爱的人从来都没有出现，她盼望着有一天能够到西藏去，到那里去寻找自己的心上人。

那天当她来到了印度河的河谷地带，什么也没有发现。夏天的印度河，河水十分清凉，也非常清澈，鹅卵石在水流下面清晰可见，还有一些花斑狗鱼在游动，可是，哪里有玉石的影子呢？

玛密雅公主就认真地沿着印度河的河边仔细地寻找。

远处的山丘上，耸立的藏红色外墙的喇嘛庙里，传出来喇嘛们念经的声音。高高的经幡在飘扬，雪山上的蓝天中，一些老鹰在飞翔，这样的情景是她非常熟悉的。而印度河就是这样从远处的雪山那边的山谷中，奔涌而下，把雪山上的雪水带到很远的次大陆上去了。

她在浅浅的河水中寻找玉石，找了好长的时间，但是一直没有找到。她有一些懊恼，觉得自己不该相信幻觉，因为，即使是在夏天，这印度河的河水也十分冰凉刺骨，使她的脚很难受。

突然，她听到了马蹄的声音，马蹄声沿着清浅的印度河边过来了，玛密雅公主抬起头，看见了一个戴着白色毡帽的男人，骑着一匹黑色的骏马，向她跑了过来。

马蹄把河水践踏，河水的水面上溅起了白色的水花，转眼之间，他就已经来到了她的跟前。

这是一个非常冷峻的男人，他下马，来到了她的身边，看着她，“姑娘，我想你一定喜欢这个，我把它们送给你。”他从怀里掏出来一把银饰物，就是玛密雅刚才在那个集市上看到的西藏的东西。

玛密雅冷冷地看着他，虽然她的内心已被他吸引，但是她仍旧冷冷地说，“我不要你的东西。你是谁？”

“我叫阿克萨，我是从喀什噶尔来的，我有一个商队。刚才，我看见你在集市上了，你在看这些东西，”阿克萨用热烈的眼神看着她，“我喜欢你，我想和你认识。”

玛密雅被阿克萨直接的表白弄得有一些头晕，她在想象中曾经无数次和自己未来的男人见面，可是没有想到会是这样一个见面的情形，她没有任何的心理准备，她一时间有一些莫名的恼怒。

“你滚开，我根本不想认识你。”

“不，你就是我的女人，你会和我在一起。”阿克萨固执地说，玛密雅看见他的胸前佩戴着一块似乎有着淡淡的血丝的玉石，她的眼睛在看到这块玉石的时候，有一种灼痛的感觉。但是，她夺路而逃，拔脚向列城的城区逃去。

阿克萨在后面追赶她，马蹄声十分紧急，玛密雅赤脚跑了没有多远，忽然感到自己已经离开了地面，等到她再定过神的时候，她已经被阿克萨一把从地上带到了马上，“我送你回去。”阿克萨不容置疑地说。

玛密雅闻到了他身上一种烟草和松香的气味，觉得更加恼怒了，因为这个男人完全不由分说地把自己的意志强加到了她的头上，她觉得心理上的防线和优势都没有了，她处在一种狼狈的境地。她在马上挣扎着，她叫骂着要他松手，可是阿克萨就是不松手，就这样阿克萨的马很快就把他们带到了城区。

“到了，你下马吧。”他笑着松开了手，然后玛密雅跳下了马匹，向远处的褐红色外墙的王宫跑去，根本就不回头再看阿克萨一眼。

她气吁吁地回到了自己的房间里，把帷帐拉开，让自己平躺到了床上，心情仍旧不能平静下来。忽然，她觉得自己的腰间有一些硌，自己伸手还摸着了一块硬硬的东西，她从束腰的布带子中掏出了一块玉石，正是刚才在阿克萨脖子上戴着的那块玉石。玉石是白色的，但是里面有着一丝十分缥缈的血丝，你要是用眼睛注视它，那条血丝就是在飘摇的。

玛密雅觉得这个事情神秘极了。为什么这块玉石会自己来到了她的身上呢?

这块玉石还非常的灼热，玛密雅解释不了这个事情，她只能认为是神助的。

玛密雅一连好几天都没有出门，她似乎觉得阿克萨一直在王宫的外面徘徊，一直等到这个星期六的早晨，她和姐姐要到印度河的河谷中去进行一年一度的沐浴节活动，所以在早晨的时候，玛密雅和她的王后姐姐，在王宫卫队的保护下，悄悄地出了列城，向印度河的上游地区进发。

这是拉达克的藩属王宫每年都要举行的节日之一。这个节日里，王宫中最主要的女眷，要一起在清澈的印度河里沐浴，来祈求上天保佑这个地区一年的吉祥，和人们的健康，祈祷大家健康得就像是清澈的印度河河水一样。

她们来到了预定的河段。这是在印度河的上游阶段，那里的水质非常好，是山谷的入口处，印度河就是从里面奔涌了出来。王宫的女眷们选择了一个很大的河湾地带，开始脱掉了衣服，进入到深水的地方。夏天的河水已经变得很暖和了，可任何一个人刚刚下水的时候，都会打好久的哆嗦，毕竟，这神圣的河水是由圣山上的冰雪融化而成的，要过一会儿才能够适应水温。

她们按照仪式的程式，一边唱歌，一边把水洒向每一个女眷，这是欢乐和嬉闹的时刻，女人们布满了河面，她们鲜艳的衣服变成了漂浮的帐幕，在宽阔的河面上伸展，把河流的颜色变成了艳丽的颜色。附近的山峦也显得活泼和清秀了，这个夏天是十分美好的。

玛密雅和王后姐姐在河水里游泳，这个时候正午的阳光下，可以看见更上游的一个伸入河水的山岩处，有一些黑色的小点在移动。

“那边有人过来了。”玛密雅说，“好像是一些男人们。”

确实，那些在水面上浮动的黑点，就是一些人头，他们在印度河的上游处下水，并且向下游游动，并且游得很快。这个时候，王宫的大小女眷有一些紧张了，男人们出现了，而且他们是不能在上游下水的，他们要干什么？

卫队的士兵大声地嚷嚷着纷纷下水，他们穿着衣服仍旧大叫冰冷，呵斥着那些男人。在这个沐浴的节日里，他们可以在下游的地方男女同浴，但是，就是不能到王公贵族的女眷所在的地方。

可男人们似乎都疯了，他们根本就不听劝告，而是继续在水中前进。直到卫队的士兵们用长矛把他们弄到了岸上。

玛密雅一眼就看见了那些男人中间的阿克萨，英俊的他，阿克萨，只是穿着薄薄的衣衫，他的脸上挂着调皮的笑，因为，他就是来骚扰玛密雅的。

大胆的玛密雅裹着细毛毯，很生气地走到了阿克萨的跟前，“又是你，你到这里干什么来了？”

“来拿回我的玉石啊。”阿克萨仍旧笑着，似乎在和她逗乐。

玛密雅的脸红了，因为那块白色但是里面有一丝缥缈的红色的玉石，就在她的脖子上悬挂着。

玛密雅把玉石解了下来，递给了阿克萨，“给你！我也不知道它是怎么到了我的身上，我还要问你呢。”她显得很恼怒。

“不不，送给你了，看来，这块玉石就是属于你的，它不再属于我了。”阿克萨趁机说，“我在那个集市上等你好几天了，我有好多话要对你说。”

这个时候王宫的卫队把他和其他的男人们带走了，阿克萨回头看着玛密雅，但是玛密雅就是不理会他。卫兵们把他们押上了马车，然后回列城的方向了。

玛密雅的王后姐姐一直在看着这一幕，当玛密雅来到了她跟前的时候，王后看到妹妹的脸色绯红，显得特别鲜艳和娇媚。显然，刚才那个男人对她有诱惑力。玛密雅和姐姐的目光对视，感到姐姐的目光似乎看穿了她。

“那个男人要干什么？”王后姐姐问她。

“他……是来骚扰我们的。”玛密雅觉得不好回答这个问题，因为，那块玉石现在还在她的胸前呢。

“这块玉石是他给你的？挺漂亮的，刚才我还没有发现呢。”王后微笑着拿起了玛密雅胸前的那块奇特的玉石，“看来，他喜欢上你了，玛密雅。”

“那是他的事情，我才不想理他呢。”玛密雅说，这个时候她的脸已经红了，话也显得言不由衷。

王后看到了她的这个细微的变化，“其实，我看那个小伙子很有意思，你和他认识一下也没有关系的。”

傍晚的时候，太阳已经落山了，列城的夏天里，白昼仍旧很短，因为四周都是高山的缘故。

玛密雅的心却跳个不停。从印度河沐浴回来，她觉得身体有一种很清爽的感觉。下午吃过了东西，躺在床上的时候，那块玉石在微微地发热，并且温暖着她的胸口。她的身体可以时刻地感觉到这块玉石，她觉得这是很奇妙的事情。

她忽然惦念起阿克萨来，卫兵们把他不知给怎么样了。于是，她叫自己的女仆图玛尔去看看。

图玛尔很快就回来了，“玛密雅，他给关到放礼器的屋子里了，其他的人都放了。王爷听说他带头骚扰我们，决定要关他七天呢。”

玛密雅暗暗地感到着急，她忽然想起了一个办法，“图玛尔，把你的衣服找来给我一套。”图玛尔立即心领神会，她把衣服找来了，然后，玛密雅就带着衣服，直接到礼器室去看阿克萨了。

卫兵对她没有加以阻拦，她来到了礼器室，看到阿克萨被绑在一根柱子上，身上都是绳索，阿克萨似乎知道她会来看他，吹起了口哨，一点也不着急的样子。

她假装很幸灾乐祸的样子，“看看你还敢不敢在骚扰王室的女眷了。

我的姐夫已经下令要关你一个月，而且还要抽你四十鞭子呢。”

听到玛密雅这么说，阿克萨似乎开始着急了起来，“哎呀，我其实只是想见到你，想和你开个玩笑，没有想到事情弄大了，这下麻烦了，我马上要带着商队回喀什噶尔的，这下子完了。”

玛密雅笑了，“看你还猖狂不猖狂了。告诉你，你把我抱上你的马，我的肋骨现在还疼呢。这处罚对你来说，太便宜你了。”

阿克萨很懊恼，“我真的不是故意的，玛密雅公主，我哪里知道你是这里的土王的王后的妹妹呢。”

“要是你知道了我是王后的妹妹，还敢那样来对待我吗？”玛密雅急切地问他。

阿克萨想了一下，“我喜欢你，玛密雅，你是那样的美丽脱俗，就算你是魔鬼的女儿，我想，我还是会来找你的。”

玛密雅的心不禁砰然而动，但是她不露声色，给他解开了绳子，阿克萨立刻觉得舒服多了，他活动着僵硬的身体。

“把这个衣服换上。”玛密雅递给他自己的女仆的袍子和蒙面的头巾，“然后我带你出宫。”

阿克萨这下知道了玛密雅的心思，他非常的高兴，立即把衣服换上了，看上去他很像一个女人，不过个了大了一些。

“碰到卫兵的时候，你不要说话，我和他们说。”玛密雅带着他，连着闯过了好几道卫兵把守的大门，直到把他送出了王宫。

夜幕即将降临了，他们在一座房子的拐角分手，阿克萨对她说，“玛密雅公主，我已经爱上你了。我明天一早离开列城，但是，秋天的时候我会再来，而且会在列城待一个冬天。我会给你带来好多好看的礼物，你等着我好吗？”

玛密雅说，“那，这块玉石真的是给我的了？”

“当然，我的公主，我愿意把世界上一切美好的东西，都送给你。我得走了，再见！”阿克萨把女仆的衣服和头巾递给她，然后，转身就消失在了黑暗中。

阿克萨一走就是好几个月。自从那天开始，玛密雅就开始想念阿克萨了。她喜欢他的眼睛和宽宽的肩膀，还有调皮的笑容，以及有力的大手，这双大手一把就可以把她一下子从地上给带到马上，那种彪悍的力量不是每一个男人都有的。可玛密雅暗暗地为她和阿克萨的未来感到担忧，因为，如果王室的人知道了，她喜欢上了一个柯尔克孜族商人，他们会不会接受这样的结果？王室女人的婚姻，从来都是长辈包办，或者是联姻性质的交换，那她能有多大的自主性？虽然说，拉达克已经归英国驻印度的总督和他派出的人管辖，但是这里的土王、自己的姐夫，仍旧有着巨大的象征性权力，甚至从地方上征收的赋税，都要土王来完成，土王仍旧发号着施令，即使是王室在一天天变得衰微。衰微的结果是土王自己都不想再继续当土王了。玛密雅曾经听到自己的姐夫、古南土王说，他很想去当一个喇嘛，他觉得列城的王宫王族要在他的手里完了。

玛密雅热切地期盼着和阿克萨会面，她焦急地等待着阿克萨的到来，而她的姐姐也知道，自己的土王丈夫打算赶紧把玛密雅嫁了。在这个时候，她成功阻止丈夫要赶紧嫁玛密雅的想法，拖延着时间，等待着妹妹和她的心上人的会见。

列城的夏天是短暂的，转眼之间，树叶已经黄了，大地也变得萧瑟，山谷中响着秋天的音乐，喇嘛庙的上空，大雁已经不断地越过了高山，向南方之南飞翔。

很快，列城的秋天也来了。

可整个秋天快过完了，玛密雅也没有看到阿克萨的身影，玛密雅很难过。那块带有着血丝般的红色的玉石经常发热，温暖着她的身体。

冬天来临的时候，大雪很快就把从喀什噶尔来列城的道路给封住了，阿克萨已经没有可能来了，她的情绪变得很坏，她猜想了各种各样的可能，甚至猜想到阿克萨遇到了什么危险的事情。

只有那块经常发热的玉石提醒着她的身体和心灵，阿克萨会来的，他答应了她，就一定会来的。

一直到 1917 年的春天，4 月的季节，大地冰封开始解冻，万物都开始复苏，草芽从泥土和岩石的缝隙中艰难地探出头来，玛密雅等到了她的心上人！

是女仆图玛尔告诉了她这个消息。她每天都要到王宫外面去采购东西，结果，在王宫外面等候着的阿克萨看见了她，要她转告玛密雅，自己已经来到了列城。

听到了阿克萨已经到来的消息，玛密雅这才放了心，但是，怨恨和委屈的情绪也出来了，甚至在一瞬间遮蔽了她的心灵，她突然决定不去见阿克萨，因为，她思念他思念得太苦了，一个秋天加上一个冬天，自己竟然长了几根白头发。

她的姐姐、王后也知道了这个消息，悄悄命令一个侍卫把阿克萨带进了王宫，让阿克萨直接在玛密雅的眼前出现。

当阿克萨在赌气的玛密雅的眼前出现的时候，玛密雅就再也忍不住了，她扑向了阿克萨，而脸上有着浓密的、已经长了一年胡子的阿克萨激动地抱住了玛密雅。在屋子外面听到他们欢欣和满意的叹息声，王后脸上露出了微笑。

“我等你都等得快疯了！”玛密雅喃喃地说。

“抱歉，在喀什噶尔我遇到了一些事情，他们把我投进了监狱，因为一些人在密谋叛乱，所以要抓住一些商人弄钱。不过，现在好了，已经没有什么问题了，你看，我不是好好的吗？”阿克萨突然想起来什么似的，立即从怀里掏出来一个好看的绣线布袋，“我给你带了好多礼物。”

但是玛密雅一下子就喜欢上了这个绣线的布袋子，虽然里面一定还有更好的东西，“这个袋子很漂亮，绣线真好看！”

“这个袋子，我们柯尔克孜族人叫‘胡尔俊’，是我们最喜欢的日用品，你看看里面给你带来的东西吧。”

玛密雅把胡尔俊里的东西掏了出来。全是她喜欢的各种饰物，有玉石、珍珠、玛瑙、绿松石、银饰和金饰物，都是女人可以装饰打扮用的东西。这个时候玛密雅发现，比起自己对阿克萨的思念来讲，这些东西都是次要的了，虽然它们也很好，但是把它们带来的人要更重要。

“重要的是你在我的身边。”她放下了那些东西，拥抱了他，“你现在在我的身边，这才是最贵重的。”

1917 年的春天和夏天，是玛密雅和阿克萨最快乐的季节，因为有好几个月，他们都待在一起，在列城，走遍了城市附近的山坡和树林。因为要避开一些人的目光，免得他们说闲话，玛密雅总是在头一天就和阿克萨约好会面的地点，然后，第二天，两个人就到那里去约会。

玛密雅是第一次体验到了爱情的甜蜜，那是一种全身心的喜悦，它充盈着她的全身，使身体飘忽忽的，也使身体透明和发亮。爱情使玛密雅觉得自己完全地变成了另外一个人，她感谢上天使她能够如此的幸福，因为一个男人点燃了她内心封闭的情感世界的火焰，这火焰是生命最激越的体验。

在夏天炎热的一些日子，他们彼此探索和迷恋着对方的身体，互相难舍难分。玛密雅激情难耐，一个晴朗的日子里，在列城北面那蓝天白云下的山林里，绿草地上，蚂蚱在欢快地蹦跳，而蝴蝶在帮助他们遮掩，她把自己的身体交给了阿克萨。

把身体向一个男人奉献和敞开，意味着一个女人的爱的赋予和托付。如今，玛密雅所有的心思都在阿克萨的身上，而阿克萨除了要照顾自己在列城的商店，剩下的时间都是秘密地和玛密雅在一起。他们还不能把两个人的恋情向相关的人说出来，因为玛密雅所在的王族，肯定有很大的阻力。

这个阻力的最大的原因，就是阿克萨是一个异国人和异族人，而玛密雅是拉达克人，他们的信仰是不同的，喇嘛教和伊斯兰教分别是他们的信仰，而爱情，可以使他们其中的一个人改变宗教吗？当玛密雅的姐姐、王后提出了这个问题的时候，玛密雅和阿克萨商量了之后，觉得为了对方，都是可以改变宗教的，但是，因为嫁给男人要到男方的地方居住，所以玛密雅要改信奉伊斯兰教。

他们的感情最终被土王知道了，古南土王很生气，因为，他已经答应了印度一个土邦的邦主，要把玛密雅嫁给那个邦主的儿子，这样他们可以通过联姻的关系，维系拉达克地区脆弱的统治和王族日渐衰微的权力，可玛密雅和阿克萨的爱情打乱了土王的计划，他不顾妻子的再三劝说，决定要拆散那两只鸳鸯了。“她的胆子怎么这么大，她是什么时候认识的这个男人的？”土王感到吃惊和生气。

土王先是找阿克萨说话，他发现，阿克萨的确是一个很好的男人，除了他是一个异国的异族人，他没有什么可以挑剔的地方。土王直截了当要阿克萨帮忙，要他放弃玛密雅，因为玛密雅必须要为王族的未来牺牲。

阿克萨拒绝了土王的规劝，他们之间的会面不欢而散。

“我不会放弃玛密雅的，除非我放弃了我自己的生命。”

阿克萨的决绝的回答使土王十分恼怒，但是因为他和阿克萨不欢而散，已经没有了沟通和回旋的余地。于是，土王的谋士给土王出了一个馊主意，“既然他说除非他放弃了生命，那我们就要了他的命算了。”歹毒的谋士要土王派人，在阿克萨不注意的时候，秘密地杀掉他。“我们和北方邦的邦主的联姻，可以使我们继续掌管税收，要不然，我们就要失去这个权利了。”谋士提醒土王说。

这个情况被王后听到了，她又把这个事情告诉了妹妹玛密雅。玛密雅心急火燎地找到了阿克萨，要他注意安全，因为土王要杀掉他了。阿克萨很吃惊，他没有想到和玛密雅的爱情会导致一场杀身之祸，他一时间不知道怎么办好了。

但是，玛密雅已经有了办法，她决定他们两个人一起私奔，她要和阿克萨一起私奔到新疆去！“我要和你到你的家乡去，我去那里做你的好妻子。”她果断地说。她看着阿克萨，阿克萨想了一下，同意了，因为，看来这是他们可以在一起的唯一的办法，就是离开这个地方，离开阻挡他们在一起的势力和羁绊远走高飞，到更为自由的地方去。

“好吧，玛密雅，只有死亡才可以把我们分开。”阿克萨决绝地说。

阿克萨和玛密雅很快就准备好了，阿克萨把自己的商店秘密转卖给了别人，收拾好了东西，一切准备就绪了。玛密雅和姐姐告别，姐妹两个抱头痛哭，因为，她们以后可能很难再见面了。

“姐姐，我到了那边，会托人给你带来玉石，如果你看到白色的玉石，就说明我很好。如果没有任何的消息，就说明我们在路上出事情了。”

“菩萨会保佑你们的，还有真主也会保佑你们的。”玛密雅的姐姐以泪洗面，她和玛密雅深情告别。

他们两个就在凌晨的时候出发了。列城的清晨，喇嘛庙里已经响起了念经的声音，年轻的喇嘛们很用功，他们的念经声渐渐地远了，经幡飘动的黑影也不见了，他们离开了列城醒来的睡梦。

这个时候是1917年夏天和秋天交替的时候，早晨和晚上已经有了浓重的凉意，他们一路向东北方向的山脉走去。

凌晨的时候，太阳还没有出来，甚至星星还清晰可见，他们已经进入了大山之中。

玛密雅过去总是在列城的王宫中，和列城的喇嘛庙中瞭望附近的群山，现在，她已经骑马走在这里了。

他们一共就有三匹马，除了骑着的两匹马，还有一匹马的身上驮着一路上的必需品。其实对于这次两个人的私奔，阿克萨暗自没有信心的地方就在于，他们两个人要在这个季节翻越可怕的喀喇昆仑山大坂，非常困难。在波浪般翻滚的氧气缺乏的山脉之间穿行，路上还有强盗和匪徒，后面可能还有古南土王派来的追兵，真是很令人发愁。而追兵至少要追到山口大坂，接近中国境内的地界的时候才会撤退。

所以，必须要以最快的速度，翻越他曾经翻越了很多次的大坂到达安全的中国境地，一切才能够成为现实。

太阳已经高高地升起来的时候，马背上的玛密雅就开始感到头疼了。她觉得身体有一些发冷，这些天她也受到了惊吓，尤其是姐夫居然准备杀掉自己心爱的男人，这是她没有想到的。所以，出发的时候她就有些感冒了。

“你病了，”阿克萨担心地说，“如果半路上你的身体不行，我们就返回列城，这样会安全 些。”

“不，我死也不会再回列城了。”玛密雅十分坚决，“即使是死在了路上，也是命中注定的，我没有怨言，只要是死在了你的怀里。”

她的回答使阿克萨觉得幸福而又忧伤，他把玛密雅从她骑的马上抱了过来，让她坐在了自己的前面，他抱住她，用自己的体温使她抵御山上的阴风。

山风往往是使人的体温不正常的造孽者。

这条翻越喀喇昆仑山的道路，是阿克萨最熟悉的，他甚至熟悉倒毙在路边的一些动物的尸骨，尤其是在一些可怕的路段，白色的骆驼和牛、羊、马的尸骨，在天空的映照下显得十分触目惊心。

手 鼓

我从睡梦中醒来了。.这个梦似乎非常悠长，做了好久好久。在这个梦中，我经历了另外一个人的生活，也许就是我的前生——玛密雅的生活。我就出生于 1918 年，和玛密雅死的时候是一个年月。是不是玛密雅转世之后，变成了今天的我，这个出生在印度北部的联合省的英国女人？这样的联系，在中亚这个神秘的区域，无论从宗教上还是从心理上说，都是很有说服力的。

我竭力地试图理清这之间的关系，但是，我无法拒绝自己的想象力，确实已经来到了内心深处我自己的那个过去。在小的时候，我是一个有第六感觉的女人，虽然随着年龄的增长，现在，这种感觉已经退化了，可我仍旧相信刚才在梦中经历的，就是我的生活中，已经发生了的。

这个时候，在山洞中，那已经弥漫了好久的大雾渐渐散去。我看见赛麦台也醒了，他手里抓着一个漂亮的胡尔俊，他的苏莱卡送给他的那个漂亮的胡尔俊，表情诧异地看着我。

“我刚才好像做了一个梦，一个很长的梦。”赛麦台说，“我竟然梦见了你，可那个你不是现在的你，你是一个在列城的女人，还有王宫……喇嘛庙……”赛麦台十分疑惑地看着我。

看样子，赛麦台似乎不能肯定自己刚才是不是真的做了这个梦，他看着我，觉得我十分的熟悉，一种异样的感情开始在他的内心滋生。

我们做的是同一个梦，我想。我没有说出来。就让这个梦成为一个秘密，永远不说出来也许会更好。

赛麦台觉得很奇异，我们俩都觉得很奇异。我们在一片大雾的漫卷之中，忽然回到了自己的过去，在这个过去里，在我们的三十年前相遇了，并且还真正地相爱了。这使我们都很吃惊。

现在是 1947 年的夏天，我们在喀什噶尔西面的帕米尔的群山中，一个幽谷秘境中的一座山洞中醒来。我们现在大概明白了，我们过去可能有一段缘分，我们的彼此吸引，是有过去的一个缘分情结的。

我们的内心深处都产生了一种奇特的感觉。不管是梦境也好，还是真实发生过的，我们曾经如此深刻地联系在了一起。而且，在赛麦台身上斜背着的那个漂亮的胡尔俊，苏莱卡送给赛麦台的定情礼物，我看着上面的花纹图案，觉得是那么的熟悉，也许在 1917 年，我似乎就已经见过这个胡尔俊了。

我的心很乱，我正在滑向一个我无法把握住自己的境地，这个境地是危险的，甚至是可怕的，就是我会和赛麦台要达成一种什么样的关系？我无法肯定自己到底会怎么样。

“我们走吧，外面的雨已经停了。”我说。

我们重新走到了山洞外面的世界。赛麦台和我看到山洞外面的雨与雾都没有了，那是一片幽谷秘境的风景，茂密的植物，幽静的湖水，以及低低地掠过湖面飞行的水鸟。

远处，高拔的雪山巍峨挺立，它有着幽蓝的冰川，白色的雾霭，一直围绕着冰峰飘动。冰峰若隐若现，显得十分神秘，似乎伸手可及，却又拒人于千里之外。

"我们去爬山吧，攀爬那座雪山。我要征服它。"我看着远方的雪山，我有一种强烈的愿望，要和赛麦台一起登上那座雪山。

"好吧，我想，我们一定会爬上去的。走吧。"赛麦台说。

我们找到了自己的马匹，它们在一片松林中躲雨，现在十分的精神。为了取暖和吃一些东西，赛麦台点燃了一堆篝火，燃烧的红松树枝发出了好闻的气味，我们吃了酥油炒面和牛肉干，喝了奶茶，驱逐了身上的潮气，现在觉得有精神了。

现在，我们的内心都十分微妙，在刚才的大雾漫卷中，我们回到了过去。但是，我们在山洞中那古代游牧民族留下来的热烈的生殖崇拜岩画下面，都干了什么？我们是不是从彼此的肉体中找到了激情？或者，我们在彼此的身体里留下了什么？是热烈的液体，还是悲哀的回忆？是一时的激情，还是久久期盼的狂迷？一个是英国的少妇，而另外一个，则是英俊的中亚高山上游牧的青年，他健硕有力，古铜色的身体，一定能够使一个少妇、暂时被丈夫忽略的少妇所迷恋，或者，我一直渴望着找到生命的新的激情，我盼望着找到中亚的精灵，而赛麦台，恰恰就是中亚的精灵，他带给了我永远的激情，使我回忆到了自己的过去，找到了通向自己的生命激情的唯一通道？我们到底干什么了没有？或者，我们什么也没有做，只是进入了一个梦境，然后又从这个梦境中醒来？

这些疑问，随着幽谷中的雨与雾的停歇与消散，也都成了谜语。

我的内心也充满了一种异样的感觉，但我尽量地克制着自己的情绪。我骑着马，和赛麦台在崎岖的山路上向远方的冰峰进发，试图通过攀登冰峰，找到亘古不化的冰川，来降低内心的热度。

而赛麦台也非常激动，他不知道如何回应我对他的探询，他因为有另外的一个女人，苏莱卡，他已经和她订婚了。这在山里是最重要的契约之一，他怎么应对这样的局面呢？

赛麦台感到很头疼。因为，他已经被我所吸引和诱惑了，处于一种痴迷状态，这很危险，现在，他也许必须克制住这样的情感。

我们很快就攀缘上了一块雪线之上的台地。马匹已经无法继续前进，即使是我们下来走路，也是跌跌撞撞的，连摔带滚，根本就不能保持平衡。冰川伸出了巨大的舌头，这个舌头因为温度的原因，被渐渐地融化成了坑坑洼洼的冰面，和细碎的岩石颗粒混合，所以在这样的路面上行走，十分困难。

我们走过有冰川的山脊，来到了一片有绿草的山沟，听到了更高的地方传来了雪鸡的叫声。远处的山梁上，可以看见有几只牦牛在吃草，看不见它们的主人。不过，沿着这条山沟一直向前，就是一面陡峭的冰墙，那是无法逾越的冰墙，而我们必须要重新翻上山梁。

“我有一些爬不动了。”我忽然感到很劳累，即使是不远处那雪鸡的声音叫得如此热烈，简直是在诱惑我继续前进，我也走不动了。我觉得大腿的肌肉很酸疼，需要休息一会儿。

我在一片草地上坐了下来，赛麦台知道我是腿部肌肉出了一些问题，就给我按摩。

“是这个地方？是这里吗？”赛麦台一边试探地按摩着我腿上的不同的位置，一边探询地问我。他的手法很轻柔，用的力度也很合适。

我温柔地看着他，觉得眼前的这个男人是如此的可爱和亲切。他的手沿着我腿部肌肉的走向轻轻地抚摩着，使我觉得很舒服，我觉得有一种快感正在通过赛麦台的手上传到了我身体的其他的部位，比如大脑的深处，腋窝，乳房，那里似乎在跳跃，就像是不安分的兔子。我的呼吸也急促了起来，看着赛麦台的目光迷离了，然后，我很自然地渴望着什么。

我觉得有一些晕眩，因为体内的压抑不住的激情，那是要在这一片草地上和我眼前的男人交合的愿望。我甜蜜地呻吟了一声，这样娇羞的声音会使每一个男人都发狂。赛麦台这个时候已经抛却了拘谨，他开始解开了我身上衣服上复杂的纽扣，它们就像是堡垒一样严阵以待，但是又欲拒还迎。这是探索的过程，赛麦台此前一定很少有这样的时候，他现在需要的是耐心和勇气来完成这个过程。

我觉得自己的身体在冒着热气！我自己都要从自己的衣服中跳出来一样，我仰面躺下，闭上的眼睛可以感受到太阳光的热量，它把我的眼皮那红色的血管投影到了我的眼球上，在我的意识和感觉中，眼前几乎是一片燃烧的火焰。

我感到身体下面的青草很潮湿，我的身体也变得潮湿了，正在因为潮湿而向一个男人敞开，使他可以进来探索我的秘密，女人的秘密花园。他果然进来了，是灼热的岩石和岩柱，像是钟乳石那样坚硬，又有着岩浆般的灼热。

我觉得自己的身体一下子就被他所充满，我迷失了自己，快活地叫了起来。这似乎是我们已经经历过的一切：像是所有互相钟情的男人和女人之间发生的那样，我们也在举行着这样激情的仪式，这个仪式是那样的古怪，以至于我们在一起的样子像是在厮杀，或者在剧烈地搏斗，但是谁也不想放开对方。

我从来都没有这样的汪洋恣肆和轻松自如的时刻，这个时刻回到了洪荒的一刻，我是传说中的夏娃，裸体的夏娃，在和大地之上唯一的一个男人亚当，创造着下一代，以及体验人类赋予我们的快乐激情。这就叫作野合，像古老的人类进行的那样，在大自然的怀抱里，在雪山和冰峰的注视下，在雪鸡高昂的鸣叫声中，在如同花毯一样盛开着姹紫嫣红的小野花的草地上，我们翻滚在一起，我们的身体交融在一起，我们是在野合。

我的身体融化了，我后来变成了羽毛，在微风中漂浮了起来。

“不，不，赛麦台，我想，我们不能这样。”我抓住着赛麦台的手说。赛麦台停了下来，他显然很难控制住自己的情欲，这里毕竟只有我们两个。刚才的瞬间，我已经想象出了我们可能的表现，我要停止这危险的举动，要控制住自己的情欲，即使我是多么的喜欢赛麦台，而赛麦台现在也多么想和我在大自然中融为一体。

我赶紧扣好了衣服的纽扣，刚才那里已经春光乍泻了。

我们现在安静地躺在那里，彼此面对，赛麦台的嘴里嚼着青草，他有一些迷惑，“对不起，我……。其实，我还没有和女人有过这样的事情。”

“过去从来也没有过？”我有些吃惊地问他。

“你知道我们民族的婚恋习俗，这一般是在结婚之后才有的。”赛麦台说到了这些，变得不好意思了。那手足无措的样子像是一个大男孩，使我动心。

“和女人——从来没有做过这样的事情？”我还是有些难以相信。

“没有，没有。”

“那我诱惑了你，或者是勾引了你，就麻烦了。”我忽然很开心地笑了起来。因为我确实想引导一个男人跨越他关键的人生体验。

“你别骄傲，”赛麦台不服气地说，“我有很多喜欢我的女人呢。比如苏莱卡。只是我没有动她。”

“啊，那，我害怕对不起苏莱卡。她是一个多好的姑娘啊，美丽、痴情。我们还是继续攀登雪山吧，我现在好了，一点也不累了。”我坐了起来。

我现在十分放松，可能是因为在梦中已经逾越了一个界线，我告别自己的过去，变成了一个新的我。

赛麦台却显得有些迷惑，他的体内燃烧着激情，他也无法判断这样的激情会不会烧死他。他看着我重新把背包和登山用具背了起来，然后向冰峰进发，自己也站起身，跟在我的后面走。

从我的后面看上去，我的身体在他的眼睛里应该会变得很迷人，我的脊背，我的浑圆的臀部，有着流畅的曲线，是这些曲线构成了我身体的花园的边线，使赛麦台十分着迷。赛麦台的眼睛中只有我，这个欧洲妇女的狂野和高雅一直使赛麦台吃惊，因为，它们是那么对立地协调在我一个人身上，我成熟和矫健的身体使他发狂，甚至使他忘记了和苏莱卡的媒酌之约。

毕竟，成熟的女人身上焕发出来的全是一种勾人的母马般的气息，这样诱人的气息正从我的身上散发出来，影响着赛麦台的嗅觉。他竭力地压抑着这样的情绪和想象，把注意力放到脚下的路途中。

我们没有向上走多远，很快，向着雪峰的攀登就变得很困难，覆盖着冰雪的山体非常陡峭，而融化的冰雪又使我们经过的整个山坡都变成了一片泥沼，我们的脚踩进去半天才能够拔出来。

我们的眼前就是陡峭的恰克拉吉峰的冰墙，这面冰墙完全挡住了我们的去处，上面垂挂下来很多很好看的冰柱、冰檐，形态千奇百怪，在太阳光的照射下，反射出了七彩的光芒，冰檐上面又悬挂着很多冰锥。在山脊线的两侧，分布着连续的冰川冰面，覆盖着山体下面黑色的岩石。

赛麦台拉着我的手，走过这一片十分困难的领域，不断有被冰层、冰锥、冰柱反射过来的强烈的太阳光，刺痛了我们的眼睛。

“我的眼睛很疼，”我有一些忍受不了了，我把墨镜忘在了马背上，“这里的阳光怎么这么强烈呢。”

“我给你蒙上一块布吧。”赛麦台从怀里取出来一块白布，替我蒙上了眼睛。这块布因为质地粗糙，因此可以通过布匹的罅隙，看见眼前的世界，而又能够躲避太阳光的直接的照射，我觉得好受多了。

“谢谢你，赛麦台，你真的很周到。”

“可是你却不再让我亲近你了。”赛麦台幽默地说。

“我要为苏莱卡负责任啊。有苏莱卡陪伴你，你会幸福的。再说，我还有一个艾瑞克，尽管他现在有一些不稳定。”

我的话使赛麦台稳定了下来，是的，即使是我们前生有缘，但是现在我们之间的障碍是特别巨大的，不可逾越的。

离山顶已经不远了，因为是夏季冰川融化的季节，前面的山峰上，可以看见不断有融化的冰雪带着巨响，整块地连同山体一起塌陷下来，发出了巨大的声响。现在，我们已经来到了很高的地方，看到了这罕见的雪崩景象。雪崩发生的面积不大，但仍旧摧枯拉朽，像是一阵爆炸一样经过并且扫荡了山谷，声音也响彻山谷。

“这个季节攀登恰克拉吉峰太危险，我看我们还是绕着恰克拉吉峰走吧。”赛麦台提议到。

“哈，你说的对，那边有更美妙的山峰，我们还是去那边的山峰吧。”我也感到了危险，我同意赛麦台的判断。

现在，我感到和赛麦台很亲近，我的整个生活和世界都已经有了变化。眼前，无比美丽、艰险和丰富的大自然诱惑着我深入其中，我也同时发现了另外的一个自己。我们是在一起探索生命的一个境界，这个境界就在这高峻的山峰上。

很少有英国女人可以有我的这种体验，站到了海拔五千米以上的地方来俯瞰下面的世界。没有太多的女人会有这样的机会和心境，我这个时候充沛地感到了幸福，即使我没有把身体交给赛麦台，但是从情感和精神上，我们已经共同地翻越了一座很难翻越的山峰。

我们绕过了眼前的冰墙，冰墙简直就像是镶嵌在山崖上的一面巨大的镜子，反射着蓝天和白云的颜色。在我们艰难地走过的冰墙下面的冰川上，可以看见到处都是水洼和小水塘。这里就是滋润塔克拉玛干大沙漠的一条条河流的发源地，我看到，在水洼和水塘之间，汩汩的小溪正在形成，在冰层的下面，还有潜行的冰河在流动，并且发出了闷闷的响声，正在欢快地向山下流去。

“你听，那边有一个瀑布。”赛麦台拉住我的手，叫我倾听。我站稳了，这时，我立即听到了前面的山坡下面，在冰川延伸出去的地方，以及小溪汇聚的方向，传来了巨大的水流声。显然那就是一个瀑布，这水流是从高处猛然跌下去的，冲刷着山岩所发出的声响。我觉得欢欣鼓舞，我迫切地想看看高山上的瀑布的样子，就快步向瀑布所在的山坡前进。

很快，我站到了瀑布的上方，在我的右侧，瀑布猛然地跌了下去，这个瀑布很大，有两百米高，因此白色的水流和水花把山岩冲刷得震耳欲聋，瀑布形成了一面高山湖泊。湖泊的形状就像是贝壳的形状，湖边则是一片树林和草地，黄色和紫色的野花开得正欢，飞鸟和蝴蝶在翻飞，这里又是一个高山上的秘境花园。潮湿的雾气把我的脸打湿，在雾气和水汽中有一个小型的彩虹，像是一座拱形桥，通往前方瀑布中不可推测的地方，一个神秘的地方，我陶醉了。

我们下到了湖边，这里的草地上都是野花，我们感到高兴的同时，也感到了劳累。赛麦台在像花毯一样的草地上又铺上了一面地毯，从背包中取出烤饼和奶疙瘩，我们美美地吃了一顿。

这里简直像是仙境一般，冰川、瀑布、野花、河流、树林以及蓝天和迅速流动的白云，使这一切宛如做梦。我甚至想象着有仙女忽然出现在我们的面前，她可能会满足我的三个要求，或者会质问我们，为什么来到了她的领地。

“这里的水太清澈纯洁了。”我感叹道。

“传说这水是仙女沐浴的地方，凡人沾了这水，会变得容颜无比的美丽。”赛麦台说这话的时候，嘴角呈现了一个狡黠的弧形。

“那我是一定要下水了。我可不愿意错过仙女洗澡的地方。”我决定在这个地方沐浴一番，我对赛麦台说，“我要在这里游泳，我换衣服的时候，你不许偷看。”

赛麦台笑了，“我不偷看，或者，我看见了也装作没有看见。”

我在树林中很快就脱掉了衣服，只剩下了文胸和衬裤，然后，我就下水了。水特别凉，但是有的地方已经被太阳给晒热了。我害怕突然下水会导致抽筋，就在浅水中慢慢地游着，感到十分舒服。

我回过头在水中喊着赛麦台，“你也下来吧，这里的水不凉。很舒服的。”

赛麦台摇了摇头，他表示不想游泳。现在，他正在两棵松树之间为我做一个吊床，这样我可以不用害怕蚂蚁和昆虫爬到我的身上了。

我游了半个小时，才上岸，身上的衣服贴着身体，赛麦台看着我的身体既想回避，又担心我冻着了，赶紧拿了一个毛毯给我披上。我坐在了吊床上，身体瑟瑟发抖着，但是内心很快乐。

“也不知道艾瑞克先生他们怎么样了。”赛麦台说到。我愣了一下，“确实，可能就像是艾瑞克把我遗忘了一样，我也把艾瑞克给暂时遗忘了。”

“他们可能已经回到了喀什噶尔了吧。艾瑞克是职业登山家，他准备攀登幕士塔格峰的，你会和他一起去吗？”

“要是你去的话，我想，我必须去。”赛麦台显得很坚决。

我们都看见了一群野鸽子来到了瀑布的上方，显然它们也为自己的发现感到高兴，它们打着翻翻在瀑布激烈的水流后面和溅起的白色浪花之间飞快地穿梭着，发出了一声声咕咕的叫声，显得非常快活。

我躺在吊床上，轻轻地晃动着身体，使吊床左右摆动，我觉得十分的惬意，因为这个时刻很安详，眼前的风景又是美不胜收的，我和赛麦台在一起，所有的烦恼和人世间的尘嚣，已经完全不存在了。

“要是你选择过我们柯尔克孜族妇女的生活，你会愿意吗？”赛麦台用树枝搭起来做着一顶帐篷，问我。

“这个问题，艾瑞克也曾问过我。我不能肯定，实际上我已经无法选择，一个人生在哪里，她就会有什么样的生活面貌。所以，我肯定永远也不可能做一个真正的柯尔克孜族女人。不可能了。”

“其实你已经学会了适应我们的生活。不过，我们终究彼此都是过客。”赛麦台说着，有一些黯然。

我从吊床上伸过来一只手，抚摸着他的肩膀，“有时候短暂的相遇，要比一生都在一起更加能够动人心魄。”

赛麦台转身看着我，他瞬间看到了 1917 和 1947 年的我的不同的形象，感到了痛苦和迷惑。

我们在冰川附近待了半天，又在那里过了一夜。晚上气温迅速地下降了，我们就在赛麦台搭起来的帐篷中休息。

因为天气降到了零下二十多摄氏度，我们彼此靠近着用对方的身体取暖。

这是在 1917 年发生了的，现在再次重演。我背叛了现在的我，可是，我又重新找到和进入了另外一个自我，一个与生俱来就和这片土地有联系的女人的情感和心灵生活。我感到了安甜，睡得很香。

天亮之后，我们开始下山。我已经攀越了有冰川的雪山，而且来到了高山上的胜境，见到了我以后再也不可能见到的风景，体验到了肉体的考验和精神的狂迷。我心满意足，下山了。

我们沿着山谷一路向下，在崎岖的山路上，回到了我们安放马匹的地方，马匹因为吃了很多草，休整得很好。接下来的路途似乎十分顺畅，期间，我们在一个柯尔克孜族牧人的毡房中休息了一夜，然后继续下山。

我决定直接回喀什噶尔去，赛麦台一直把我送到了山口，然后，赛麦台无法继续陪着我前进了。“再见，我，我在山里等着你再次到来！”

我忽然有一些难过，因为我根本就不愿意回到热闹的世俗生活中，但是我没有别的选择。远远地，向着前方瞭望，我看到了远处褐黄色的风景，那是这里的人类居住区的惯常的风景，我要回到自己的日常生活中了。

“你——多保重，”我忽然很难过，和赛麦台拥抱之后，我不再回头，在一种怅惘的心情之下，我策马向喀什噶尔的方向狂奔而去。

中午的太阳十分毒辣，我戴上了白色的面纱来抵挡太阳。

路过喀什噶尔附近一个很小的村庄的时候，在很远的地方，我就听见了有密集的鼓声在响，这是一种皮手鼓的声响，声音单调而又激越，似乎在宣告和提醒着什么，似乎又是在进行着什么。

我加快了马匹的步伐，赶到了前面，看见有很多人围着通过村子的必经的黄土路，土路上被人和牲畜践踏之后扬起的黄色烟尘给笼罩了。

我骑马再靠得近一些的时候，看见了在众人的簇拥下和手鼓声的伴奏中，有一个女人，长得十分妩媚妖冶，但是却被反手捆住了。她脸上也被涂抹得乌黑，倒骑在一头黑色的毛驴上在示众。显然，这个女人因为做了什么事情而正在受到惩罚，观看她的全是男人们和孩子们，他们像过节一样跟着毛驴奔跑。

一些女人们蒙着面纱，在不远的地方阴鸷地看着这一幕。

我掀开自己的帽檐，问一个白胡子的老人："这个女人怎么了？她是不是犯了什么罪过？"

老人回答我，"她和别的男人通奸，被村里的长老判决游街示众。"

我愣了一下，这个时候那个骑着毛驴的女人已经走到了我的跟前，我作为一个金发碧眼的女人骑在马上很扎眼，那个女人看见了我，她冲我嫣然而又坦荡地一笑，继续在鼓声中游街示众。

她的微笑使我感到了震撼，因为这个被指责为通奸的女人的笑容中，似乎有着太多的内容。我不敢在这个地方停留，赶紧快马加鞭，向喀什噶尔的领事馆方向而去，身后那激越的鼓声渐渐地远去了。

着魔的女人

我还没有到英国总领事馆的时候，守卫已经看见了我，立即给我打开了大门，并且向我敬礼，我立即意识到，自己已经有一个月，没有在这里出现了。

我骑马直接朝领事馆跑了进去，而我们忠实的格雅勒根已经跑了出来，牵住了我的马匹。他很高兴。

“夫人，我们一直想，你是不是出事情了。我们可太想你了，要是你再不回来，我们就会向那些柯尔克孜族人要人了。”

我也很高兴，我翻身下马，“哎呀，你们是不是从山上早就回来了？”

“我们回来一个星期了。”格雅勒根回答我。

“艾瑞克呢？”

提到了艾瑞克，格雅勒根的表情变得微妙了，“他病了，一个人躲在二楼的阁楼上，好多天都没有下来。他不愿意见到我们了。”

我感到事情很严重，“他一直没有下来？”

“对，一直没有下来，但是他高兴的时候，会朝花园中开枪。”

我吓了一跳，“什么，艾瑞克朝花园里开枪？”

“对，他说是为了打树叶上的蜘蛛和蚜虫。”

我十分焦虑和不快，“难道他着魔了不成？走，我去找他看看。”我知道，艾瑞克的情绪又到了崩溃的边缘了。

我走进了领事馆的大厅，忽然觉得十分亲切，虽然离开了一个多月，但是，这里的一切使我非常的怀念。现在的关键是艾瑞克的情况，到底是怎么样的。

我很忧虑，我径直来到了楼上，去到那间可以看见整个领事馆的内部花园的房间，而艾瑞克现在就待在里面。

我敲了敲门，“艾瑞克，是我，我回来了。”

艾瑞克在屋子里面沉默了一会儿，“我的情绪不好，现在，我不想见你。”

“你到底怎么了？”我很吃惊，过去从来也没有发生过这样的事情，艾瑞克根本不愿意见人，连自己的妻子也不见。

“还是叫我进去吧，好不好？”但是，里面就没有任何回答了。

我又和艾瑞克说了一会儿话，艾瑞克很坚决，就是不开门，“我要一个人待一会儿，你先休息吧。”

我被响亮的枪声所惊醒的时候，已经是下午了。

我在和艾瑞克分居之后的自己房间里睡了一觉，梦见了自己仍旧在攀爬那些高峻的山峰，而白色老虎，就躲藏在冰川的后面，一个头上装饰着羽毛的萨满，也在冰峰上跳舞。赛麦台拉着我的手，在奋力躲避着远处呼啸而来的雪崩。

然后，有人从暗处袭击那只白色老虎，白色老虎被打中了，它翻滚着从蓝色的冰川上掉了下来。

然后，我醒了。枪声惊醒了我。

我跑到了阳台上，看见格雅勒根正在把一只中枪的死羊搬了出去，不用说。那肯定是艾瑞克的杰作。

艾瑞克躲在自己的房间里已经好几天了，任何人去敲门，他就是不开，即使是我去敲门，他也不开门。

他一定是又受到了印度传来的坏消息的影响，于是，为了了解情况，我到艾瑞克存放文件的图书馆，寻找从印度发来的电报和信件。

按说这些东西是我不允许接触的，或者我一直也没有太大的兴趣去接触。艾瑞克的情绪就是受到了这些东西的影响，那一定是坏消息——印度马上要完全独立了，就像是印度人一直努力要做的那样。

我找到了英国驻印度政府发过来的一些公文和密信，仔细地阅读这些东西。确实，就在我们去喀什噶尔西部的山区漫游、在柯尔克孜族人营地做客的一个多月的日子里，印度又发生了很多事情。

蒙巴顿勋爵在 6 月的时候就宣布，印度和巴基斯坦独立，分治的时间确定为 8 月 14 日和 15 日之间的午夜，从此，印度就再也不被英国管辖了。

印度成了印度人的印度，英国人再来到印度，就成了不折不扣的外国人。

这是艾瑞克最烦恼的结局，它到来得很快。如今8月已经临近，现在，印度已经是一片混乱，在穆斯林和印度教徒对立的城市，骚乱持续进行，屠杀和纵火到处都是。印度一片混乱，而巴基斯坦地区也一样。因为那里的百万印度教徒们，要步行回到印度，印度的数十万穆斯林，也要去巴基斯坦，一下子，印度变成了两个国家，不，甚至是三个国家——还有一个穆斯林居多的孟加拉省，现在将被变成东巴基斯坦，以后很可能又变成一个国家。西巴基斯坦和东巴基斯坦的距离是那样的遥远，它们不可能永远地联系在一起。

这些信息同样也使我感到了忧虑，除了庞大的印度正在解体，别的地方呢？比如克什米尔地区怎么办？因为克什米尔地区的归属，是有争议的。

此外，拉达克地区会不会在这个时候，也变成了一个独立的王国、像他们过去那样？南亚次大陆马上要变成四分五裂了。这个可怕的局面，难怪职业外交官艾瑞克，有着巨大责任感和荣誉感的艾瑞克，他无法控制住自己起伏的情绪和焦躁的精神状态。

现在英国驻印度政府的撤离和解散已经是既成的事实，那么，作为英国驻印度政府的派出机构、英国驻喀什噶尔总领事馆的地位，可以说就没有了。领事馆也将面临撤退和撤销的命运。

这个时候，中国大地上也是战火纷纷，国民党在和共产党的军队的较量中，开始迅速地溃退，共产党的军队一路南下，看来，迟早要掌握整个中国的政权。

这些外界的政治局势的变化，使小小的英国驻喀什噶尔领事馆的未来变得一片黯淡。甚至只要有一张从印度来的公文，要我们立即撤退，这个领事馆就马上没有存在的必要了。

我从各种各样的电报中得知了这些消息，我感到了烦恼，这些烦恼使我无法确定未来我和艾瑞克的真正命运。

到了晚上，艾瑞克终于从他自行封闭的房间里面出来了，我想他至少是没有子弹了，因为他已经朝花园里开了很多枪，射击了无数只植物叶子上面的昆虫。这把格雅勒根和一些仆人吓坏了，人们都以为他已经疯了，或者至少是精神不正常。

我吩咐仆人赶紧准备吃的，因为艾瑞克一定是已经饿坏了。

“你们都以为我疯了，是不是？”艾瑞克得意地看着我，“是不是？一定认为我疯了。”

“难道你没有疯吗？”我这个时候突然很生气了，因为艾瑞克的举动确实太出格了，在领事馆里面，营造出一种恐怖的气氛。

“你一个人躲在房间里，谁也不理会，不断地开枪射击，你当然疯了。”

艾瑞克在餐桌跟前坐下来，“你讨厌我了？”

我看着艾瑞克，“不，是我讨厌现在的生活了。”

艾瑞克发了一会儿待，忽然哭了起来，他的肩膀抽动，显得很绝望，“我不知道我们该怎么办，也许，我们是这个领事馆的最后一任主人了……”

这个时候，我忽然觉得很爱怜他，我走了过去，把艾瑞克的头抱到了自己的怀里，温柔地抚摸他的脑袋和脸，“我理解你现在的心境，因为我们也会离开，而且我们不会再回到这里了。我当然理解你的情绪。”

我的话安慰了艾瑞克，他慢慢地停止了哭泣，“我好些了，亲爱的，你不会离开我吧？”

“不会的，艾瑞克，这怎么可能呢？”我轻声地叹了一口气，“我怎么可能离开我的丈夫呢。”

“可是我做梦了，梦见你变成了一个柯尔克孜族妇女。你会不会做一个柯尔克孜人女人？”

我愣了一下，我的眼前浮现出了赛麦台的脸，“不会的，艾瑞克，我早就回答了你这个问题。事实上，你到哪里，我就会到哪里，永远都是这样。”

“我只是为大英帝国感到伤心，我们经历了英国国旗在印度大陆上的降落，我们要离开这里了。”

“难道你没有这样的心理准备吗？”

“我们苦心经营的一切很快就将土崩瓦解，我无法接受这些。”

“可我们迟早会离开这里的。不过是时间的早晚而已。”我淡淡地说。

“我到哪里，你就到哪里？”一向坚强的艾瑞克的声音忽然很软弱，似乎和他过去的样子大相径庭。

我想了一下，点了点头。我知道，我们这个总领事馆在英国的外交部门中，不是一个地位很高的部门，而且艾瑞克也不是一个地位很高的外交人员，所以，他的前途是很难说有多么好，我们最大的可能是回英国。不会到哪里的。

“当然，你到哪里，我就去哪里。”我果断地说。

“好吧，我现在放心了。”艾瑞克的情绪多少稳定了。

“你该吃东西了，不要想得太多了，亲爱的。”我幽怨地说。

晚上，我和艾瑞克躺在了一起，我们亲热了一番，这个时候，我想起来在山中的山洞里，赛麦台和我的身体的接触，虽然最终我战胜了自己的欲望，没有和赛麦台发生肉体的亲密深入，但是，这个时候我的内心也产生了负疚和罪恶的感觉。

英国是一个清教徒的国度，女人移情在基督教伦理中也是不可饶恕的，即使我什么也没有做，可我欣赏并且喜欢除丈夫以外的另外的一个男人，这本身就是不对的。但是，鲜活和颤抖的肉体有自己的声音，也许这个声音，就是恶魔的声音，它有时候诱惑和迷惑人的心智，使你发生狂迷。

好在我控制住了自己，没有使肉体最终背叛自己，和背叛自己的丈夫。可我从此不再那么确信，确信自己不会爱上别的男人，因为世事难料，人与人的相遇，甚至不是你自己完全可以选择和决定的。

赛麦台，赛麦台，我在自己的内心中轻轻地呼唤着这个名字，我觉得艾瑞克的身体和赛麦台的身体，在这一刻，竟然化为了一体，有时候又完全分离。这个时候是容易产生幻觉和联想的时刻，是肉体的亲密接触的时刻，是疯狂和娴静的时刻，是钟情与追寻的时刻。艾瑞克的身体十分的灼热，我们很久都没有这样亲热了，我们缠绵了许久，真正地找到了自己的温柔之乡，肉体的缱绻使我们更加的饥渴，彼此在黑暗中奋力地寻找着快乐的峰巅。

“既然我们在这里待不了多久了，我就想尽快攀登幕士塔格峰”艾瑞克在黑暗中睁大了眼睛，看着天花板上的虚无的黑暗，仿佛那里就是他要征服的山巅。“那座山峰是这里的冰山之王。”

“可是，你没有好的助手，怎么登山？那可是海拔接近八千米的高峰啊。谁都想征服它，但是，谁征服它了？”

“我接到了台尔曼的电报，他就要来了，有他在，我们成功的机会就大了。再加上格雅勒根和赛麦台，还有你，我们可以一起登上幕士塔格峰峰顶。”

“既然那座山叫‘冰山之父’，我们可以征服它吗？”

“这是我们在这里的最后一次机会了，我估计，很快我们的领事馆要被撤销了，我们必须尽快去攀登幕士塔格峰。”

“那我们就尽快准备吧。”

“亲爱的，你越来越美了，你像是变了一个人似的。你一直很温柔，现在却有了一些狂野。我愿意永远爱护着你。”艾瑞克抚摸着我浑圆的身体说，“哎呀，我又想要你了。”

“你现在怎么变得这么神勇？”我很吃惊。

“不知道，可能我觉得我们已经失去了印度，而我不能再失去你了。”

“来吧，我是你的另一座山峰，来攀爬我吧。”我笑着。

“是啊，你的身体就是山峦，而且，还有世界上两座最美的山峰。”艾瑞克开始了他对我的攀登。

艾瑞克开始为了攀登幕士塔格峰积极做准备的时候，时间马上就要进入八月中旬了。这个季节并不是攀登中亚雪山的最好季节，因为这个季节里冰山上的冰川和积雪正在融化，甚至会形成突然爆发的山洪，还会形成雪崩和泥石流。对于登山家来说，这个季节是危险的。

因此,艾瑞克决定到九月的时候,等到登山家台尔曼到达喀什噶尔之后，我们就开始攀登幕士塔格峰，这也将是他在新疆的最后的攀越。

幕士塔格峰是一座并不容易攀登的山峰，它的名字的含义就是“冰山之父”，由此可见它的艰险，所以，必须在出发之前做好准备，要做到万无一失才可以。

艾瑞克的情况稳定一些了，但是，我的状况突然变得很糟。我现在经常做梦，老是梦见赛麦台，在这些梦中，赛麦台或者和我一起攀登雪山，或者纵马奔驰在开满了黄花的山谷草原，最后都有危险的事情发生在我们眼前：我们不是被泥石流吞没，就是被雪崩所掩埋，或者我们突然就掉进了可怕的冰缝，以及被杂沓的群马所践踏。而且，在梦中我和赛麦台都有肌肤相亲的事情发生，所以我醒过来的时候，总是要出一身的虚汗，脸色也很不好，月经紊乱。

艾瑞克以为我怀孕了，宾斯医生给我做了检查，发现我并没有怀孕，认为我是没有休息好的原因。

我变得有一些疑虑重重，因为，我确实有自己的心事。我在问自己，是不是自己真的爱上了赛麦台，无法回避这个问题了？我觉得自己很难回答这个问题，要不然，为什么赛麦台总是在我的梦中出现？

我显得有一些幽闭了。喜欢一个人在领事馆中四处溜达，甚至是自言自语。确实，回到领事馆的日子里，没有看到赛麦台，我的内心有一些失落，我产生了要见到赛麦台的隐秘欲望，但是我又竭力地压制这个愿望，而艾瑞克也需要我照料和安慰，他似乎非常需要我。也没有人知道我的这个内心的秘密。

我的古怪状况被领事馆的仆人们看见了，都觉得我开始变得有一些奇怪了。

上一次离开领事馆去山里距离现在已经有一个多月了。

现在，每一个白天重新在领事馆中听到早晨喀什噶尔的公鸡在啼鸣，在露台上我重新看见太阳在清晨或者黄昏的时候，从浮起来的一层几乎每天都分布在喀什噶尔市区的尘埃里升起或者降落，可以重新从领事馆的任何一扇打开的窗户中，听到远处的巴扎上那些维吾尔族人的嘹亮好听的吆喝声，以及礼拜日在阿提尕清真寺广场上传过来的深沉的祈祷和赞美真主安拉的声音，我的内心就立即充满了喜悦。

但是，我不喜欢夜晚，现在我害怕进入到睡梦中去，在任何一个晚上，我总是做着噩梦，甚至有一天，我竟然在梦中大喊大叫，叫声特别的凄厉和可怕，一下子把领事馆中的很多人都给吵醒了。

领事馆中一下子灯火通明，仆人们以为领事馆里发生了谋杀或者强盗抢劫，或者更为可怕的事情：我和艾瑞克精神崩溃了，在互相残杀！但是，他们没有看到这一幕，他们在走廊中发现了穿着睡衣的我——只是我做了可怕的噩梦，我惊慌地逃出了卧室，来到了有亮光的地方。

“难道，夫人也着魔了？”人们议论纷纷。

每次惊声尖叫着醒来的时候，我都清楚地记得自己做的梦的细节。

这是一个噩梦，我梦见自己倒坐在毛驴的背上，就像是我在喀什噶尔附近的一个小村子里看到的那个骑在毛驴上的通奸被捉住的女人一样。有很多男人在观看我，围拢了我，使我无法逃脱。他们开始辱骂我，并且唾弃我，他们的手里拿着石头，在一片叫骂声中，开始用那又圆又大的石头砸我，所有的石头，都砸向我。

我就一下子醒了。

领事馆的翻译朱先生认为，按照汉族人的说法，我是着魔中邪了，是领事馆中的鬼魂附体了，需要驱邪。

朱先生坚决要求，他需要找一个汉族的巫师来领事馆驱邪。艾瑞克觉得这很可笑，但是朱先生一本正经的样子，使我们都觉得这是一个严肃的问题，再说，确实，这座领事馆已经落成了好多年，也许，在那些阴暗的犄角旮旯里，一定生活着一些我们平时看不到的神灵鬼怪。可能确实需要驱除这些妖魔鬼怪。

最后，无论是像格雅勒根这样的喇嘛教的信奉者，还是朱先生这样的对鬼神敬畏的汉族人，以及领事馆的伊斯兰教教徒们，包括我自己这个基督徒都认为，至少应该对领事馆进行一次大扫除，把阴暗的角落里那些累积多年的东西全部清扫出去，这样，艾瑞克和我两个人的状况，就会好很多。

于是一场大扫除开始了。

这次大扫除，把领事馆积累多年的灰尘、垃圾和污垢，以及一些废物，全部给清扫了出来，领事馆中无论是汉族、穆斯林教徒，还是印度教徒和喇嘛教信奉者，都在这些废物和垃圾中寻找着寄居着鬼神并且可能影响领事馆的日常生活的怪东西。

朱先生找到了一些布娃娃，这些布娃娃已经破烂不堪，但是身上却有一些中医用的长长的银针，正扎在布娃娃的身上，这在朱先生看来是最为可怕的。

他一发现这个东西就大喊大叫，“有人实施了诅咒，这是戴安娜夫人身体微恙的原因！你们看，你们看这个奇怪的布娃娃！”

而喇嘛教徒和印度教徒对清理出来的一些牛骨头感到了害怕，尤其是印度教教徒，他们不愿意宰杀“圣牛”，牛骨头就是领事馆里的祸根。

穆斯林教徒对发现的一些古怪的人物画像很害怕，实际上，那只是一些人物肖像油画，但是讨厌偶像崇拜的穆斯林，就认为这些油画被一些邪恶的灵鬼附体了。

我暗暗觉得好笑，因为我知道，自己是陷入了对赛麦台的渴望，以及对这个渴望有可能导致的可怕后果的担忧。

最终，领事馆中没有发现任何的鬼神。当然，有一些积年的垃圾和灰尘现在被清扫出去之后，就彻底干净了。

不过，一天，在艾瑞克不在的时候，朱先生还是带来了一个汉族人巫师。这个巫师穿着道袍，手里拿着一柄木剑，还有一些其他的法器，在领事馆中的后院里开始了驱邪。

我把这个驱邪的仪式，当作欣赏汉族民间文化表演的演出，看着那个自称可以看见鬼神的巫师在院子里来回奔跑，焚香烧纸，浓烈的熏香气味在院子里弥漫，甚至比印度香还要浓烈。

巫师大呼小叫，手舞足蹈，嘴里念念有词，最后，他手中的木剑一下子砍向了铺在一张桌子上的黄色的草纸,上面立即出现了一道深深的血痕。

朱先生大叫:“鬼!鬼已经被斩杀了!”

所有的人都看见了那道在草纸上清晰可见的血痕,信仰各种宗教的人半信半移,但是没有人不表现出对鬼神世界的敬畏。

我都觉得奇特,毕竟,那张黄色的草纸上出现了一道血痕,这也许就是隐藏在领事馆中的鬼魂?好在这下子它们确实被斩尽杀绝了。

现在,所有的人都感到真正地安全了。

艾瑞克做着登山准备的时候,我正在阅读我找到的俄国托尔斯泰爵士所写的小说《安娜•卡列尼娜》的英文本。

过去,我一直没有时间阅读这本书,但是,现在我的心情和处境需要我阅读这本书。英文译本是伦敦一家出版社于 1910 年出版的,布面硬皮精装,虽然有一些水渍,使封面漫漶得有一些发黄,但是从整本书看来,并没有人阅读过它,它非常安静地躺在领事馆的图书室的书架上,没有人动过它,看来领事馆过去的男主人和女主人,对这本书都没有太大的兴趣。

这是俄国的一个安娜的故事。它讲述了一个通奸的俄国贵族少妇的故事——安娜•卡列尼娜由自己的姑姑做主,把她嫁给了比她大二十岁的省长卡列宁,安娜•卡列尼娜和自己的丈夫生活了八年之后,发现她并不爱自己的丈夫,于是就转而爱自己的孩子。

卡列宁很爱安娜•卡列尼娜,但是安娜•卡列尼娜对他没有激情,可是在整整八年的时间里,她并不知道自己的生活中出现了什么问题,她和丈夫以及孩子的生活至少是和谐的,她们没有心心相印,但是至少还可以彼此容忍。

这个年代正是俄国农奴制改革的时期，很多青年男女可以自由地选择自己的恋人，自由地和恋爱的对象结婚，因此，当安娜•卡列尼娜遇到了风度翩翩的新派人物沃伦斯基的时候，他们互相吸引，并且陷入了爱欲的旋涡。安娜•卡列尼娜想要离开卡列宁，准备抛弃一切，和沃伦斯基走在一起。

卡列宁坚决不同意离婚，他知道了安娜•卡列尼娜有了外遇，可是他原谅了她，威胁她即使离婚，孩子也是他的，他会剥夺她已经有的一切。因为在彼得堡的上流社会中，在上层贵族社交场合虚伪的面纱之下，到处都是情欲的勃发与背叛，通奸与偷情。所以，卡列宁以为安娜•卡列尼娜只是有了情人，所以他除了不允许她和沃伦斯基在家中幽会以外，尽量地陪着安娜•卡列尼娜，要使她回心转意。

安娜这个时候已经十分讨厌自己的丈夫，她有了比较才看清了自己的丈夫。在她看来，卡列宁是一个只有功利心的旧式官僚，他除了以为安娜是他的妻子以外，根本忽视她是一个女人，尤其是一个想要热烈的爱情的女人。

可一旦红杏出墙，那就没有回头路了，安娜越到后来，就越想要离开卡列宁，因为安娜和沃伦斯基的事情已经成了彼得堡的上流社会的谈资，有花花公子之嫌的沃伦斯基这个时候勾引了安娜，一度也很认真，但是后来发现安娜要出走家庭、和他在一起的时候，反而犹豫了起来。他确实和安娜的丈夫相反，他倒是看到了安娜的女人的一面，而且也焕发了安娜的母性和深藏在她的内心和身体里面的爱，但是，他并不想为此付出代价——他仍将被安娜这个女人所束缚。

当安娜既被丈夫挤压和抛弃，失去了家庭和孩子，又被自己的情人沃伦斯基的游移和冷漠所伤害，最后又被彼得堡的上流社会拒斥的时候，她选择了自杀——扑向了一辆迎面开过来的火车。

我看完了《安娜•卡列尼娜》，我觉得安娜•卡列尼娜的死非常阴沉，她的处境也确实非常复杂。

但是，我不像大多数人那样痛恨安娜•卡列尼娜的丈夫卡列宁，我觉得卡列宁是一个好人，对家庭有责任，对孩子很好，只是从根本上来讲，他和安娜•卡列尼娜不是一类人而已。

而安娜•卡列尼娜是一个对生活不满足的人，她很认真，最后也死在了自己的认真上面。相反，沃伦斯基是我最为讨厌的人。他勾引了安娜•卡列尼娜，但是却不敢为他的勾引付出代价；他感受到了安娜•卡列尼娜赋予他的爱情，一度也变成了一个专一和忠贞的人，但是当他意识到一旦和安娜•卡列尼娜在一起之后就会受到安娜•卡列尼娜的约束的时候，就无法再忍受安娜•卡列尼娜了。

最后，我对安娜•卡列尼娜这个女人的看法很矛盾，我很同情安娜•卡列尼娜的命运，因为我认为，安娜•卡列尼娜和我一样，完全生活在对理想境界的渴望之中，安娜•卡列尼娜对自身所处的现实社会没有真正的洞察，对现实政治非常的厌恶，对人性中卑污的东西特别的痛恨，这些品质和我都很相像。但是，这些东西恰恰是在世俗生活中是最没有市场的。就像安娜•卡列尼娜一样，她太不懂得妥协与游戏，她要的东西后来也非常具体，可是当她抛弃了自己所有的东西，果断地走向了她以为的应许之地——沃伦斯基的时候，沃伦斯基却并不是她的归宿。她看到了自己的失败，她被两个男人拒绝的同时，又被社会所拒绝，这个时候，安娜•卡列尼娜就没有别的选择了。

我由安娜·卡列尼娜的命运联想到了自己的命运，假如我和赛麦台真的发生了一些什么，我们要在一起，这有多大的可能性？自己真的适合或者说，能够成为一个真正的柯尔克孜族妇女吗？艾瑞克会不会发疯？他发了疯会不会把我杀了？而赛麦台的部族能够接受我这个白人女性吗？赛麦台的未婚妻苏莱卡，会不会自杀——因为他们的婚约是神圣的根本无法解除的？那个预言会有生命之虞的萨满，会不会用火刑把我和赛麦台一起烧死？或者，就像是在我的梦中呈现的那样，我被捆起来，倒骑在毛驴的背上游街示众，最后被男人们用乱石砸死？

所有的事情都是可能发生的。我为安娜·卡列尼娜的命运感到了悲伤，在图书馆安静的房间里哭了起来。

艾瑞克的情况似乎时好时坏，他的情绪很不稳定，你以为他已经好了，可是突然地又有一些变化，他的狂躁和抑郁是并存的，加上我的梦魇，整个八月，给总领事馆带来了令人忧心忡忡的气氛。

而且，进入8月以来，印度那边递来的信件和邮件开始变得没有规律，因为独立和印巴分治的原因，到处都是冲突和匪盗之徒，尤其是克什米尔地区。在未来的时间里克什米尔的前途渺茫，无所适从，成了一个争议的地带，所以英国驻印度政府精心建立的邮路，也遭到了很大破坏。就是在喀喇昆仑山中间，埋伏着一些小股出没的强盗，他们专门抢劫来往的商队和送邮件的人，局势似乎在一天天地恶化。

在这一年的8月，中国内地的国民党军队和共产党的军队冲突加剧，国民党的精锐部队整编74师，此前几个月在一个叫孟良崮的地方，已经被共产党完全歼灭了，局势似乎对国民党越来越不利。

因此，对英国驻喀什噶尔总领事馆比较友好的国民党新疆政府，也会在国共两党的对垒中随着国民党的失败而垮台。这样的话，英国驻喀什噶尔总领事馆，就没有任何存在的理由了。

所以，唯有攀登幕士塔格峰，是艾瑞克和我在喀什噶尔最后的企盼，和最后要做的工作之一。这样我们即使是离开了中亚新疆，也会带着征服了号称“冰山之父”的骄傲，而没有多少悔恨了。

而我也觉得攀登幕士塔格峰，是治疗艾瑞克的精神狂躁和抑郁症的唯一办法，也是使我摆脱自己可怕的梦魇和不断“着魔”的一个机会。

卷五：格雅勒根

贾奈达之城

我是格雅勒根，我的两个主人都有些不对劲儿，1947 年那一年真是不好，事情很多。我都发愁假如我回印度了，我该怎么办，我应该到哪里去。

8 月中旬，英国人、地理学家和登山探险家台尔曼来到了领事馆，我看到我的主人艾瑞克立即变得十分高兴了。他终于停止了对花园中植物上面的小昆虫的疯狂射击，开始和台尔曼一起，研究攀登幕士塔格峰的计划了。这真是一个好事情，我也放心了。要不然，总有一天，他眼睛花了，脑子昏了，把我当一只羊给打死了。

我过去就认识台尔曼先生，他有着一个红红的脸膛，一看就知道他总是在高山地区活动的。他是一个乐观的人，最近一些年，他一直在洪扎一带进行探险和登山活动，他的到来，使艾瑞克攀登幕士塔格峰即将成为现实。

“我一直在等待你的到来，这样我们就可以实现一直的计划，和我最后的梦想了。”艾瑞克很兴奋。

“我们赶紧研究登山的方案吧。”精力充沛的台尔曼说。“确实，印度那边的情形很不好，要尽快实现我们的想法。”

我看到戴安娜有时候也参与他们的讨论，同时因为需要赛麦台做向导，我就专程去山里赛麦台所在的柯尔克孜族人聚集区，找到了赛麦台，通知他下山参加登山队的时间。

就这样，时间一天天地逼近攀登幕士塔格峰的日子了。就好像是所有的人都在盼望着攀登幕士塔格峰，这一天也很快到来了。

我知道，幕士塔格峰在喀什西南边二百公里处的喀喇昆仑山山脉中间，帕米尔高原的东面。那里是石头城——塔什库尔干县所管辖的地区，那个地区也叫色勒库尔。从喀什噶尔看不到这座山峰，因为它被另外的一座山峰——公格尔山峰给挡住了。只有在大山里才可以看见它。

一切准备停当，我们的探险登山队就出发了。这个登山队由台尔曼、艾瑞克、戴安娜、赛麦台、我和宾斯医生，加上一些驮夫组成。

赛麦台不用从喀什噶尔出发，他已经直接到了塔什库尔干，在那里先期等待我们的到来。此外，他在那里要采购一些骆驼、牦牛和马匹，就不从喀什噶尔出发了。

我感觉，如今我的女主人戴安娜的心情很急切，她想尽快地见到赛麦台，但是赛麦台却在塔什库尔干等着我们，这使她有一种紧迫的心情要赶紧到那里去。他们之间要出事情的，我害怕看见这个。

我们是在八月的中旬出发的，这个时候印度已经正式独立了，巴基斯坦（包括东巴基斯坦和西巴基斯坦）也在同一天成了独立的国家，虽然仍旧保留在英联邦国家之中，但是谁都清楚，他们将离英国越来越远，就像是从一块大陆上脱离的一部分陆地，开始漂离英国，直到在漫无边际的海洋上消失。

因此，选择这个时候登山，前去攀登幕士塔格峰是我的主人一次最好的纪念。我看戴安娜明白，艾瑞克的心里一定也想着，他把这次登山当作了对中亚地区的最后眺望，之后我们所有的人都要走了，永远不会再来了。

通向塔什库尔干的道路是一条古老的商道，从古代到今天，有多少人曾经走过这条道路，没有任何人统计过。我的女主人戴安娜告诉我，中国唐代的高僧玄奘，也是通过这条道路抵达了印度，取到了真经。

现在，我、艾瑞克、戴安娜都走在了这条道路上。我看到，随着沿途逐渐升高的海拔，景色也逐渐地变得荒凉。不过，在开始的路途——大约有一百公里的路途，我们是乘坐卡车走的，这样我们的旅途就容易多了。

很快，我们就到了布伦口。这是一个小镇，红色的盖孜河流经这个小镇的边上，现在正是山洪暴发的时候，因此，像盖孜河这样的季节河，正是水流湍急的时期。我在盖孜河的边上看见，这条河流如同鲜血一样红，就觉得有一些头晕。我觉得这是不是预示此行不会那么的顺利呢？

在布伦口，一个当地的商人给我们借了几匹马和六头毛驴。这样，所有的登山用具，现在全部从车上放到了六头毛驴的身上。我的女主人戴安娜的坐骑是一匹栗色的花斑马，十分调皮，它根本就不听话，总是要把戴安娜给甩下马，她花了一天的时间才和这匹马搞好了关系。艾瑞克则选了一匹矫健的黑马，他在马上十分自如。艾瑞克似乎也有一种急迫的心情，要赶紧会一会幕士塔格峰。

前面的路连卡车也不能上去了。于是，我们就骑在马上向前走了。

我们花了好几天的时间才抵达了塔什库尔干，这样算来，我们离开喀什噶尔已经有一个星期了。

从布伦口出发，没有过多长的时间，就可以看见隐藏在公格尔山峰背后的幕士塔格峰的身影。它就像是一座东边有缺口的馒头山，远远地看去并不险峻，但是却暗藏了很多的杀机。因为山峰上有厚度达几百米的常年积雪形成的冰川，山上冰峰林立，到处都是冰川伸出的冰舌、冰河与潜在的冰缝，此外还有雪崩和滑坡，以及高山雪暴的可能，据说此前还没有人登上它的峰顶。

我听我的男主人艾瑞克说，瑞典一个探险家和地理学家叫斯文•赫定的人，曾经试图攀登幕士塔格峰，但是以失败告终了，可见，攀登幕士塔格峰是一项十分艰难的选择。那些白人和我们夏尔巴人比就是显得娇气多了。

越往前走，我就发现沿途人烟稀少，我们只是偶尔碰见一些商队。但是，由于是在夏天，山谷中经常可以碰见突然形成的季节河，河水非常冰凉，也很湍急。我们要骑马或者拉着毛驴过河，并且不断地把毛驴身上的东西卸到马背上，过了河之后，再把东西重新装到毛驴的背上，来回地折腾。

我知道，这一次登山计划，艾瑞克和台尔曼先生准备得很充分。出行之前，我已经详细地检查了，我们的行李中有防寒服、风雨衣、岩石鞋、高山鞋、行囊和防护眼镜，以及冰镐、冰锄、冰爪、各种绳索、钢锥、铁锁、雪铲等登山用具，还有表示雪崩危险的雪崩飘带，加上帐篷、睡袋、炊具以及粮食和肉类，这些东西没有一样是应该缺少的。所以，碰到一些可怕的事情，我们也能够应付。

不仅如此，艾瑞克这次还装备了氧气筒以及氧气面具，因为幕士塔格峰的海拔已经是 7546 米，这样的高度必须预备氧气装备。宾斯医生因为心脏不好，只能待在海拔五千米以下的营地中，所以戴安娜向他学习了如何进行高山救护，以期以防万一。我们的通讯装备主要是彩旗、手电筒、哨子和信号枪，戴安娜还向艾瑞克专门学习了旗语。

“关键是学会需要营救的旗语就行了。”艾瑞克说。当然，这些我都懂得。

至于台尔曼先生，则带着照相机、高度仪、辨向仪和复杂的地图。所有的这些东西，在我们从大本营出发之后，就会由毛驴和马匹的身上，接着慢慢地转移到了我们自己的身上，我们要背着这些辎重，一步步地登上那盼望已久的山巅，冰山之父，幕士塔格峰。它在召唤着每一个人。

我们的队伍翻越了一座又一座山口，抵达了一面湖泊的边上。这个高山湖泊叫作喀拉库里湖。我看见戴安娜忽然变得很激动，因为赛麦台在美丽的喀拉库里湖边等待着我们，他已经把骆驼和马匹准备好了，又和塔什库尔干的地方官员，以及塔吉克族人和柯尔克孜族人的部族首领沟通好了，为我们打好了前站。

根据地图显示，喀拉库里湖海拔有三千多米，它的周围有着一片水草丰美的草甸子，赛麦台就在草甸子等着接应我们。附近还有一个柯尔克孜族人的营地，那里已经响起了鹰笛和热瓦甫的琴声，远处的高山草甸上，白色如棋子一样的羊群，在缓慢地移动。我喜欢这样的景象。

我发现，重新见到了赛麦台，戴安娜的心情十分激动，她喜欢他。这可是麻烦的事情。我是一个仆人，我不希望我的主人最后因为这个分道扬镳。所以，我还要仔细地观察他们，看看他们到底是什么关系。因为有艾瑞克在，她竭力地掩饰着自己的情绪，只是和赛麦台打了个招呼。“啊，赛麦台！一段时间没有见到你，你又变得更英俊了。”

赛麦台亲吻了她的手，“可是这草原上只有你最美丽啊。”他半开着玩笑，目光中含着笑意。

我们就在湖边扎营，艾瑞克去打沙鸡和野鸭了，台尔曼泛舟到喀拉库里湖上去测量水深，戴安娜那个时候才单独和赛麦台待在了一起。我坐在帐篷中的地毯上，要整理所有的东西，看看路上丢掉了什么没有。我注意到戴安娜她又看到了斜挎在赛麦台身上的那个漂亮的胡尔俊，据说这是赛麦台的女朋友苏莱卡送给他的定情物。

“这次攀登幕士塔格峰，我有一些不祥的预感，因为，我们见到了深红色的河流，那像是血液的颜色一般的河流，是不是，格雅勒根？”戴安娜忧虑地说。

“对呀，”我说，“我也有些担心呢。”我把登山主绳重新整理好。

“幕士塔格峰上的女神会保佑我们的，”赛麦台却显得很快活，“在我们柯尔克孜族人的传说中，幕士塔格峰就是一个心地善良的女神变的。”

“可是，雪山经常自己会发怒的。”我抬起头来说。

“我听说，柯尔克孜族人还相信，幕士塔格峰是一座巨大的圣人墓，山顶上有一个果园，还有一个湖泊和一条永远流淌的河流。果园中生活着很多的老人，他们骑着白色的骆驼，看守着吃了可以使人长生不老的李子园。”戴安娜说，“是不是这样的？”

“是的，是有这样的传说，不过，我可不想长生不老，假如不能和喜欢的人在一起的话。”赛麦台看着戴安娜说。

我悄悄地看见，此时，戴安娜凝视着赛麦台。她一定明白赛麦台的话的含义，但是，她无法回答他。因为她最终也会离开这里，即使他们有可能真的发展出来一段缘分。我走了出去，给他们一点机会说话，说不希望我听到的话。

“我还听说，不，是从一个探险家的书中看到的，说在你们柯尔克孜族人的传说中，幕士塔格峰的峰顶是一座城市，它的名字叫作‘贾奈达’，这个城市里的人，都是永远不死的人。”戴安娜在帐篷里说。

“是的，传说那里有这样一座城市。我们爬到了峰顶，就会看见这座城市的，也会成为它不死的臣民了。不过，在那样的城市里待久了，即使永生，也会腻烦的。”赛麦台说。

“你有你的苏莱卡陪你，你们是不会孤独寂寞的。”听上去，戴安娜自己的心里现在很乱，她不知道该如何应付赛麦台了。

假如真有这么一个贾奈达之城，我倒是愿意待在那里，不用吃饭，不用想任何事情，每天只是看守一个李子园，这对于我这个夏尔巴人是多好的工作啊!

“我们还是到湖边散散步吧。”她接着说。“格雅勒根！你帮我拿一些吃的东西和毛毯，跟我们去湖边走走！”她又冲外面的我喊。

“好的，夫人！”我高兴地回答。看来夫人希望我总是跟着她，不要叫艾瑞克有什么疑心，或者赛麦台有什么不轨。

他们两个走在前面，我跟在他们后面十米远。

在喀拉库里湖的北面，幕士塔格峰静默地耸立在那里，似乎又漂浮在我们的头顶。在湖水中，可以看见它的倒影。喀拉库里湖至少有十平方公里的面积。空气有一些稀薄，但是阳光很强烈，把绿色的草甸子给映照得十分的鲜明。风忽然变热了。

他们在湖边漫步，我拿着东西跟着。这个时候，戴安娜和赛麦台都没有说话。戴安娜忽然旋转了起来，在跳舞，说明她心情好——也许，戴安娜觉得心里无比的甜蜜和宁静？也许，她这种感觉是和周围的大自然息息相关，她甚至认为现在她看到的美景，是她一生中看到的最美的地方？

不过，在我看来，眼前只是山峰、湖泊和高山草原，还有阳光和流云。台尔曼先生的小船在湖上飘荡，很远的山坡上，偶尔传来艾瑞克打猎的枪声。

而且，那些野鸭也飞过了我们的头顶，戴安娜和赛麦台假装用手比画着，模拟用枪射击这些野鸭。野鸭呱呱叫着四处飞散了。这样瑰丽的景色今后也不会再有了，因为肯定在不久之后，我们都要离开这里。

我看见戴安娜可能想到了这些，忽然轻轻地叹了一口气。

“你为什么会叹气？”我听见赛麦台问她。

“因为这里的风景今后不会再属于我了。”她有一些忧郁，但是，她立即又快活了起来，“我想到湖里游泳。”

“这可不像是上次在那个瀑布形成的小水潭里，这湖水非常凉，我看，你还是待在岸上吧。”赛麦台爱惜地说。

戴安娜没有听赛麦台的话，她觉得这个时候下水可以领略到这个高山湖泊的最动人的地方。因为没有带游泳衣，附近也没有换衣服的地方，她叫我用毛毯围成一个屏障，在屏障里，她就把外衣脱了，交给了我，自己穿着一件衬衣和扎口的短裤就下水了。

我在湖边用手试探着摸了一下水，那湖水很凉，有一种刺骨的寒冷。

但是，戴安娜却仍旧向水深的地方游去。

看来很快，戴安娜就适应了水温。

湖水十分清澈，她潜入水底，应该可以看见湖底的颜色，那种淡黄色的沙地。这样的高山湖泊是没有什么游鱼的，因为海拔太高的原因，鱼类生存十分困难。我的女主人戴安娜的游泳技术很不错，她身体看来非常好，她就那样悠闲地在湖水中游着，根本就不怕水冷。当然，中午的太阳很热烈也是一个原因。

而从湖水中观察，附近的冰山似乎是从湖泊中长出来的，完全地与湖水融为了一体，非常美妙。这样的时刻是不多，我们的心境与这面美丽宁静的湖泊是一样的。

忽然，艾瑞克在远处呼唤我。难道，他又打着了猎物，需要我去帮忙拿了？我站了起来，把戴安娜夫人的东西交给赛麦台，向艾瑞克跑了过去。

卷六：赛麦台和戴安娜·安普顿

猎户星

看着戴安娜游远了，格雅勒根向艾瑞克那边跑过去了，赛麦台盘腿坐在湖边，手里拿着戴安娜的衣服。于是，他忍不住把她的衣服放到了自己的鼻子跟前，轻轻地闻了闻。

那是一种成熟女人的香气。看来，戴安娜不管到了哪里，早晨的时候都会往自己的衣服上撒一些香水，这种清新淡雅的香气使赛麦台感到了沉醉。他为戴安娜入迷，但是他知道，无论是他还是戴安娜，都在控制和压抑着对对方的激情。问题很简单，戴安娜是一个已婚的英国妇女，而他，也有自己的未婚妻苏莱卡，他们都生活在自己的藩篱中，他们又有多大的勇气冲破这些藩篱呢？可能，他们永远也不会越过这些底线了。

戴安娜向湖中心游了一会儿，她就又向岸这边游过来了。

她很快上岸了，湿漉漉的躯体上，她的衬衣和扎口短裤已经贴紧了她的身体，使她的身体曲线完全暴露了出来，这一幕，赛麦台是见过的，就在不久之前，他们在喀什噶尔西北部的那个高山瀑布下面的小湖中，戴安娜同样也是这样上岸的。

赛麦台赶紧给戴安娜披上了衣服，她冷得直打哆嗦。

“湖水里好像没有鱼。”她说。

“真的没有鱼？”赛麦台觉得很奇怪，“附近的柯尔克孜族人有时候也从湖里打鱼的，他们也吃鱼的。”

“我没有看到有鱼。啊，艾瑞克他们下来了。”戴安娜看见前面的山坡上，下来了两个小黑点，那是艾瑞克和格雅勒根。

他们很快走近了，格雅勒根的两只手里拿着野鸭、雪鸡和沙鸡，他们是满载而归。艾瑞克很高兴，因为看来他是弹无虚发，“赛麦台，你要是和我们去就好了，那边的野鸭和雪鸡简直太多了，打都打不完。尤其是沙鸡，你开枪打死了一只，所有的沙鸡却仍旧站着不动弹，它们可能以为死去的同伴还活着呢，根本就不逃跑，你只管开枪就行了，像是打靶子一样一个一个地消灭它们！”

“今天我们的晚餐一定很丰盛。”戴安娜微笑着说。

他们在喀拉库里湖休息了一晚，第二天，就启程抵达了塔什库尔干。这是一个多民族混居的县城，有汉族、塔吉克族、柯尔克孜族和维吾尔族、藏族人等等。当地的官员举行了热烈的欢迎仪式，来欢迎他们的抵达。在这里的他们唯一的邮站负责人阿里，也在欢迎的队伍中。

戴安娜却很害怕这种热闹的场景，这使她觉得他们就像是马戏团的演员，一下子，全城的人都出来观赏他们，把他们放置在注意力的中心。

由于没有封闭的客栈，所以阿里已经在自己的屋子旁边留出了扎营的地方，格雅勒根和阿里很快就搭起了两顶帐篷。当地的汉族官员和少数民族的部族首领，为他们准备了欢迎的宴会。戴安娜觉得很累，她就没有去参加这个宴会，把应酬和受累的事情交给了艾瑞克和台尔曼。

他们要在这里待上两天，之后才前往幕士塔格峰。

趁着有空闲的时间，戴安娜就叫赛麦台带着她，到塔什库尔干附近走了走。塔什库尔干的意思就是石头城，果然，戴安娜看到了这里到处都是又圆又白又大的石头，几乎没有太多的树木，居民的房屋和官府的建筑，大都是用这样的石头垒成的。

一座建造于中国晋朝和唐朝的古老的石头城桓，虽然已经完全废弃了，但是仍旧雄居于一座雪山下面的一个高坡上。这里是通向克什米尔地区的要塞，也是中国汉代西域三十六国之一的蒲犁国的王都。唐代在这里设了葱岭镇，说明两千多年来，中国都断断续续控制着这个要塞。附近的山坡上，可以看见另外一个中亚的高山民族塔吉克族牧人在放牧，他们的牛羊已经漫卷了附近的草原。

按照礼仪，第二天，艾瑞克回请了当地的官员。宴会就设在他们临时搭起的帐篷中，由戴安娜和格雅勒根一起，做了有三道菜的英国和印度风味混合的菜肴。

客人们走了以后，突然刮起了大风。大风几乎要把整座帐篷都给吹走，灰尘布满了空气中，戴安娜觉得极其呛人。似乎世界的末日到了，戴安娜睡不好，但是艾瑞克却能够呼呼大睡，好像根本没有听见似的。

他们正式出发了。因为心脏不舒服，经过商量，他们要宾斯医生先期回去了，他的心脏现在不太好。

现在，登山队由五个人组成：登山队队长艾瑞克，副队长台尔曼，队员戴安娜，助手格雅勒根，向导赛麦台。登山队没有雇佣驮夫是因为驮夫们都害怕靠近幕士塔格峰。在当地的人看来，试图攀登幕士塔格峰完全是疯子要干的事情，他们根本就无法理解这些外国人的行为，因此就不愿意和他们一起去“送死。”

重新出发，他们每一个人都很激动，连平时沉默寡言、性格坚忍的格雅勒根，也在唱着歌。离开了石头城，周围的景观立即变了，四周很少有人烟，大地一片荒凉。他们选择了一条直接通向幕士塔格峰的近路走，需要翻越连续的山峦。一开始他们就在往山上走，他们进入了一段沙地，这段路走起来很困难，即使是他们骑着马匹，也觉得很缓慢。

道路似乎没有尽头，而空气开始变得干燥，和这个明媚的夏天很不协调。远处的大地上方浮动着一层蜃气，使景物在蜃气中游动与变形。

他们的征程开始了。

第二天，他们走过了沙地，沿着一个断层地带，围绕着远处的幕士塔格峰在迂回前进。戴安娜发现，随着他们的前进，幕士塔格峰的身姿也在不断地变化，一开始是馒头的形状，中间有着一个弧形的巨大缺口，当他们走到了另外一侧的时候，发现它又变成了三座相连的山峰，上面有一面缓缓上升的冰坡，一直延伸到海拔 7546 米高的峰顶。那个冰坡，似乎是无人能够征服的。

他们来到了一个叫喀拉苏的小村子，可是这个地方竟然没有人。当地的塔吉克族牧人可能全部到夏牧场去了，只有空空的简易帐篷。他们的骆驼和马匹需要饮用水源，戴安娜也需要喝上一杯热茶，于是，他们在这里休息了一晚。

晚上，天气变得十分闷热，艾瑞克和赛麦台都断定天气将变坏。果然，第二天早晨出现了绢云，并且黑云增多，还暴怒地翻滚着徐徐下降。很快，四周刮起了大风，风真的像是刀子一样切割着他们的脸，远处的幕士塔格峰已经完全被云雾所笼罩了。

“那边有暴风雪。”赛麦台眯着眼睛，观察着天气的变化说。“我们一定要继续登山吗？”

“一定要继续前进。”艾瑞克不容置疑地说。

这个时候，戴安娜开始有一些担心。“赛麦台，天气真的会很糟糕吗？”

“是的，你看，在太阳的四周一圈，被一个很大的晕圈所包围，这就是刮大风的信号。”赛麦台继续观察。

“这大风会持续一阵时间，”台尔曼也观察着说，“日晕的影子说明了这一点。我们要尽快建立登山的营地。”

“对，我们需要尽快建立营地。”艾瑞克也说。

通往幕士塔格峰的道路，有一条是从央不拉克山谷上去的。所以，他们决定在央不拉克山谷建立自己的大本营，然后从那里对幕士塔格峰发起冲锋。通往央不拉克山谷的道路是崎岖不平的，而且还要翻越海拔5000米的一个山口，戴安娜却觉得呼吸很不顺畅，她就像是到了岸上的鱼一样，大口大口地呼吸着。

艾瑞克叫赛麦台殿后，负责戴安娜的安全，他们五个人，带着驮着粮食、燃料和氧气装置的马匹和骆驼、牦牛，艰难地行进。艾瑞克走在最前面，台尔曼随后跟着，格雅勒根身上背着装有照相和通信器材的大背包。在高山上，最能显现自己的耐力的，仍旧是格雅勒根这样的夏尔巴人。其次，在高山上生活的柯尔克孜族人也是登山的好手。在这一点上，白人要差一些，不准备氧气面罩，他们根本就无法登上海拔 6000 米以上的高峰。

“我都快要憋死了。”戴安娜没有想到这里的空气如此地稀薄，就像是空气中没有氧气一样。

“要用氧气吗？”赛麦台问她。他们拉着马的缰绳，在一步步地向前走。

“不用，否则我就依赖氧气了。”戴安娜坚强地说。

他们越是靠近山脊，风就越大，但是当他们跃上了山口的时候，戴安娜又看到了令她难忘的风景。就像是对他们备尝艰辛的补偿，大地在他们的面前展现了最开阔和最壮丽的风景，仿佛 360 度的风景围绕着他们，戴安娜看见了附近所有的雪山、冰河、冰川、巍峨的山峰和峭壁，以及太阳光在这些大地美景上铺设的光辉，所有的中亚帕米尔的美丽景色，都被收在了一个镜框中，被他们所看见。

“太美了！”戴安娜惊叹到，“我已经忘了我的难受了。”

“我们还要走多久到达下一个站点？”艾瑞克问。

“还要一天时间，就能抵达央不拉克了。”赛麦台说。

他们离开山口，向一条山谷走去，在那里发现了一个开阔的有水有草的地方。这是高山冰河的功劳。在一些冰河徘徊的山谷，它就可以造就这样的水草丰美之地，像是上帝突然给铺设在他们面前，专门供他们休息一样的地方。在这个地方，他们准备休息一个晚上，明天就可以抵达央不拉克山谷顶端的站点了。

为了节省燃料，格雅勒根没有使用煤气炉子，而是去附近的山坡上找到了一些牦牛粪，立即烧好了茶——戴安娜最需要喝茶了。而艾瑞克和赛麦台去猎杀了一头岩羊，他们的晚饭就是烧烤岩羊。岩羊肉特别粗糙，戴安娜想，要是和平地的肥硕的绵羊肉一起烧烤，岩羊肉就好吃多了。

“在央不拉克那里，应该有我们柯尔克孜族的牧人，在那里建立营地是合适的。”赛麦台说。

晚上，天气突然变好了。赛麦台带着戴安娜，站在宿营地外面，可以清楚地看见猎户星座。猎户星座一共有七颗星星，两颗一等星，五颗二等星，在这个季节是那样清晰地显现在幽蓝色的天幕上。

“这是我的守护星座，猎户星座，”赛麦台指着天空说。“一共有七颗星星，你看！”

“你的星座——它们现在好像是蓝色的啊！”戴安娜很吃惊，“猎户星，是你的守护神吗？”

“对，你看，那七颗星星，多么的明亮，显示了我要有好运气了。”

“猎户星，现在，它们距离我们那么近，好像我一伸手就可以摘下来一样！”戴安娜说。她向那猎户星伸出了手，企图摘取它们，她确实似乎触摸到了猎户星，那闪亮的猎户星。

夜里，戴安娜做了一个梦，她梦见了那只她在印度的时候，就曾经多次梦见过的白色老虎。白色老虎是从猎户星座上下来的，它现在正在高高的雪峰的峰顶，向着她探视。这一次，没有人向它开枪，它也没有从山上掉下来。

然后，白色老虎自己飞升了起来，朝着猎户星的方向飞去，消失在了幽蓝色的天幕中。只有猎户星座在一闪一闪地闪烁着。

清晨，浓重的雾霭和尘霾掩盖了幕士塔格峰的面目，戴安娜看不见它了。“你看，我们看不见幕士塔格峰了。”她对赛麦台说，“我忽然感觉，我们这次攀登似乎不会太顺利。”

“你是不是梦见了你过去说过的什么白色的老虎？”赛麦台忽然问她，“觉得我们的征程不会顺利？老虎给你说什么了？”

“是啊，我昨天晚上梦见白色的老虎了。”戴安娜觉得很奇异，“梦见白色老虎，对于我都是很大的暗示。”

“可是我也梦见你说的那个白色老虎了。”赛麦台呼了一口气，“一只白色的老虎，在高高的山顶上对着我们的营地看。”

“啊，那我们会出事吗？”戴安娜不安地问，“天气如果继续变糟糕的话。”

“主要是看天气的变化了。这两天的风雪使雪崩的危险大大增加了，所以，我们要加倍的小心。”赛麦台说。

他们又起程了。很快，他们在行进的途中遇到了一条冰河。冰河在一面狭窄的山谷中奔涌而下，河水的颜色是一种奇异的幽蓝色，和蓝色的冰川是一样的。

戴安娜看到这条蓝色的冰河就想，难道，这冰河就是她和赛麦台梦见的白色老虎？她看见，冰河中分布着巨大的石头，可以当作渡过冰河的石桥。他们拉着马匹、骆驼和牦牛要在石头上跳跃，才能够走过冰河。

一匹马害怕冰河的水流，它死活就是不肯过河，结果掉到了河里，立即被夹杂着冰块的河水给带走了。马的凄惨的嘶鸣十分震撼人心，戴安娜看见，冰河很快就把那匹马冲撞成了一些碎块，在蓝色的水流中，被带向了不可知的地方。

这天的下午，他们来到了央不拉克山谷，这里的海拔是4200米，山谷背风，是一个适合扎营的地方。

他们本来准备要凭借当地的柯尔克孜族人的帮助在这里好好地补充给养，但是，他们在山谷中只发现了一顶柯尔克孜族人的帐篷，而且男主人还不在家，只有一个女主人带着三个孩子。她一开始很害怕，当赛麦台和她说了一番话之后，这个女主人的情绪稳定了，并且立即给他们埋锅做饭。

戴安娜给她送了一些茶叶和银饰物作为礼物，女主人显得很高兴。她的头饰很漂亮，以前，戴安娜在一些图片上见过这样的头饰，没有想到在这高山上见到了，她仔细地抚摸和打量着这个头饰，欣赏着柯尔克孜族妇女的巧夺天工。

“她的丈夫已经下山了，因为山上起风暴了，她本来马上也要下山，但是我们要在这个地方扎营，所以她准备为我们提供帮助，多待几天。”赛麦台和女主人聊了一会儿，过来对艾瑞克和戴安娜讲。

艾瑞克很高兴，“这个地方适合做大本营，我们明天就可以向幕士塔格峰发起挑战了。以前从来没有人攀登上幕士塔格峰，现在，这个记录即将被改写了。”他的兴奋也感染了台尔曼先生和其他的几个人，大家都很兴奋。他们确定了明天开始冲击和攀登幕士塔格峰的顶峰。

“我看，戴安娜夫人还是不要上去了。”赛麦台忽然说，“天气似乎很不好，这暴风雪会使雪崩的危险大大地增加了。而且我们前去的道路上，也有很多的冰缝和冰坡，再说，过去还没有一个人登上过幕士塔格峰的。”

大家都把目光放在了戴安娜的身上，艾瑞克也看着她，他想了一下，“戴安娜，你要不然……”

“不，我一定要自己上去。我要当第一个登上幕士塔格峰的英国女人。”戴安娜坚决地说。

这是一个值得纪念的早晨，他们五个人准备好了六天的给养和干粮，带着两头牦牛出发了。在牦牛身上驮着主要的登山装备，而马匹和骆驼则无法在海拔更高的地方，施展它们的才能了，这个时候，只有牦牛是最忠实可靠的伙伴。

他们按照计划，准备在海拔 5200 米的一个背阴的山坡上，建立一号营地。

他们从央不拉克山谷里那户柯尔克孜族人的帐篷出发的时候，那个满脸都是烟火灰的女主人悲伤地看着他们前行，仿佛是他们真的要去赴死一样。前面的路途已经变得相当艰险，不可预测。虽然暴风雪已经停了，一眼看去，真是晴空万里，但是这其实意味着会有更多的危险存在。

所有的人都披挂整齐，完全是一幅登山的装备和披挂，他们穿上了登山鞋和防寒服，个个手里都拿着冰镐拐杖。出发没有多久，前面就有一面冰川阻挡着他们的道路。他们只能够绕行，在一面缓缓上升的雪坡上前进。

艾瑞克走在最前面，台尔曼紧随其后，第三个是格雅勒根，他牵着一头牦牛，牦牛的鼻子上的软骨中间穿着铁环，身上背的都是东西。

戴安娜带着防护镜走在第四个，赛麦台殿后，他也牵着一头牦牛。在雪坡上行走也是十分困难。他们的行迹如同蜗牛一般，没有过多久，戴安娜就落在了后面，赛麦台紧紧地跟着她。

“你要把呼吸调整好，呼吸不要比步调快，也不要比步调慢，要一样的速度。身体重心随着脚步的落点而移动，不要用脚跟或者脚尖走路，腰要微微地弯曲。”赛麦台耐心地纠正着戴安娜的动作。

确实，登山是需要相当长的时间专门训练的，即使她的丈夫艾瑞克是一个职业登山家，而算不上是一个好的职业外交官，即使他经常给戴安娜讲述登山的情况，对登山也已经耳熟能详的戴安娜自己也翻越过骇人的喀喇昆仑山的很多大坂，但是，真正向一座高海拔的雪峰攀登，以前还没有过。她觉得自己现在头疼欲裂，可她暗暗下决心，一定不叫苦连天，一定要坚持到登上峰顶的那个时刻。

也许，人生的最绝佳和最美妙的时刻，可能都比不上跃上雪山顶峰那一刻的欢欣，其实，登山也是一个人生历程的象征，你经过了千难万险，终于抵达了山峰的顶端，超越了个体生命的生命力的极限，你获得的，一定是个体生命中最令人满足的东西，也赢得了真正的尊重与赞扬，所以，才有那么多的人要不懈地攀登山峰的峰巅。

冰山之父

他们在建立一号营地之后都累垮了，因为这一段路已经被冰雪完全覆盖了，每一个人的步履都十分艰难了，负重的牦牛都显现了垂死的迹象，所以，他们每一个人都帮助牦牛分担了负重的东西。格雅勒根用头上的一个头箍，顶着东西，戴安娜也背着给养和一个急救箱一步步地向前走。所以，当他们到达一号营地并且搭起了帐篷之后，都累坏了。赛麦台和格雅勒根赶紧又用积雪建立了一面防护墙，还挖了防水沟，以防暴风雪来袭。在这海拔五千多米的高处，空气变得十分稀薄，除了格雅勒根，其他的人都出现了高山反应，头晕、恶心、呼吸困难，以及心跳加快。

晚上，帐篷外面果然刮起了很大的暴风雪。艾瑞克一边系着登山绳结，一边和大家商议，他建议由他和台尔曼，以及格雅勒根三个人继续前进，去攀登幕士塔格峰，而戴安娜和赛麦台回到大本营去，因为天气的变化太剧烈，互相很难照应了。如果戴安娜要登山，只会增加负担。

他的提议也得到了赛麦台的同意，因为前面的路确实是最难走的了，弄不好就会出危险。

“我不同意，我一定要登上幕士塔格峰。我肯定不会成为负担的。”戴安娜的态度很坚决，这使得艾瑞克不得不又寻求帮助似的看着台尔曼。

台尔曼想了一下，他知道自己也无法阻拦戴安娜，再说他们已经上到了这个高度，回大本营也同样很危险，不如继续前进。“艾瑞克，我看就让她和我们一起登山吧。戴安娜的身体状况还可以，我同意她继续登山。”

艾瑞克想了想，“好吧，那我来照应她，她和我一起上去。”

在一号营地，半夜的时候，暴风雪停了，从睡梦中醒来的戴安娜听见了一种声音，她看到，有一把小铁锨在挖掘着他们帐篷门口的积雪。过了一会儿，是赛麦台的脑袋探了进来。“你看，积雪已经把你们帐篷的出口都给掩埋了。”

戴安娜回头看到艾瑞克睡得很香，她就一个人钻出了帐篷。外面的空气很冷，而且非常的清冽，戴安娜出了帐篷，一眼就看见了高高地悬挂在天空中的月亮，它那么明亮，那么的清晰，甚至连上面的环形山都清晰可见。月亮的光辉使附近的雪峰和雪原变成了梦境中的境地，风景是梦境中才可能出现的一种幽蓝色。

他们呼着可见的白气，为眼前的景物惊叹。

“想不到，夜晚的月亮这么美。”戴安娜由衷地赞叹到。

“你以前一定没有到海拔这么高的地方，看见这样的月亮。”赛麦台说。“你看这样的月亮，有什么想法？”

“你是不是想念苏莱卡了？”戴安娜故意问他。

“你知道我在想念谁。”赛麦台说。

天亮了，登山的队伍继续出发。在白雪皑皑的山上行走，从远处，或者飞翔的雄鹰的视角看，他们只是五个蠕动的小黑点，会随时被山神所吞没。

而海拔在不断地升高，在登山的路途中，每标高增加三百米，就需要一个小时的时间，所以路途是十分艰难的。

他们现在离幕士塔格峰已经不远了，似乎真的是触手可及，但是他们要到达顶峰，仍旧需要好长的时间。在幕士塔格峰的两个峰脊之间，有一道绵延而下的冰川，挡在了他们的前面。冰川形成了很多冰柱裂隙和冰瀑布，尤其是冰瀑布，远远地看去显得特别壮观，近处观瞧就更加壮观。

一层层的冰似乎是瞬间就冻结了，展现了惊心动魄的冰川之美。

忽然，上方传来了震耳欲聋的声响，原来是冰川的一角，因为无法承受融化的冰块的重力，突然地崩塌了。他们的队伍立即乱了，眼看着从上面滚下来很多冰块的碎渣向他们扑来，牦牛更是十分惊慌，两头牦牛都脱离了主人的手，疯狂地向前面跑去。登山队的人员赶紧在一些岩石后面躲避冰块，赛麦台一把把戴安娜按在了身下，在他们的头顶，一块巨大的冰块呼啸着飞了下去。

他们躲过了冰川的崩塌，但是，艾瑞克忽然看见前面的一头牦牛一下子就不见了。他赶忙走到了牦牛消失的地方观瞧，自己的脚下也打滑，他赶忙撑住了自己的身体，大声地喊：“快来帮帮我！”

几个人赶紧来到了艾瑞克的跟前，看见他已经掉到了有一米宽、却似乎没有底的冰缝里。刚才的崩塌震落了覆盖在冰缝上面的积雪，冰缝就出现了。艾瑞克顽强地用脚和手撑住了自己，使自己没有掉进去，下面则是黑乎乎的没有尽头的深渊。而刚才那头牦牛已经无声无息地消失在下面了。

台尔曼甩过来绳子，套在了他的身上，众人把艾瑞克拉了上来。

这真是十分惊险的一幕，他们损失了一头牦牛。幸运的是，没有失去一个人。

在他们松了一口气的时候，可以看见远处的幕士塔格峰的山坡上，发生了巨大的雪崩，声音如同打雷一般震天动地。一股雪的洪流，沿着一条山谷，摧枯拉朽地冲了下来，势不可挡，把一条山谷给填满了。所幸的是他们离开那里很远，那边的雪崩不会把他们席卷而去。

“看来，情况比我们预料的要坏。”艾瑞克忧愁地说。“我们要尽快建立二号营地，然后向顶峰发起冲击。”由于前面的道路绵长，他们开始使用登山主绳，在雪地里拉开了登山的散兵线。

二号营地在下午的时候建立了起来，这个地方海拔已经有六千多米。帐篷搭了起来，太阳还没有落山，戴安娜在山坡上看到了更为美妙壮阔的风景。多年以后，她仍旧无法忘怀那天她所看见的风景。

从这里往上，就是幕士塔格峰了，他们现在几乎已经站在了幕士塔格峰的肩膀上，可以看见不远处同样标高七千多米的公格尔峰的雄姿。那边山峰相连，起伏如同人的手臂，尤其是公格尔九别峰，更是冰峰林立，一共有九座山头。附近全部是古老的冰川，冰川伸出来的冰舌一条条地从山峰上拖曳而下。山脊上可以看见褐色的冰塔和冰帽，附近完全是白色的世界，她的视线还可以看见远处的平原和丘陵，那边已经是俄国人的土地了，颜色呈现出褐黄色来。戴安娜忽然觉得自己在旋转，自己这个时候是大地上面的一粒极其渺小的尘埃，在大自然的鬼斧神工面前，完全不值一提。

他们在二号营地休息了一个晚上，决定第二天向幕士塔格峰的峰顶冲刺。由二号营地沿着一条山脊线上行，预计需要六个小时的时间，他们就可以登上幕士塔格峰的峰顶。这一天晚上，他们睡得都很香甜，部分的原因是因为高兴，此外，高山缺氧也使他们的大脑特别容易困倦，戴安娜觉得自己反应变得很慢了，他们互相说话，彼此都似乎过了好多秒，才理解了对方的意思，似乎时钟在这个高度，都渐渐地慢了下来。

早晨，天气很晴朗。他们很早就起来，吃了一些固体食物加上新雪，嚼起来口感很好。然后，他们准备冲刺了。

“我们向峰顶进发吧。”艾瑞克背着他的行囊，欢快地宣布。

艾瑞克带着戴安娜，走在队伍的最前面，台尔曼在第三个。赛麦台走在第四个，他拿着摄影和照明器材。格雅勒根走在最后一个，他身上的东西最多，在这个高度，他似乎很疲惫，也感到一些疲倦了。

他们在出发两个小时的时候，又遇到了一场雪崩。

“注意沿着山脊前进！”赛麦台大声地呼喊着，大家立即注意到前面发生的状况，所幸的是他们躲避十分及时，没有受到直接的打击，但是台尔曼的胳膊被凌空飞来的一块雪块给砸中了，他的左手已经吃不住劲了，经过了戴安娜的包扎，算是好了一些。

“你先回二号营地吧。”艾瑞克决定让台尔曼一个人先回到二号营地，“因为你的伤势已经不允许你继续登山了，前面的路途都是要用手抓住主绳索的。”

“好吧，”台尔曼十分痛苦地答应了。到了这个高度，谁都不愿意走回头路的。但是台尔曼知道他的伤意味着什么。

“下山的时候，注意冰坡和冰缝！”赛麦台大声地叮嘱着台尔曼。台尔曼作了一个胜利的手势，缓慢地消失在一片白雪皑皑的世界中了。

大家十分遗憾地看着乐观的台尔曼一个人孤零零地向山下走去，然后继续前进。他们现在离幕士塔格峰越来越近了。

“几个小时之后，我们就可以登上顶峰了。”绕过了一面滑溜的冰川，走在一片雪原上，现在可以看见平缓的幕士塔格峰的峰顶。艾瑞克高兴地说，“你看，我们胜利在望了，戴安娜。”

戴安娜走在艾瑞克的身后，“我们真的快要登上峰顶了吗？”

“还要两个小时，我们就成功了，只要我们绕过这个斜坡。”艾瑞克说。

这个时候，赛麦台从后面追了上来，“艾瑞克先生，这个斜坡很危险，我们应该从另外的一条路走。”

艾瑞克想了一下，“那样的话，我们会多花半天的时间，不行。”

赛麦台十分焦急：“我们还是走安全线路的好，不能抄近道，那边的路很危险，我们无法抵御随时可能发生的雪崩的。”

戴安娜也说，“艾瑞克，你能不能听听赛麦台的？”

艾瑞克这个时候自负地笑了，“我是队长，你们要听我的。我的经验告诉我，就应该走这边的斜坡。”

他们只好沿着艾瑞克决定的路线前进。一个小时以后，他们确实离幕士塔格峰越来越近了。格雅勒根的状况很不好，他被远远地抛在了后面，因为他背的东西太多了。

“我们等等他吧。”戴安娜停下脚步说。

“不行，你看，我们快要胜利了！”艾瑞克求胜心切地加快了脚步。但是在后面的赛麦台感觉不妙，似乎周围的雪原危机四伏。

“注意脚下！”赛麦台大声说。而也就是在这个时候，艾瑞克忽然觉得脚下一陷，没有抓好主绳，他已经连同一块雪块掉了下去，紧紧跟在艾瑞克后面的戴安娜也一起掉了下去，掉进了一个隐藏得很好的冰缝里。

此后，所有的时间和空间都停顿了，他们失去了知觉。

这个时候，似乎时间暂时停止了，在跌落进无尽的黑暗的瞬间，戴安娜忽然回忆起来，她自己很久以前已经经历过的事情：在1917年的私奔中，在喀喇昆仑山也发生了一场雪崩。现在她想起来了，那个时候她叫玛密雅，而赛麦台，好像叫阿克萨。

1917年那年，当古南土王知道他们私奔了之后，大为恼怒，派人把阿克萨已经转卖的店铺也给烧了，并且派出一队精锐的骑兵在他们后面紧紧追赶。这个事件很快就传遍了整个列城，人们为他们的勇敢感到高兴，暗中希望古南土王不要抓住他们。

追兵肯定是抓不住阿克萨的，因为阿克萨对这条路简直太熟悉了，每一年他都要往返两趟，即使是骑兵们发现了他们，在崇山峻岭当中阿克萨也有把握逃走，他熟悉一些躲避强盗和雪崩的小路。

一路上他一直没有停歇，所以一直没有看到追兵们追上来。当他们翻越了喀喇昆仑山大坂之后，很快进入到中国境内，阿克萨决定歇一歇了。在马背上一直不停地颠簸了两天，玛密雅的身体状况很不好，她高烧不退，而且嘴上起了一些晶亮的水泡，即使她不断地喝水，也无济于事。

阿克萨找到了一个高山放牧人搭建的一座土房子，打算在这里休息休息，而玛密雅已经处于高烧的谵妄状态中，开始说一些胡话。他们休息了整整一天，到了早晨，玛密雅的情况好一些了，但是高烧仍旧没有退。

“阿克萨，我最爱的人，我可能走不动了，我没有想到我的身体这么糟糕，我可能走不到喀什噶尔了。”玛密雅在马上衰弱地苦笑着。

阿克萨感到了一阵揪心的疼痛，在高寒地区，发烧是最可怕的事情，一般都会导致肺水肿或者脑水肿，而玛密雅的状况是越来越糟了。他们已经到了前不着村后不着店的地区，前进和后退是一样的。阿克萨按照自己的经验，给她煮了红糖大吉岭茶水，她喝了之后感觉好多了。他们的另外两匹马已经很疲惫，它们也不太适应这里的气候。

“你的身体看来不行，玛密雅，要不然，我再送你回列城吧，我现在对我们两个走完全程、到达喀什噶尔也没有信心了。”阿克萨忧心忡忡地说。

玛密雅温柔地摸着阿克萨的脸，“你害怕我死了，对不对？你爱我，对不对？”

“当然，”阿克萨觉得很难过，似乎他们就要永别了。他有这个预感，这个私奔的举动看来太冒险，自己死了倒没有什么，可是不能让玛密雅和自己一起死了，阿克萨抱紧玛密雅，策马继续前进。

在喀喇昆仑山的腹地，他们遇到了最糟糕的事情，山上起了大风，很快又下雪了，于是就变成了雪暴，雪暴把天与地之间全部覆盖成白茫茫的一片，雪片大如棉花，一团团地往下落。

玛密雅用手接到了一团雪花，真是吃惊不已。“我从来也没有见过这么大的雪花。”

“我也没有见过，”阿克萨担忧地说，“我们不能再往前走了。”

阿克萨找到了一个可以躲避风雪的山凹处，在山岩后面背风的地方，搭建了一座小帐篷，打算在这里度过风雪天。可是没有想到，这雪一下就是一天，甚至把帐篷都快给埋住了。在帐篷外面的三匹马被风雪弄得十分狂躁，突然，一匹马带着他们的粮食和水，挣脱了绳子，在山上狂奔，很快一蹄踩空，掉到了山崖下面，悠长的嘶叫十分惊心动魄，在山体之间回荡。阿克萨把玛密雅抱得更紧了。

晚上，他们拥抱着一起说话，玛密雅根本就睡不着。半夜，他们都听到了山上一阵轰隆隆的响声，阿克萨明白，是雪崩发生了，而且就在他们的头顶。这是毁灭的一刻，玛密雅已经没有力气了，但是她仍旧睁大了眼睛，听着雪崩的声音。那是一种震撼人的闷响，很快就来到了他们的跟前，然后高处冲下来的雪，覆盖了他们扎营的地方。

他们的马匹惊慌地嘶叫着，被巨大的雪崩的洪流给冲了下去。由于有那处山岩的阻挡，他们连同帐篷被埋在雪下面了。

“这下好了，我们死也能够死在一起了。你看，你给我的胡尔俊，它们都还在这里，在这里。”在令人无比窒息的黑暗中，玛密雅衰弱而又满意地说。

“对不起，玛密雅，我没有能把你照顾好，活着走出这喀喇昆仑山。”这是阿克萨在黑暗中说的最后一句话，之后，他们紧紧地抱在一起，彼此用最后的体温来温暖对方，在黑暗中一点点地耗尽了热量。

第二年的春天，冰雪融化的季节，过路的人们发现了他们的尸体，他们仍旧抱在了一起，像是一直在熟睡，但是也永远不会苏醒了。他们的尸体是完好无损的，人们把他们的尸体运回了列城。

古南土王忽然觉得自己有罪孽，剃发之后，到一座喇嘛庙出家当喇嘛了，而且，他很快就做了一个苦行僧，进入了一个山洞，再也没有出来。

现在，清醒过来的戴安娜似乎听见了有人在喊着她的名字，她睁开了眼睛，但是却看见了眼前的一片黑暗。

冰缝极其深邃，他们似乎掉到了地狱的深处。随着刚才出现的声音，眼前浮现了一些人的脸，那是她的儿子尼古拉斯的脸，现在，他已经五岁了吧？戴安娜感到了悲伤，因为如果真是这样的话，那尼古拉斯就成了一个孤儿了，他在一瞬间就失去了自己的父母亲。

戴安娜还看见了自己的父亲和姐姐的脸，他们都在她的眼前漂浮。难道我现在已经死了，为什么我会看见这些幻觉？他们怎么忽然都来到了我的面前？她想动一下身子，但是身体非常沉重，即使是想挪动一下自己都很困难，就仿佛这身体不是属于她的一样。

完了，我们掉进了冰缝中，再也没有机会出去了，我的体温会一点点地失去，然后在这里被冰封千年，永远被冰缝所掩埋。也许，幕士塔格峰就是一座圣山，它是无法攀登的，女人来到了这里，可能就会触怒山神，它就会发脾气，把我们留住，叫我们谁也别想再走出去。

戴安娜用手往身边摸去，她回忆起了掉进冰缝的一刹那，艾瑞克和她一起掉了进来，那么，他也一定在附近。有人喊着她的名字，还有艾瑞克的名字。而且还有光亮，现在，戴安娜明白了，是有人从上面下来了。她一阵狂喜，是赛麦台下来救她和艾瑞克来了！

那个光亮渐渐地近了，确实是赛麦台的声音，他的声音是那样的焦急，又那样的亲切，光亮照到了戴安娜的身上。

“戴安娜，你还活着！”赛麦台惊喜地呼喊着她。他的腰上系着绳索，手里还拿着手电筒。

“看看艾……艾瑞克在哪里，他应该也在附近。”戴安娜有气无力地说。赛麦台用手电四处寻找，他很快就在离戴安娜不远的地方发现了艾瑞克，“他昏过去了。这里的温度太低了，我们要赶快离开这里。”

戴安娜觉得自己似乎可以动弹一点了，“你先把艾瑞克救上去。赛麦台，先不要管我。好不好？”

“好吧，”赛麦台沉吟了一下说，“那我就先把他救上去了。我要把他用绳子绑好。你等着，别担心。我马上就来救你。”他一个人忙着将艾瑞克绑到主绳上，然后摇了摇绳子，上面那隐约出现的光亮中，绳子如同从不可知的天空中垂落下来的救命的丝线一样，在轻轻摆动。

“格雅勒根在上面。”赛麦台说。然后，通过手电筒的照射，可以看见绑着艾瑞克的绳索在慢慢地上升。最后，艾瑞克被格雅勒根拉到了地面上。

如果关闭手电筒，四周就是一片黑暗，只有光影照射到的地方，可以看见这里千年万年形成的冰墙，呈现了玉石的色泽。周围的空气极其寒冷，因为他们现在在深度达三十多米的冰缝深处。赛麦台现在来到了戴安娜的身边，他抱起了戴安娜，发现她的体温很低，身体很冰凉，并且在打着哆嗦。而且，她的头部好像受了伤，额头上有一些血迹。

“这里如同冰冷的深渊，我们现在正好就在这个深渊里。”戴安娜有气无力地说。“看来，我们登山失败了。”

“还不能这样说，戴安娜，我们不算失败。现在，你感觉怎么样？”赛麦台担心戴安娜撑不住，因为冰缝中的温度太低，在这里，任何地面上的生命，根本就无法生存超过一天。他递给她一个水壶，“你要隔一个小时喝一次水，要不然，会得肺水肿的。”

戴安娜开始喝水，她觉得自己的体温在下降，觉得自己没有多少力气来说话，“我还好，赛麦台，我们是怎么到了这个地方？”

“是冰缝，这里有很多的冰缝，下了雪，一般就被掩盖了，攀缘这样的斜坡是很危险的。艾瑞克太固执了。要是刚才听我的就好了……”赛麦台现在很心疼戴安娜，因为她的状态看来很不好，她掉下来的时候一定经过了和冰墙相撞的过程，只是因为冰墙的阻挡，她没有被摔成肉酱。

“我们会回到地面上吗？”戴安娜问他。“我没有信心。”

“当然会的，你看，艾瑞克已经被拉上去了，我就是下来救你来了。很快格雅勒根就会把营救绳索再放下来。”

“我们这次登山，情况怎么这么糟糕？我一开始就有一些预感，现在，我们真的身处困境了。我觉得我的身体在逐渐地变冷。我怎么这么冷？”

赛麦台很难过，因为即使戴安娜身上穿着很厚的防寒服，她的身体确实在迅速降温。她的衣服也已经破了，于是，他就用自己的身体为戴安娜增加温度。“我们都会上去的，戴安娜，我们都会安全回到地面上的。不过，我觉得现在也挺好，因为，现在我终于能够和你在一起了，没有别的人，只有我们两个。”

“你一直希望这样吗？”戴安娜轻轻地问他。

“是的，我一直希望可以这样，我抱着你，我们这样待在一起，永远待在一起。现在，我的这个梦想实现了。”

戴安娜摸着他胸前的那个漂亮的胡尔俟，这个手工缝制的背包很精致，那是苏莱卡送给赛麦台的。里面装着的是戴安娜送给他的一块玉石，这块玉石中有一丝缥缈的血痕。在喀什噶尔附近的高山上，在那个幽谷秘境中，她送给他的。

她现在很难过，因为她一直无法真正地面对赛麦台对她的情感，也无法有任何超越她的道德标准的行为和承诺，来回应赛麦台。他们内心的火种一直在燃烧，但是一直没有燃烧成火焰本身。为了节省手电筒的电量，赛麦台关闭了它，黑暗这个时候完全笼罩在了冰缝中，过了一会儿，他们才可以看见上方隐约传来的光亮。

“你相信来世吗？”戴安娜问他。

“我是穆斯林教徒，我们不相信转世的说法。但是，我做的梦告诉我，我们在过去就认识了。我后来渐渐地接受了这一点，我相信我们过去就认识。因为，我从一开始见到你，就没有陌生的感觉。”

戴安娜想起来自己见过赛麦台的一些时候，他纵马奔驰在喀什噶尔附近的草甸子上的样子，他的长头发，以及后来在喀什噶尔那无休无止的宴会上见到赛麦台出现又神秘失踪的情况，以及后来，在赛麦台所在的柯尔克孜族人营地的欢乐时光，戴安娜觉得，自己有这么美妙的经历，她已经很欣慰了。

“赛麦台，如果我快要死了，你就不要在这里陪着我，你还是上去吧。”

赛麦台感到内心很疼痛，“你不会死的，如果你会死，那我也会在这里和你一起死去。你听，营救绳索的声音下来了。我们会一起上去的，我们都会活着。”

确实，现在，很粗大的营救绳索又下来了，说明格雅勒根已经把艾瑞克拉了上去。艾瑞克有救了，这下该轮到他们了。赛麦台把自己和戴安娜都用这条结实的登山主绳捆住，因为戴安娜虚弱无力，赛麦台需要把她绑在自己的上方，他想了一下，然后把自己身上背着的那个胡尔俊解了下来，让戴安娜斜着背上了。然后，他摇了摇绳子，上面的格雅勒根开始拉动绳索了。

不过，绳索上绑了两个人，所以格雅勒根似乎拉不动。赛麦台用手和腿尽力地撑住狭窄的冰缝两边的冰墙，来借力使绳索上升，但是，他们离开地面只有三四米，绳索就停了下来，无法继续上行了。赛麦台知道格雅勒根没有力气了，他在山上消耗得太多了。赛麦台这个时候决定先让戴安娜上去，显然格雅勒根的体力也不行了，而只有他是所有人的救星。

赛麦台解开了捆绑自己的绳索，跳到了冰缝中，然后摇了摇绳子，现在减轻的绳索可以带着戴安娜上升了。

“赛麦台，你这是干什么？”在赛麦台向上照射的手电筒的光亮中，戴安娜向下望着，她不愿意赛麦台一个人留在冰缝中，虚弱地喊到。

“格雅勒根拉不动两个人，你先上去，我马上会上去的。”

“不，把我放下来，赛麦台，你不能一个人留下来。”

“那你和格雅勒根一起把我拉上去。”赛麦台笑了，他觉得戴安娜上去了，有格雅勒根，两个人一起就会有力气来把他拉上去的。

赛麦台用手电筒照射着缓缓上升的戴安娜，内心中忽然有一些悲伤，忽然，他害怕自己永远也见不到戴安娜了，她现在正在远离他，正在向着安全的地带而去，冰缝中，只有亘古的冰冷和黑暗，只有凝固的时间。

绳索带着戴安娜消失在了赛麦台上方的冰墙之间。赛麦台用手摸了一下胸前，那里的胡尔俊已经在戴安娜身上了，它也在上升，她很快就会到达地面了。

格雅勒根已经筋疲力尽了，在海拔这么高的地方，他觉得肺部憋得十分难受，因为他要费尽力气把他们一个个地从冰缝中拉出来。艾瑞克出来了，他仍旧昏迷着，脚上也受伤了，格雅勒根把他拖到了安全地带，在一个石崖的边上。

现在，戴安娜也被他拉了上来。他很兴奋，即使他像岸上的鱼那样大口地呼吸着稀薄的空气。

“夫人，夫人你不要紧吧？”他看见戴安娜的嘴唇已经发紫，脸色灰白，觉得戴安娜一定是给冻坏了。他赶忙把她从主绳上解下来，搀扶着她向艾瑞克停留的地方而去。那边，是高高的山崖下面的一片空地，适合躲避任何风雪的袭击。

格雅勒根刚刚把戴安娜扶到了山崖的下面，让她和艾瑞克坐在了一起，这个时候，他听到了轰隆隆的声响。

他从山崖边探出头，惊呆了——在没有任何征兆的情况下，一场暴烈的雪崩又发生了，雪块的洪流带着巨大的声响，从山坡上沿着谷地猛然流泻了下来，转眼之间就把艾瑞克他们刚才陷身的那个冰缝给彻底掩盖了。而且，雪崩的洪流彻底地改变了附近山坡的地貌，连冰缝的痕迹和位置都消失不见了。

如果他们刚才还在那里的话，他们都逃脱不了雪崩的冲击。格雅勒根倒吸了一口凉气，他现在庆幸自己已经转移到了这个山崖的下面才躲过了厄运。但是，他忽然明白，赛麦台在那个冰缝里！

戴安娜也看到了这个情景，她的眼前一片金星闪烁，同时，她再次看见了她童年的时候就见过的那只白色老虎，它在高高的雪峰边上，一闪身就不见了。她知道这下赛麦台已经永远地被埋在了那个冰缝之中，她永远也不会再见到他了，“赛麦台！赛麦台……”她失声痛哭了起来。

而且，危险仍旧没有完全解除，当艾瑞克醒来的时候，他知道了赛麦台已经被埋在了那条冰缝中。“赛麦台是个好样的……”艾瑞克哽咽着，也极其难过。

他不得不宣布，这次登山失败了，因为现在连格雅勒根也冻伤了，他们必须尽快回到二号营地去。他们现在完全没有能力从雪崩下面挖掘那个已经消失的冰缝，只能下山之后，请人前来救援。

但是，他们甚至连下山都成了一个问题，因为艾瑞克和戴安娜都无法自己行走，格雅勒根想了一个办法，就是用背包的行李支架，做了一个简易的雪橇爬犁，然后拉着艾瑞克和戴安娜一步步地向二号营地而去。

几个小时之后，格雅勒根把艾瑞克和戴安娜拉到了二号营地，这个忠心耿耿的夏尔巴人在关键的时刻发挥了最重要的作用。台尔曼先生为他们做了医护上的紧急处理，所有的人都很沉默，因为他们都不同程度地受伤了。

他们在二号营地待了一天，然后继续下山。下午的时候，他们先抵达了一号营地。之后，回到大本营的央不拉克山谷时，遇到了过路的柯尔克孜族猎人帮忙，就好办多了，他们回到了那个翠绿的山谷。在翠绿的央不拉克山谷，艾瑞克的状况好多了，但是他脚上的冻伤很严重，甚至有截肢的危险，需要立即下山治疗。

戴安娜的头部却因为震荡的原因，更加疼痛了，而且，她经常出现幻觉，对所有的人说她看见了白色的老虎和猎户星。

“白色老虎！猎户星！白色老虎！猎户星！”半夜，戴安娜忽然醒过来就开始指着远处的雪峰大叫。她的精神状况很不稳定，似乎有崩溃的先兆。

台尔曼决定立即结束登山探险，他派格雅勒根去塔什库尔干，依靠当地的部族首领组织找救援队，寻找冰缝中赛麦台的尸体，而他则租了一个驮队，带着受伤的艾瑞克等人，开始往喀什噶尔的方向返回。

尾 声

一个星期之后，台尔曼带着驮队回到了喀什噶尔，艾瑞克的脚保住了，但是他必须要在床上待上几个月。戴安娜的脑部震荡有了好转，幻觉消失了。白色的老虎也消失了。

格雅勒根在半个月之后回到了喀什噶尔，他率领的救援队到达了出事的地点，那个靠近幕士塔格峰的地方，进行了一个星期的挖掘，但是，再也没有发现那个冰缝，它和封闭在里面的赛麦台，一起永久地消失了。

很多柯尔克孜族人更加坚信，幕士塔格峰是一座圣山，没有人可以逾越和打扰它。在山顶的夜幕之上，闪烁的是七颗星星组成的猎户星座。

而在戴安娜的梦中，白云缭绕的幕士塔格峰上，很多雪山的精灵正在起舞，他们都是勇武的柯尔克孜族人羽化的灵魂，其中，有赛麦台的灵魂，现在如同天使和勇敢的猎人一样，守护着幕士塔格峰。那里是一座化外之城贾奈达，所有的人在那里都长生不老，但是凡人却无法靠近。

她把那个苏莱卡亲手缝制的胡尔俊托人带给了苏莱卡，因为那是赛麦台的遗物，需要给爱他的人。有时候，她会忽然觉得，也许在冰缝中，当赛麦台把这个胡尔俊放到她身上的那一瞬间，他就已经预感到了自己的命运。

她留下了曾经送给赛麦台的那块玉石，那块里面有着一缕缥缈的血丝的玉石。现在，在夜晚的时候它会微微地发光，并且还热得烫手，这个时候戴安娜会突然地流泪不止，因为赛麦台以这种方式温暖着她，在和她说话。

1948 年 3 月，英国驻喀什噶尔总领事馆被撤销了，按照指示，艾瑞克即将赶赴昆明的领事馆任职。

戴安娜准备先期回国。她仍旧想沿着通往吉尔吉特的道路，经过美丽的喀拉库里湖、幕士塔格峰和石头城塔什库尔干，看看赛麦台葬身的地方，从而抵达印度，从那里乘船回英国。但是，自从 1947 年的 10 月起，印度爆发了严重的暴乱，通往克什米尔地区的斯里纳加的所有通讯，都已经中断了，她无法选择那条道路。

刚好，四月的一天，一对美国夫妇来到了喀什噶尔，决定带着她一起坐车到乌鲁木齐，然后，那里有一架美国的飞机飞往上海。在上海她可以坐船抵达香港，从那里再回英国。

坐在已经离开新疆的飞机上，看着大地在云层的下面铺展和隐现，戴安娜的心情十分激动。飞机越过了沙漠、高山、河流，又飞过了中国内地那种植着大片东方特有的庄稼的绿色大地，下面是已经被共产党人控制的地区。戴安娜看着下面的辽阔的东方大地，想到了自己和这个国度发生的刻骨铭心的联系，不禁流出了泪水。

所有的中亚那孤独荒凉的灰色和褐黄色的景物，以及一座座孤傲的冰山，已经远了，淡了，变了，像是赛麦台一样，已经变成了她内心的一种风景。她看着下面的大地，知道自己再也不可能回来，泪水打湿了眼前那漫漶的风景，她在向着茫茫之地飞去。

后 记

有一段时间，我居住在北京东北郊区一个空气清新的地方。被青藤覆盖的红色砖房的主人，丈夫是一个德国人。他很喜欢搜集中国各式古旧家具。在这套房子里，全是这些玩意儿。于是，很长时间里，我就和这些旧家具生活在一起。这些家具大多都是清代的，很少一些还是明式家具，其中，有四扇高大的屏风高高地挂在我的客厅里，打开来，可以和餐厅隔开，颜色是深赫色的，非常凝重，上面还雕刻有不少花鸟人物。

我经常坐在沙发上，打开这屏风，凝视着上面雕刻的那些已经穿越了历史云雾的很多人物画像，感到了一些神秘和沧桑。于是，终于 2000 年的有一天，屏风带给了我具体的灵感，我决定写作“中国屏风”系列小说了，这本《贾奈达之城》是这个系列的一部。在对都市生活的多年关注和写作之后，我把目光投向了遥远的历史，投向了一百多年来的中国近现代史，以及在中国的一些外国人的活动，和他们对剧烈变化中的中国的记录。从更加宏大的历史维度上看，中国加入全球化的进程，其实已经开始了一百多年了。

这本小说，取材于真实的历史人物，书中的女主人公戴安娜•西普顿是实有其人的。1946 年到 1948 年，她和丈夫、英国驻印度政府派往新疆喀什噶尔的最后一任总领事艾瑞克•西普顿，一起翻越了中亚极其高拔的群山，抵达了中国新疆，在那里生活了两年时间。他们夫妇还是登山家，攀登过喀什噶尔附近，和帕米尔高原上很多高峻的山峰。在新疆，她度过了她一生中十分值得留恋的岁月，对新疆，尤其是中国少数民族，比如柯尔克孜族和维吾尔族，都充满了欣赏和感情。她后来把这段生活写成了回忆录《古老的土地》，1950 年在伦敦出版。1997 年，新疆人民出版社出版的一套“西域探险考察大系”中，收录了这本书的中译本，叫作《外交官夫人的回忆》，和另外一个外交官夫人、凯瑟琳•马嘎特尼的回忆录两本和一出版了。戴安娜也是偶然和中国古老的土地发生联系的一个西方女性，所以，她的感受是很有意思的。

在这本小说中，我放大了两个部分的世界和内容：外部的世界和戴安娜内心的世界。这都是戴安娜•西普顿的回忆录里几乎没有的。当时，外部世界相当混乱和激荡：印度在甘地的带领下，正在进行着印度的独立自治运动，英国和苏联俄国在中亚紧张对峙，而中国大陆也在国民党和共产党最后的决战当中。所以，在这个时刻，一个外交官夫人的内心深处有着什么样的感情，是我着重要探询和挖掘的。

我用想象虚构了这个令人尊敬的英国妇女的生活和世界。我想和当下的阅读趣味适当拉开距离，独辟蹊径，去寻找和创造一个遥远复杂的世界。在我的这部小说中，中亚的高山是广阔的背景，印度人、英国人和柯尔克孜族人是活跃在那片土地上的精灵。我想我的这一次书写，对于我自己、对很多读者来说，都是一次很新鲜的体验。

我出生在新疆，幼年和少年时代，随着父亲几乎走遍了新疆，所以，当我读到戴安娜关于新疆的回忆录的时候，很多我自己的记忆又复活了。新疆阳光的气味、空气的感觉、大地的风貌都重新涌现，而这些感觉，戴安娜——一个我陌生的英国女性笔下有不少感性的描绘。这促使我开始寻找她的回忆录文字背后的东西，最终，我写出了这本小说。小说的大部分章节，以《戴安娜的猎户星》为名，发表在 2003 年《十月》杂志上，北京十月文艺出版社即将出版，法文版即将在 2006 年在法国出版。

邱华栋